L’égaré de Lisbonne

du même auteur
chez le même éditeur

Jón l'Islandais (2010)
Aussi disponible en Points Seuil.

chez un autre éditeur

La Volta, au cap Horn dans le sillage des grands découvreurs
Récit de voyage (Transboréal, 2003)

Région RhôneAlpes

L'auteur de cet ouvrage a bénéficié d'une bourse d'écriture de la Région et de la Drac Rhône-Alpes.

Bruno d’Halluin

L’égaré de Lisbonne

roman

GAÏA ÉDITIONS

Gaïa Éditions
82, rue de la Paix
40380 Montfort-en-Chalosse
téléphone : 05 58 97 73 26

contact@gaia-editions.com
www.gaia-editions.com

Illustration de couverture :
© Mora Pantrini / Arcangel Images
Carte du voyage de Pedro Álvares Cabral et de Diogo Dias :
© Anne Bordenave, d'après Bruno d'Halluin

Le planisphère de Cantino, reproduit au verso de la couverture, est la concession du ministère des Biens et des Activités culturels et du Tourisme, Italie.

ISBN 13 : 978-2-84720-372-1

Préambule

C'était au temps où l'on osa enfin s'éloigner des côtes et s'enfoncer dans la mer ténébreuse.

En 1434, Gil Eanes franchit le cap Bojador, au sud des îles Canaries, et pénétra dans la « zone torride ». Il ne s'y brûla pas. Les limites du monde médiéval étaient repoussées.

Au milieu du XVe siècle, les caravelles envoyées par l'infant Henrique découvrirent le régime des vents de la mer océane. Le sillage des bateaux portugais ne suivait plus désormais les routes maritimes les plus directes, mais celles où le vent était favorable : on appelait ce détour avantageux la « *volta do mar largo* », la « volte du grand large ». Pour la première fois, on restait plus d'un mois en mer sans voir la terre.

C'était au temps où les côtes dessinées sur les cartes marines se terminaient en pointillés.

En 1488, Bartolomeu Dias découvrit que l'Afrique avait une fin vers le sud.

En 1492, Christophe Colomb atteignit, sans le savoir, un nouveau continent.

En 1498, Vasco de Gama parvint aux Indes par la mer, en suivant la grande volte de l'Atlantique Sud et en contournant l'Afrique.

En 1520, Fernand de Magellan découvrit que l'Amérique avait une fin vers le sud et nomma l'océan Pacifique. Deux ans plus tard, l'un des cinq bateaux de l'expédition boucla le premier tour du monde.

C'était au temps où un pape pouvait couper le monde en deux et en offrir chaque moitié à deux pays du sud-ouest de l'Europe.

En 1493, par bulles pontificales, le pape Alexandre VI Borgia donna à l'Espagne les terres découvertes – ou à découvrir – à l'ouest du méridien situé à cent lieues à l'ouest des îles du Cap-Vert et de l'archipel des Açores.

En 1494, par le traité de Tordesillas, la ligne de démarcation fut déplacée à trois cent soixante-dix lieues à l'ouest des îles du Cap-Vert. À l'est du méridien, les terres revenaient au Portugal.

C'était au temps où un nouvel océan pouvait apparaître derrière une forêt vierge.

C'était au temps où surgissaient de terres incertaines des peuples aux mœurs étranges, qui mangeaient des fruits merveilleux et de la chair humaine.

C'était au temps où l'on pouvait transformer le paradis en enfer, où une poignée d'hommes pouvait détruire des civilisations séculaires, où l'on pouvait asservir et décimer des peuples entiers.

C'était au temps où l'on explorait le monde, porté par les vents et la mer, pour le meilleur ou pour le pire.

C'était au temps des grandes découvertes.

Première partie
La mer

Ah, n'importe comment et n'importe où, partir !
Larguer les amarres hors d'ici, cap sur les vagues, le péril et la mer,
S'en aller au Large, au Dehors, à l'Abstraite Distance,
Indéfiniment, dans les nuits mystérieuses et profondes,
Emporté, comme la poussière, par les vents, par les ouragans !
S'en aller, s'en aller, s'en aller une bonne fois !

Fernando Pessoa, *Ode maritime*

(Traduit du portugais par Patrick Quillier
avec la participation de Maria Antónia Câmara Manuel,
Christian Bourgois, 2001.)

1

La comète était apparue dix jours après notre départ de l'île de Vera Cruz. Chaque soir, on la voyait poindre du côté de l'orient, dans le cap suivi par le timonier. Je m'étais moqué de ceux qui avaient parlé de mauvais présage. Moi, *mestre* João Faras, médecin et chirurgien du roi de Portugal, cosmographe, moi, croire à ces superstitions ? Pourtant, je me sentais mal à l'aise quand je l'observais au-dessus de l'horizon, superbe, flamboyante, dotée d'une queue fort longue, rougeâtre : menaçante finalement. Le mal de mer était revenu m'indisposer, bien que la houle fût plutôt modérée.

Je préférais écouter ceux qui disaient que la comète avait été envoyée par Dieu afin de nous indiquer la direction du cap de Bonne-Espérance. Mais pour être honnête, je me surpris à éprouver du soulagement lorsque notre céleste apparition cessa de s'exhiber, après dix jours de parade équivoque.

Nous avions belle mer et bon vent. Les onze nefs et caravelles de notre armada traçaient un sillage régulier sur la grande volte atlantique, la route maritime aux vents portants qui devait nous mener dans l'océan Indien, que seule la flotte de Vasco da Gama avait parcouru avant nous. Les voiles, marquées de la croix rouge de l'Ordre du Christ, étaient fièrement tendues, et l'on oublia bien vite la comète.

Deux jours après sa disparition, le soleil levant fit miroiter une puissante houle d'ouest qui imprimait de longues ondulations à la mer, comme si elle venait du bout du monde.

Au milieu du jour, nous vîmes grossir à l'horizon nord une nuée noire, épaisse, ténébreuse. Bientôt le vent tomba complètement et les voiles pendaient, flasques, le long des mâts, s'ébrouant seulement sous l'effet de la houle. Elles battaient parfois violemment lorsqu'une vague plus escarpée faisait se cabrer la nef. La vapeur sombre qui s'approchait avait davantage l'apparence d'une formidable fumée que d'une aimable brume. Le ciel s'obscurcit tout à fait, les claquements lugubres des voiles renvoyaient au visage des hommes de quart la moiteur du tissu. Le temps semblait comme suspendu. Je n'en menais pas large.

Soudain, les voiles s'enroulèrent à grand fracas autour des mâts : la tempête nous frappait de face, brutalement.

La nef trembla sous le choc, pivota et s'inclina sur le côté, bien plus qu'elle ne l'avait jamais fait jusqu'alors. Le bord où je me trouvais se souleva, je m'accrochai au bastingage, lâchai prise, roulai, me cognai de-ci de-là et me retrouvai sur l'autre bord qui commençait à s'enfoncer dans la mer. L'arrivée subite du vent n'avait pas laissé le temps à l'équipage de s'organiser pour manœuvrer et replier les voiles, qui secouaient furieusement la mâture, livrées à elles-mêmes. Les hurlements des hommes étaient étouffés par celui de la tempête.

Le bateau penchait de plus en plus, les vagues montaient à l'assaut du pont principal. Je nageais littéralement et bénis mon grand-père de m'avoir enseigné cet art dans le Guadalquivir, avant l'expulsion. Je pus encore m'accrocher, cette fois à quelque cordage du grand mât dont le pied était balayé par la mer, ce qui me permit de ne pas rejoindre ceux qui se noyaient.

La nuée semblait s'éclaircir, les fumées s'écartaient, se tordaient, s'enchevêtraient de nouveau, c'était comme une danse infernale. La déclivité du pont augmentait encore. La nef chavirait vers l'abîme.

Par chance, la voile de grand mât se déchira et la vergue de misaine* s'abattit sur le gaillard d'avant. Le bateau, ainsi soulagé, cessa de basculer et se stabilisa un instant – une

* Pour une explication des termes techniques relatifs au bateau, voir l'annexe : « Une nef de la flotte de Pedro Álvares Cabral », en fin d'ouvrage.

éternité –, fort incliné. L'équipage payait encore tribut : j'avais aperçu des silhouettes se faire écraser et ensevelir par le fatras de bois et de toile qui était tombé du mât de misaine.

Enfin la nef se redressa, d'abord lentement, puis de plus en plus vite, allant jusqu'à pencher de l'autre côté ; je me sentis happé par la masse d'eau embarquée qui se précipitait vers le bord opposé, mais je pus me retenir à la corde, le temps de voir deux malheureux emportés par le flot, le temps surtout que le niveau de l'eau baissât.

À bout de forces, je finis par lâcher, le courant me fit retraverser le pont vers le bastingage près duquel j'avais été, peu auparavant, bien campé sur mes deux jambes. J'eus la vision fulgurante de ma femme Leonor et de mes deux filles Beatriz et Catarina, qui me regardaient. Par bonheur, je pus résister à l'aspiration de l'eau qui retournait à la mer.

Les hommes, trempés, transis, s'agenouillaient, levaient les bras au ciel et criaient des « Seigneur Dieu ! ». D'autres invoquaient Notre-Dame en pleurant. Nos timoniers étaient parvenus à mettre la poupe au vent et le bateau, quelque peu stabilisé, se mit à courir dans le sens des vagues, voiles déchiquetées, vergues battantes. Je vomis d'autant plus que j'avais ingurgité force *quartilhos** d'eau de mer.

Des trouées de ciel bleu apparurent mais le vent ne mollissait pas. L'équipage, hagard, commençait à rendre grâce à Dieu de sa miséricorde.

Ce n'était pas le cas sur la caravelle de Bartolomeu Dias, le frère de notre capitaine : nous la vîmes sombrer corps et biens.

Nous vîmes aussi la grosse nef du capitaine-major Pedro Álvares Cabral en percuter une autre, puis réussir à s'en éloigner. Enfin, nous aperçûmes dans notre arrière un voilier qui semblait sur le point de chavirer.

* Un *quartilho* = 35 centilitres.

Les bateaux qui étaient parvenus à se mettre vent arrière allèrent de conserve, chahutés par les vagues. Les marins ressortirent cabans et bonnets, car nous subissions de rudes averses et de furieuses rafales. Nous ne voyions plus que six autres navires de notre flotte. Nefs et caravelles rescapées naviguèrent ainsi toute la journée, voiles en lambeaux, mâts et vergues brisés, haubans rompus, et ce devait être un bien piteux spectacle que l'on offrait aux oiseaux de ces contrées.

Diogo Dias, notre capitaine, pleurait la mort de son frère. Le glorieux Bartolomeu Dias, l'homme qui avait découvert le cap de Bonne-Espérance, douze ans plus tôt ! Mort noyé à l'approche de ce même cap, quel injuste destin ! Il l'avait alors baptisé « cap des Tempêtes », un nom qui n'aurait jamais dû être changé. Comment le défunt roi João II avait-il pu renommer ce cap en « Bonne-Espérance » ? Comment avait-il pu autant manquer de discernement ? L'ironie était bien cruelle.

Diogo Dias restait cloîtré dans sa cabine, laissant au maître d'équipage le soin de mener l'embarcation chahutée par la tempête. Le vent nous portait désormais dans la bonne direction, mais il n'y avait personne pour s'en réjouir, car nous n'étions plus guère préoccupés que par notre survie. Des vagues énormes et régulières couraient dans le sens du vent. Nous peinions à repérer les autres navires de l'armada.

L'écrivain du bord reprit sa plume et inscrivit dans le livre : « *Le vingt-quatre du mois de mai de l'an mil cinq cent. Nous avons subi une bourrasque si subite que quatre bateaux sont égarés ou perdus, dont celui de Bartolomeu Dias qui a sombré sous nos yeux. Sur notre navire, les basses voiles se sont mises à contre et nous étions près de chavirer. Douze hommes ont disparu.* » En y ajoutant les cinq que nous avions perdus lors d'autres incidents depuis le départ de Lisbonne, nous restions alors quatre-vingt-deux hommes à bord de notre petite nef. Chacun rumina ce décompte et pouvait, en regard de la froideur des nombres, mettre des noms, des visages perdus à jamais. La mort se rappelait à notre souvenir et nous étions assaillis de terribles éclairs de lucidité : oui, chaque jour, chaque instant, notre vie était soumise aux étranges périls de la mer.

Les journées tempétueuses se succédaient. Le timonier se plaignait d'avoir du mal à diriger le bateau dépourvu de voile, mais lorsqu'on tenta d'établir un petit morceau de toile autour du gaillard d'avant, il se déchira. Les mâts et vergues nus, seulement parés de cordages sifflants, suffisaient d'ailleurs au vent d'ouest pour nous faire avancer. Nous allions ainsi, « l'arbre sec » comme disent les gens de mer, qui pour une fois utilisaient un vocabulaire facile à comprendre.

À notre grand désespoir, nous ne voyions plus les autres bateaux. Les vagues étaient si hautes que nous avions l'impression d'être envoyés vers les cieux, puis sitôt après d'être précipités dans l'abîme. Comme si l'humain n'avait pas sa place entre les deux. Même les vétérans de la Guinée ou de la flotte de Vasco da Gama disaient n'avoir jamais rien vu de pareil.

Un jour où je tentais une sortie sur la dunette – en haut du château arrière –, je vis le visage du maître se décomposer soudain alors qu'il observait la mer derrière nous.

– Bonté divine !

Dans le lointain, une vague immense dominait toutes les autres de sa hauteur. Nous ne l'apercevions d'abord que lorsque notre petite nef était en haut des vagues, mais bientôt elle occupa tout l'horizon ouest et nous ne vîmes plus qu'elle, formidable, escarpée, pyramidale. Elle était d'une verticalité si effrayante qu'elle semblait surgie d'un autre monde. Plus la muraille écumante approchait, plus les hommes criaient : « Miséricorde ! Miséricorde ! » Lorsqu'elle fut sur nous, le bateau bascula tant vers l'avant que nous nous crûmes perdus. Une énorme masse d'eau s'abattit sur le pont et chacun s'accrocha comme il put, qui à une écoute ou à une bouline, qui à un cabillot ou à un cabestan. J'eus tout juste le temps de me réfugier dans une coursive. Grâce à Dieu, trois personnes seulement furent emportées et la nef garda son cap.

Les hommes étaient désormais persuadés de leur fin proche et se saisirent rudement du prêtre, le père Agostinho, afin qu'il les confessât. Le bateau était fort secoué par les vagues, et il y eut une telle bousculade sur le pont que l'infortuné religieux, pourtant un homme volumineux, fut à moitié piétiné. Le maître d'équipage et deux soldats parvinrent à rétablir un peu d'ordre, mais un marin qu'on voulait placer loin dans la file d'attente supplia qu'on l'entendît et se mit à clamer ses péchés. Il racontait des choses si abominables que le père Agostinho se précipita et lui plaqua la main sur la bouche pour le faire taire. Puis il ordonna de bâillonner ce grand pécheur, en attendant de pouvoir recueillir une confession plus discrète.

Dans cette cohue, des hommes qu'on avait affectés en renfort au maniement du gouvernail abandonnèrent leur poste et s'avancèrent sur le pont, voulant eux aussi aborder le prêtre ; le bateau fit alors une embardée qui saisit d'effroi tout le monde. Fort heureusement, quelques marins moins pressés de se retrouver au paradis se décidèrent à prendre les places laissées vacantes au gouvernail et rétablirent le cap. La plupart des hommes se résolurent à rejoindre leur poste, ce qui semblait alors, en fin de compte, aussi efficace contre le danger que l'absolution.

J'avais le privilège de disposer d'un couchage dans une cabine du château arrière, qui était l'endroit le moins inconfortable du bateau. Je partageais cet espace exigu avec le pilote, Tristão Fernandes. Nous étions du même âge, vingt-cinq ans, bruns et de stature moyenne, d'un physique somme toute assez banal pour des enfants de la vieille Hispanie. Mais la comparaison s'arrêtait là. Il avait un caractère à la fois hautain et renfrogné. Je n'appréciais guère sa manière catégorique d'annoncer notre position, ou sa suffisance lorsqu'il se lançait dans ses démonstrations sur l'art de manier les instruments de navigation.

Il se plaignait des odeurs de vomi qui régnaient parfois dans notre réduit, quand je n'avais pas la force de me lever pour vider le pot, ou lorsque celui-ci se renversait dans un coup de mer. Je lui suggérais alors d'aller faire un tour dans l'entrepont où logeaient les marins : sans doute après cela trouverait-il notre cabine fort agréable et bien parfumée.

Les jours avaient encore raccourci. À chaque prise de quart, les marins jetaient un regard effaré à la mer énorme, lacérée d'écume. Au creux de la vague, ils évitaient de regarder en arrière, pour ne pas être effrayés par le mur d'eau grise qui se dressait et s'approchait de la poupe. Le pont était sans cesse envahi par des paquets de mer glacés.

Même à mi-journée, nous étions entre le jour et la nuit, sous des nuages sombres et bas qui déversaient régulièrement leur trop-plein. Parfois, le temps semblait s'éclaircir sous l'effet d'une averse de neige mordante. Puis la grisaille reprenait ses droits et le ciel s'obscurcissait peu à peu, sans qu'on sût bien si c'était dû à l'opacité du nuage ou au soir qui tombait déjà. La nuit, on ne distinguait que des montagnes fantomatiques qui dansaient sur l'horizon.

Si tu veux apprendre à prier, prends la mer, dit le proverbe. Lors des plus fortes bourrasques, les hommes recommandaient leur âme à Dieu, gémissaient des « Notre-Dame ! » ou égrenaient force chapelets. Les plus terrifiés lançaient des *agnus dei* à la mer. Chaque nouveau matin découvrait les hommes encore plus hébétés.

Notre capitaine était enfin revenu parmi nous. Lors de ses brèves apparitions sur la dunette, il encourageait l'équipage, échangeait quelques mots avec le maître ou le pilote, observait les vagues. Diogo Dias ne semblait pas craindre la tempête. Mais cela ne me rassurait pas : il avait le regard de ceux qui n'ont plus rien à craindre.

Lors des accalmies – toutes relatives –, j'allais respirer l'air tourmenté du dehors, ce qui avait un effet bénéfique sur les désordres de mes entrailles. Je me surprenais à admirer les vagues qui nous soulevaient inlassablement de la poupe à la proue. Elles étaient hautes mais longues, puissantes, comme des collines mouvantes à crête d'écume.

Oui, je voyais de l'harmonie dans ce chaos menaçant. J'y trouvais même un peu de quoi raviver ma foi chancelante.

Des oiseaux mystérieux aux ailes immenses, gris comme la mer, ajoutaient à la démesure. Ils planaient, silencieux, rasaient les flots démontés et se jouaient du vent furieux. Ils me semblaient indifférents, désincarnés même. À moins qu'ils n'attendissent patiemment notre fin.

Je pensais à nos hommes perdus dans les abysses de la mer océane. Par quelles sortes de poissons, par quels léviathans allaient-ils être dévorés ? Quels monstres marins pouvaient peupler ces profondeurs, si loin de nos rivages ? Nous n'étions séparés de la mort que par le bon vouloir de Dieu, le caprice du vent et l'épaisseur d'une planche.

J'étais pris de vertige devant l'étrangeté de notre situation. Les grands oiseaux gris continuaient de planer autour du bateau.

2

L'embellie se prolongeait.

Les hommes n'osaient y croire et attendirent que le ciel fût tout à fait bleu pour remettre en place la vergue de misaine, qui était tombée dès le début de la tempête, vingt jours plus tôt. Ils établirent les basses voiles, les « papefigues » comme ils les appellent. On avait pu les recoudre tant bien que mal durant ces journées de furie. Nous naviguions donc « à mi-arbre ».

Bientôt il n'y eut plus qu'un léger souffle d'air mais la mer était encore agitée de ces vagues confuses qui font suite aux tempêtes. Sans l'appui du vent, notre pauvre embarcation était ballottée en tous sens, comme un bouchon déposé sur une eau turbulente. Les voiles peu tendues claquaient contre les mâts à chaque passage de vague. Il faut dire que notre gaillarde nef, la *Nossa Senhora da Vida*, avait la réputation de rouler ou tanguer plus que de raison, ce qui faisait battre sa voilure et lui valait son surnom de « *Bate-Cabelo* », « celle qui agite ses cheveux ». On décida finalement de n'utiliser que la voile triangulaire de l'artimon, censée mieux stabiliser le bateau.

Peu à peu, la mer s'apaisa, l'horizon s'aplatit. Le ciel était dégagé, limpide. La nuit, les étoiles de la Croix du Sud veillaient de nouveau sur nous. Notre nef portait toute sa garde-robe : les gabiers avaient même renvoyé les huniers, en haut de la mâture.

Nous fîmes une procession solennelle, de la poupe à la proue, et rendîmes grâce à Dieu de nous avoir épargnés lors de la tempête. Puis nous fîmes la promesse d'aller à Nossa Senhora da Vida pour y faire dire une messe en son honneur.

Le regard portait loin mais il n'y avait toujours aucune voile en vue. Nous étions seuls dans la mer immense. Où étions-nous ?

De longues algues ondulaient entre deux eaux. Les gens de mer les nommaient « lit de Breton » et disaient qu'elles signalaient la proximité d'une terre. Mais certains pensaient qu'avec la tempête, elles avaient pu s'en éloigner largement.

Une chose était sûre : nous étions plus loin du Portugal que nous ne l'avions jamais été – sauf les quelques-uns qui avaient navigué avec Vasco da Gama. Quand reverrions-nous Lisbonne ? Je pensais avec nostalgie à Leonor, Beatriz et Catarina, et à notre petite maison accrochée aux pentes de l'Alfama. La distance vertigineuse qui me séparait de mon foyer me semblait irréelle.

Notre pilote Tristão Fernandes déclara que nous avions franchi le cap de Bonne-Espérance – ce dont personne ne doutait après ces vingt jours de folle course vers le levant –, puis ordonna de mettre le cap au nord-est afin de rejoindre la côte orientale de l'Afrique.

Alors que le reste de l'armada devait rejoindre les Indes, notre mission, que nous aurions dû mener avec la caravelle de Bartolomeu Dias, était d'aller reconnaître Sofala* et d'y implanter un comptoir. D'après les dires d'un Portugais l'ayant visité onze ans plus tôt, déguisé en marchand arabe, cette ville appartenait au mystérieux royaume du Monomotapa, qui utilisait son port pour écouler de grandes quantités d'or. Le commerce y était cependant contrôlé par les Maures, comme sur toute la côte est de l'Afrique, ce qui nous promettait quelques difficultés.

---

* Sofala : ancien port sur la côte de l'actuel Mozambique. Le lecteur qui le souhaite peut consulter en annexe une carte des navigations de Pedro Álvares Cabral et de Diogo Dias. Il peut aussi préférer découvrir les nouvelles terres au rythme des navigateurs portugais, quitte à se perdre un peu, à l'instar de l'équipage de la *Bate-Cabelo*.

Mais si des bateaux se trouvaient séparés de la flotte, nous devions tous nous regrouper plus au nord, à l'île de Mozambique, qui devint donc notre prochaine destination.

Les hommes se remettaient peu à peu des épreuves subies.

Diogo Dias commandait le navire avec assurance, mais on ne reconnaissait plus l'homme d'avant la tempête. Son éternel sourire n'illuminait plus son visage. Une barbe négligée avait envahi ses joues, enfouissant ses solides mâchoires et son menton décidé. Qu'il était loin le temps où notre capitaine avait été envoyé à terre sur l'île de Vera Cruz, pour amadouer les indigènes par son tempérament joyeux ! Chacun se souvenait quand il avait emmené notre joueur de gaïta* et dansé avec eux, ce dont ils s'étaient beaucoup réjouis. Il avait même exécuté force entrechats et un saut périlleux. Oui, le temps de Vera Cruz était bien loin…

J'entretenais des rapports difficiles avec mon compagnon de cabine, le pilote Tristão Fernandes. Notre situation était ambiguë. J'avais embarqué comme chirurgien mais aussi comme cosmographe, fonction qui lui semblait empiéter sur ses prérogatives. Le pilote était responsable de la navigation : lui seul décidait du cap à suivre, ce qui lui conférait, en mer, un statut à peine inférieur à celui du capitaine. Il faisait régulièrement le point pour déterminer notre position, quand le temps permettait de mesurer la hauteur des astres sur l'horizon : le soleil avec l'astrolabe nautique en laiton, l'étoile du Nord avec le quadrant de bois.

En tant que cosmographe, je m'intéressais à tout ce qui touchait à la description du monde. Lors de ce voyage, j'avais pour mission de reconnaître les constellations australes et de trouver un moyen d'évaluer la position des navires avec les étoiles du Sud. À cette fin, je devais en principe me servir des mêmes instruments que le pilote, mais je n'accordais guère

* Gaïta : type de cornemuse utilisé dans la péninsule ibérique.

de confiance aux mesures que nous prenions à bord, outre que ces manipulations délicates réveillaient mon mal de mer. J'avais fini par y renoncer. Je préférais attendre l'escale et utiliser mon bon vieil astrolabe en bois, peu opérant sur nos navires car offrant trop de prise au vent.

Sur l'île de Vera Cruz, j'avais ainsi estimé notre latitude à 17° sud, alors que tous les pilotes de l'armada allaient au-delà, sans toutefois être d'accord entre eux. Ils n'étaient de toute façon jamais d'accord entre eux, et les mesures prises en mer donnaient souvent des écarts de 4 à 5°. Nous avions alors tenté de nous servir des *kamals*, instruments que les Arabes utilisaient dans les mers des Indes et qu'avait rapportés l'un des pilotes de son voyage avec Vasco da Gama. Au vu des résultats, nous nous étions demandé comment les Arabes ne faisaient pas plus souvent naufrage. Nous attendions de rejoindre le cap de Bonne-Espérance, à la position bien connue, pour voir qui faisait les mesures les plus justes, et j'étais plutôt confiant quant à l'issue de notre petit concours. C'était avant que la tempête n'éparpillât navires et pilotes.

Les dix jours passés à Vera Cruz m'avaient rendu assez euphorique et je m'étais permis d'écrire au roi quelque chose comme : « *Votre altesse aurait bien ri des mesures que donnaient les* kamals, *encore plus que de l'astrolabe.* » Si j'avais ainsi affiché quelque familiarité avec dom Manuel, c'était aussi pour faire enrager Tristão Fernandes qui, en tant que pilote subalterne de l'armada, n'avait pas le privilège d'écrire au souverain.

Bien sûr, je n'avais pas non plus manqué de donner au roi une petite description des étoiles du pôle antarctique. Le bateau de ravitaillement, prévu pour n'aller qu'à mi-parcours, avait été déchargé puis détaché de la flotte afin de porter nos lettres à Lisbonne, dont celle de l'écrivain Pero Vaz de Caminha relatant la découverte de Vera Cruz, ce qui était certes plus important que mes dessins de constellations.

Je laissais donc notre pilote faire le point en mer et afficher ses résultats avec aplomb.

Cependant, Diogo Dias me fit appeler un jour dans sa cabine. J'entrai dans la petite pièce, le saluai et avisai sa barbe devenue broussailleuse. Comme à son habitude, il portait une veste courte à peine plus soignée que celle des marins. Nous nous assîmes sur des chaises dépareillées ; notre capitaine ne prêtait pas plus attention à son mobilier qu'à ses vêtements. Il me servit toutefois un vin qui était meilleur que celui de tous les jours. Il me regarda pensivement.

– *Mestre* Faras, vous ne semblez guère à votre aise sur la *Nossa Senhora da Vida*.

– Il est vrai, capitaine, que je n'ai pas le pied très marin, mais je m'efforce de m'habituer aux mouvements complexes de ce bateau.

– Je pense que le roi appréciera votre étude sur les constellations australes, mais depuis Vera Cruz je ne vous ai pas beaucoup vu y travailler. *Mestre* Faras, avez-vous une idée d'où nous sommes ?

Il commençait à m'agacer, à me donner ainsi du « *mestre* » et à faire allusion à mon mal de mer, de manière certes plus courtoise que les autres marins, mais tout de même.

– Capitaine, répondis-je avec humeur, je dois avouer que lutter contre les effets du tangage et du roulis ont constitué pour moi une occupation incompatible avec la manipulation de l'astrolabe ou du quadrant.

– J'avais espéré que vos connaissances des étoiles du Sud auraient pu nous être utiles pour estimer notre position.

– C'est au pilote qu'il faut le demander, rétorquai-je.

– Écoutez, Faras, comme vous l'avez constaté, les meilleurs pilotes du royaume ont été affectés aux navires les plus importants de l'armada. Et faute de pilotes expérimentés, on a fourni aux autres bateaux des gens de moindre expérience.

Mais là, c'est quand même exagéré : le pourvoyeur de l'Armazém da Índia nous a refilé un homme qui n'avait jamais dépassé les îles Canaries ! Alors comment on fait, quand on se retrouve séparé du reste de la flotte dans les parages du cap de Bonne-Espérance ? Encore heureux que j'aie déjà navigué dans l'océan Indien !

En effet, notre capitaine avait embarqué dans la flotte de Vasco da Gama, mais en qualité d'écrivain. Pour l'heure, Diogo Dias marchait de long en large. Il poursuivit :

– Vous le voyez bien, Tristão Fernandes fait très souvent le point et se montre fort affirmatif : deux bonnes raisons de nous inquiéter. Cependant, il fait de son mieux et il a demandé à ce qu'on mette le cap au nord-est, ce qui n'est pas aberrant.

– Je suis d'accord avec vous sur notre pilote : je pense qu'il est un peu trop sûr de lui et qu'il lève le pied plus haut que la main. Quant à son choix de route, j'aurais préféré un cap plus au nord afin de rejoindre la côte au plus vite, car nous avons à coup sûr dépassé largement Bonne-Espérance. Avec cette option nord-est, nous prenons le risque de nous perdre dans l'océan Indien, au cas où cette tempête nous aurait repoussés plus loin qu'estimé.

– Vous devriez être plus indulgent vis-à-vis de Fernandes. On peut comprendre qu'il ait besoin de s'affirmer dans la situation inconfortable qui est la sienne, et qu'il soit donc un peu trop attentif à ce qu'on ne marche pas sur ses plates-bandes. D'ailleurs, comme vous le savez, le pilote a un statut fort privilégié à bord de nos navires. Moi-même je ne peux guère aller contre ses décisions concernant la route à suivre, sauf si j'estime qu'elles vont à l'encontre des instructions du roi, ou qu'elles nous mettent en danger, ce qui n'est pas le cas aujourd'hui.

Diogo Dias regarda par la fenêtre et ajouta :

– Mais vous avez raison. Dieu seul sait jusqu'où cette tempête nous a menés. Oui, peut-être bien que personne n'a jamais navigué sur les eaux qui nous entourent…

Avant de me donner congé, le capitaine me demanda tout de même de vérifier discrètement les calculs de latitude de notre pilote.

J'évitais de me mêler aux marins, engeance rude et sans vergogne. Par bonheur, notre maître d'équipage avait quelque poigne pour les mater. Il était secondé par le contremaître, un Galicien à la mine et la carrure dissuasives dont il usait autant pour intimider ceux qui voudraient lui faire des reproches – à la seule exception du capitaine – que pour tenir les hommes. Quant à la soldatesque et aux bombardiers, dirigés par le connétable, on trouvait bien parmi eux quelques bons bougres mais je n'appréciais guère leurs manières rugueuses.

C'étaient les mêmes qui faisaient du tapage à Lisbonne au retour des navires, ce qui me dissuadait de sortir dans les rues, et je ne les fréquentais à bord que s'il fallait en soigner.

En tant que chirurgien de la nef, je devais m'occuper des blessés et des malades. À vrai dire, je préférais manier l'astrolabe, et même les *kamals*, plutôt que les lancettes pour les saignées.

Certes, après avoir obtenu mon titre de bachelier ès arts à la prestigieuse université de Salamanque, je m'étais spécialisé en médecine à Lisbonne, où j'avais décidé de m'installer au moment de l'expulsion des juifs d'Espagne, en cette terrible année 1492. Mes parents avaient alors fait le choix de confirmer leur conversion et de rester à Séville, malgré les persécutions à l'égard des nouveaux-chrétiens.

C'est ainsi que de Juan Faraz, j'étais devenu João Faras.

Mais je séchais les cours pour aller m'instruire auprès du grand cosmographe Abraham Zacuto, lui aussi juif émigré, que le roi de Portugal avait accueilli à bras ouverts, trop heureux de mettre un tel savant à son service. Peu à peu, l'illustre érudit m'avait pris sous son aile et recommandé auprès du souverain pour que je devinsse « *Mestre* João Faras, médecin et chirurgien du roi de Portugal ». Cependant, dom Manuel n'était pas homme à se laisser abuser très longtemps : après que j'eus soigné quelques *fidalgos** de moyenne noblesse, il avait préféré ne pas insister et me laisser me consacrer à l'étude de la cosmographie plutôt qu'à l'exercice de la médecine.

Hélas ! En 1497, autre terrible année, ce même souverain prenait la décision de convertir de force les juifs du Portugal, sous la pression de ses beaux-parents les rois catholiques d'Espagne. Abraham Zacuto s'était alors enfui vers Tunis. Pour ma part, je n'avais pas été inquiété puisque j'étais déjà nouveau-chrétien. En tant que juif converti, j'avais d'ailleurs dû payer à Séville, un an plus tôt, une habilitation de 500 maravédis, réglée par l'intermédiaire d'un ami tailleur.

Le roi avait besoin de chirurgiens et de cosmographes pour les placer sur ses bateaux. Je possédais l'avantage à ses yeux d'avoir les deux cordes à mon arc, même si la première n'était guère tendue. Malgré mes réticences, il avait fini par demander au pourvoyeur de m'inscrire sur les listes d'équipage de l'armada de Pedro Álvares Cabral en partance vers l'océan Indien. Pour une première expérience en mer, j'étais gâté.

Lors du grand départ, la flotte avait été regroupée devant la plage de Restelo, à une lieue en aval de Lisbonne, comme c'était l'habitude pour les voyages de découverte. J'étais trop préoccupé pour apprécier le son des tambourins, flûtes et gaïtas censés égayer la foule, ou pour suivre correctement la messe solennelle donnée en l'église de Nossa Senhora de Belém, en présence du roi. Pendant la procession vers le rivage, j'avais été étourdi par des sentiments contradictoires. Sur notre gauche, des femmes en noir pleuraient et gémissaient. Décidément, la « plage des larmes » méritait bien son surnom. Je songeais avec tristesse à Leonor, que j'abandonnais pour de longs mois. Elle avait préféré épancher sa peine à l'abri des regards, avec nos filles. Je regardais ces

* *Fidalgo* : gentilhomme.

femmes et je voyais la mienne, chez nous, effondrée, tentant malgré tout de consoler Beatriz et Catarina.

J'avais détourné la tête vers l'aval, là où l'estuaire devient mer. J'observais la ligne bleue de l'horizon : l'océan immense m'attendait. J'étais partagé entre la frayeur de m'engager sur ses flots insondables et l'excitation de bientôt voir de mes propres yeux les côtes dont j'avais tant examiné le contour sur les cartes marines.

Ah, les cartes ! Mon vieux maître Abraham Zacuto m'avait transmis sa fascination pour les représentations du monde. On pouvait coucher, sur une peau d'animal, les connaissances du moment. On y traçait des îles, des presqu'îles, des continents. J'en avais passé, des heures, des jours, à apprécier la courbure d'une baie ou la rudesse d'un cap, à promener mes doigts sur des pointes acérées ou émoussées, des promontoires affirmés, des golfes creux. J'empruntais un détroit, m'abritais dans une échancrure, repartais en pleine mer à la recherche d'une île hospitalière. Que cachaient ces lignes molles, ces gribouillis nerveux, ces encoches, ces saillies ? Derrière ce tracé lisse, quelles plages souriantes ? Derrière cette côte dentelée, quels rochers déchiquetés ?

Après la terrible tempête de Bonne-Espérance, nous eûmes de grands calmes, de la « bonace » comme disent les gens de mer. Ceux-ci m'avaient affublé de sobriquets peu flatteurs. D'abord, « le Barbier », utilisé pour insinuer qu'en matière de chirurgie, je ne connaissais guère que les saignées. Ils avaient raison, ce qui accroissait mon irritation. D'autant que mon second surnom, « Patte-Folle », me rappelait que j'avais été incapable de soigner ma propre jambe après m'être cogné sur un baril d'eau, lors d'un coup de roulis durant la recherche – vaine – d'une nef perdue de vue vers les îles du Cap-Vert. J'avais cru à une simple égratignure, mais la plaie s'était ensuite élargie et depuis, je boitais.

Comme une autre pratique de ces gens-là était de se

moquer de ceux qui souffraient du mal de mer – y compris parmi les leurs –, mes vomissements récurrents n'aidaient pas à rétablir ma dignité. Le Galicien Gonçalo Sanches, enhardi par son statut de contremaître, n'hésitait pas à me lancer ouvertement des paroles effrontées :

– Eh, Barbier, c'est un de tes remèdes qui te fait cet effet ?

Son physique ursin décourageait toute riposte, si j'avais eu la force de protester entre deux renvois.

Je soupçonnais Tristão Fernandes d'encourager ces impertinences, en cette période où le désœuvrement dû aux calmes incitait aux provocations et même aux bagarres. Quand je me plaignis au maître d'équipage du comportement de ses hommes, il me toisa et répondit d'un air détaché :

– On voit bien que ce voyage est votre première navigation. Faudra vous habituer au langage un peu brut qu'on emploie sur ces fichus bateaux.

Décidément, la mer eût été moins désagréable sans marins.

Ils surveillaient cependant leurs manières lorsqu'ils avaient besoin de moi. Comme le vent ne nous poussait guère et que nous n'apercevions toujours pas la moindre terre, je pus observer quelques cas de ce mystérieux mal des gencives dont avaient témoigné les équipages de Vasco da Gama.

Les malheureux qui en furent atteints avaient la bouche encombrée de morceaux de chair pourrie, livide, et leurs dents se déchaussaient. Leur haleine était si pestilentielle qu'on s'écartait d'eux en faisant de larges détours. La peau jaunissait et les jambes se couvraient de pustules rouges, les cuisses enflaient et les genoux semblaient s'atrophier, si bien qu'ils ne pouvaient plus marcher. Je tentais quelques saignées, qui rendirent un sang noir. Mais je savais que les marins de Vasco da Gama n'en avaient guéri qu'en remettant le pied à terre.

Après qu'on eut jeté le premier cadavre à la mer, ceux qui étaient bien portants évitèrent encore davantage les malades.

Bientôt je pus mieux évaluer la déchéance et le désespoir que cette terrible maladie pouvait provoquer, puisque je la contractai moi-même. Mes cuisses devinrent aussi dures que le bois du navire, mes gencives enflèrent jusqu'à surmonter mes dents. J'essayais de me soigner en m'incisant le bras ou le pied, pour faire sortir le mauvais sang. Puis je me rendais péniblement jusqu'au bastingage, où je me tenais à quelque cordage. Alors j'utilisais mon petit miroir pour mieux voir l'intérieur de ma bouche, afin d'y découper la chair putride et la balancer par-dessus bord. Enfin, je me lavais les dents avec mon urine. Mais le lendemain, tout était à recommencer.

Les marins ne se moquaient plus de moi, pas même le Galicien : cette maladie ne faisait rire personne.

Malgré la faim qui me tourmentait, je ne pouvais guère manger que du liquide à cause de la douleur que m'infligeaient mes gencives. Seuls les gargarismes de bon vin rouge semblaient adoucir le mal. Je pensais à ma femme et à mes filles restées là-bas.

Malades et bien portants imploraient Notre-Dame, demandaient miséricorde et priaient Dieu dévotement. On jeta un deuxième cadavre dans une eau bleue, luisante, à peine ridée.

Le pilote décida enfin de mettre le cap plein nord.

Je me surpris à envier les proscrits que nous avions abandonnés sur l'île de Vera Cruz, afin qu'ils apprissent les coutumes et la langue du pays.

Je m'en souvenais parfaitement. Les deux pauvres hommes sur la plage, qui pleuraient beaucoup. Les indigènes qui faisaient alors de leur mieux pour les consoler. La nuit précédente, deux mousses avaient discrètement pris la chaloupe et rejoint la terre. Quand nous avions appareillé, ils n'étaient toujours pas revenus. Le comportement de ces jeunes matelots me troublait au plus haut point.

Depuis notre départ de Vera Cruz, nous avions passé cent jours en mer sans toucher aucune terre. J'eus de la chance : je ne perdis que trois dents.

3

– Terre ! Terre ! cria l'homme de vigie.

Ceux qui pouvaient marcher se précipitèrent sur le gaillard d'avant. Pour ma part, je claudiquai vers la proue en me tenant au bastingage. On ne voyait encore qu'une ligne grise et floue sur l'horizon « à bâbord », comme les marins indiquent la gauche d'un bateau.

Diogo Dias fit lancer la sonde, qui ne toucha pas le fond. À l'approche de la terre, nous distinguâmes une côte basse, verte, avec des montagnes au loin. Au grand désespoir des malades, il ne semblait pas y avoir d'abri où jeter l'ancre. Nous tentâmes une approche mais nous ne vîmes que du sable où la mer se brisait en grands rouleaux. Le rivage, inhospitalier, était orienté au nord-nord-est.

À midi, Tristão Fernandes fit le point avec son astrolabe. Il dit qu'il fallait longer la côte africaine vers le nord jusqu'à trouver Mozambique.

Par chance, le vent s'établit au sud-est et nous retrouvâmes de bons cinglages : on pouvait compter sur des journées de quarante à cinquante lieues, ce qui remonta le moral de l'équipage, mais sans qu'on notât d'amélioration sur son état de santé. Les eaux qui s'agitaient réactivèrent mon mal de mer. Nous laissions le rivage loin à bâbord, de manière à éviter d'éventuels bas-fonds.

Au bout de cinq jours, la côte s'arrêta brusquement de suivre le nord. Nous contournâmes un promontoire rocheux, tant et si bien que nous nous retrouvâmes avec un cap à l'ouest, puis au sud-ouest, et que le vent et la houle nous vinrent alors de face : cette terre était une île !

Diogo Dias lançait des regards furieux à notre pilote. Il déclara qu'on ne pouvait pas repartir en pleine mer à la recherche de l'Afrique avec tous nos malades, qu'il leur fallait des rafraîchissements et du repos, et j'étais bien d'accord avec lui.

Notre capitaine résolut de chercher un mouillage dans une baie que nous avions repérée et qui paraissait bien abritée des vagues et du vent.

Remorquée par le canot et la chaloupe, la *Bate-Cabelo* se fraya prudemment un chemin entre les récifs. J'examinai la terre où j'allais peut-être guérir. Des collines pelées dominaient un rivage à la végétation clairsemée. Nous jetâmes l'ancre par dix brasses de fond.

On envoya les malades dans la première batelée. Malgré notre état de faiblesse, nous ne mîmes pas longtemps à embarquer sur le canot. Les marins, tout excités, ramèrent avec énergie, et bientôt nous sentîmes le bois crisser sur le sable.

Je marchai péniblement sur la plage et atteignis la dune terreuse qui la délimitait. J'observai la contrée. Je ne voyais qu'une étendue couverte d'herbes sèches et parsemée d'arbustes. C'était calme, mystérieux. Un groupe partit en reconnaissance vers l'éminence la plus proche.

Le canot fit un deuxième voyage et ramena les gens importants de la nef. Diogo Dias donna l'ordre à notre proscrit d'aller explorer l'intérieur des terres, pour voir s'il y avait là des indigènes et prendre contact avec eux, en lui précisant qu'il devait chercher pendant au moins trois jours.

On utilisait ainsi des condamnés pour les missions à risque ; s'ils les menaient à bien, ils pouvaient obtenir la grâce du roi. Chaque bateau de l'armada en disposait d'un ou deux à son bord. J'examinai notre criminel, qui faisait pâle figure. En effet, Salvador Pires n'avait guère de disposition pour amadouer les indigènes, car son sourire était rare, timide et édenté. Il n'avait pas non plus la carrure, ni physique ni morale, pour les affronter. Enfin, une balafre traversait sa joue, depuis la commissure de la bouche jusqu'à l'emplacement où autrefois se trouvait une oreille. Sa laideur pouvait autant effrayer que prêter à moquerie ou pitié. Peut-être dans ce dernier cas pourrait-il avoir une chance ? Non, il nous aurait fallu un dur, un audacieux, roublard, séducteur. Le pourvoyeur de l'Armazém da Índia nous avait fourgué un bien piètre proscrit.

Le pauvre homme demanda à être confessé avant de s'enfoncer en ces terres incertaines.

Notre capitaine fit monter une estrade et un autel sur un petit monticule, et demanda au père Agostinho de dire une messe, avec consécration, ce qui n'était pas permis à bord des bateaux. Chacun se recueillit solennellement et rendit grâce au Seigneur d'être encore en vie. En moi-même, je récitai à la fois des prières chrétiennes et des prières juives, c'était plus sûr, même si je n'avais totalement confiance ni en les unes, ni en les autres.

Le temps était doux et sec. On découvrit bientôt, derrière la colline, une source d'excellente eau. Des marins traînèrent un filet le long du rivage et ramenèrent beaucoup de poissons qui s'avérèrent délicieux. Les hommes, joyeux, profitaient de l'instant.

J'étais fort satisfait de retrouver la terre, mais soucieux de nous voir ainsi, sur une grande île inconnue. Abritait-elle des humains ? Des bêtes sauvages ? Des créatures monstrueuses ?

Je m'efforçais de faire des croquis des côtes que nous avions longées autour de cette terre. La tempête nous avait séparés du reste de la flotte et perdus dans l'océan Indien, mais elle nous avait fait découvrir une île qui ne figurait pas sur les cartes. Quelle aubaine ! J'avais là une chance inespérée de pouvoir participer à l'enrichissement du Padrão Real.

C'est ainsi que les Portugais appelaient la carte étalon royale – et secrète –, la seule qui englobait toutes les connaissances accumulées par le pays depuis des décennies.

Le pilote-major du royaume, Pedro Reinel, mettait régulièrement à jour le tracé des côtes, au fur et à mesure des retours des bateaux. Nul doute qu'il utiliserait mes précieux dessins. Le roi serait content de moi ! Et quelle satisfaction d'apporter ma contribution à la meilleure carte du monde !

Salvador Pires revint dès le lendemain, visiblement soulagé, accompagné par une troupe d'hommes noirs. Ces indigènes allaient nus, comme ceux de Vera Cruz. Le proscrit nous raconta qu'ils habitaient dans un petit village de huttes en paille et qu'ils ne lui avaient fait aucun mal. Les Noirs amenaient avec eux des poulets et des ignames, ainsi que des fruits inconnus, très bons. Nous nous empressâmes de les échanger contre notre camelote habituelle : des miroirs, des grelots, de la verroterie, des perles de couleur.

Notre condamné se reposait à l'écart, sur la plage. Je le considérai avec curiosité. L'avais-je sous-estimé ? Cet homme s'était embarqué une première fois avec Vasco da Gama, et à son retour, il avait tué sa femme. On disait qu'elle l'avait trompé en son absence, ce qui n'était pas sans m'interpeller. Je m'approchai de lui pour le féliciter du succès de sa mission. Il eut un vague sourire, sans détourner son regard de la mer. Afin de l'amadouer, je lui dis que j'espérais bien qu'il serait gracié et qu'on pouvait être indulgent pour un crime passionnel. Il resta un moment sans rien dire. Enfin, il leva la tête vers moi. Ses yeux étaient pleins d'amertume. La douleur tordait encore davantage ce visage ravagé.

– Pourquoi tu crois que je l'ai tuée ? Parce qu'elle a couché avec un autre ? Foutaise ! Regarde-moi ! J'ai perdu la moitié de mes dents en mer des Indes. Ouais, le mal des gencives ! Et ma joue, mon oreille, arrachées par un cordage, dans un putain de coup de vent. Non, je pouvais plus supporter qu'elle détourne les yeux, qu'elle me parle en regardant de travers. Sa pitié, son dégoût. Mais tu peux pas comprendre, laisse-moi.

Je me trouvais subitement bien penaud, impuissant, inutile. Faute d'avoir quelque chose à ajouter, je l'abandonnai à ses tourments. Je marchai sur le sable, l'esprit troublé, méditant sur son triste sort et sur mes trois dents disparues. Je pensai à Leonor et sentis une boule dans mon ventre.

Je guéris rapidement, ainsi que tous nos malades. Comme je l'avais espéré, la terre nous avait rétablis. Ragaillardi, j'arpentai le rivage avec toute la vigueur que m'accordait ma jambe blessée, retrouvant l'excitation de fouler une contrée inconnue. Cette île semblait aussi salubre et accueillante que celle de Vera Cruz, où les hommes étaient si bien portants.

Je songeais encore au jour de notre départ de là-bas. Les deux proscrits avaient beaucoup pleuré, et c'était sûrement l'attitude la plus normale et sensée qu'on pût avoir en pareil cas. Mais les deux mousses avaient quitté l'armada *délibérément*. C'était aberrant.

Oui, on pouvait être envoûté par cette terre, la douceur de l'air, la végétation luxuriante, les hommes robustes, les femmes gaillardes et bien tournées. Ah, je les avais vus, ces deux jeunes lurons, faire les beaux devant les filles indigènes... Allez, quoi, ils s'étaient échauffés avec elles, fort bien ! Oui, elles avaient des avantages et des manières à vous faire tourner la tête. Mais pas à faire prendre une décision aussi démente, bon sang !

J'arrivai au bout de la plage, des arbustes serrés me barraient le passage. Je ne voulais pas me risquer à l'intérieur, aussi rebroussai-je chemin. Pourquoi l'attitude de ces deux gamins me tourmentait-elle autant ? Étais-je jaloux ? Absurde ! Quelles étaient leurs chances de survie, avant le retour hypothétique de bateaux portugais ? Ces deux fous allaient mourir loin des leurs, sans prêtre ni rabbin, et il n'y avait rien d'autre à en dire.

Mais l'île que j'arpentais n'était pas Vera Cruz.

D'abord, plusieurs membres de l'équipage se plaignirent de douleurs au ventre. Certains avaient la diarrhée, d'autres étaient constipés. Ces symptômes ne me disaient rien qui vaille, car chacun savait que le traitement approprié était le lavement, et je répugnais à fréquenter ainsi l'anus de mes compagnons et à recueillir les fruits fétides de leurs entrailles.

Pour ma défense, il faut bien dire que les gens de mer ne s'appliquaient guère à la netteté de leur fondement, ce qui rendait le maniement du clystère fort désagréable. Encore étais-je chanceux que nous fussions à terre, car lorsqu'en mer j'étais forcé à une telle proximité avec l'intimité nauséabonde de mes camarades, cela me faisait fatalement vomir.

Voilà pourquoi moi, bachelier ès médecine et chirurgien du bord, je rechignais à assumer ma charge. Tristão Fernandes, voyant que je montrais peu d'empressement à le soigner, s'en plaignit même au capitaine. Diogo Dias lui répondit sèchement de faire attention à ce qu'il mangeait, mais avec son grand sens de l'équité il ne manqua pas non plus de me blâmer, et je fus ainsi contraint à une promiscuité accrue avec mon compagnon de cabine.

Après quelques jours, certains commencèrent à attraper des fièvres, et je fus alors sollicité pour manier les lancettes, ce qui me permit de négliger les constipés au profit des fébriles sans trop de scrupules. J'évitais néanmoins de saigner les plus affaiblis, de peur de les achever. Malgré mes soins, un homme mourut, à la consternation générale. Au moins aurait-il la chance de recevoir l'absolution et une sépulture, même si cette terre n'était guère chrétienne.

Au troisième décès, Diogo Dias décida d'accélérer les préparatifs de départ. Cette fois, c'était l'écrivain du bord que l'on enterra, alors qu'il avait bénéficié d'une nourriture plus convenable que celle du commun. Je me sentais moi-même un peu dolent.

Le capitaine m'ordonna de faire un point à terre avec mon grand astrolabe en bois. Au milieu du jour, je suspendis l'instrument à l'abri du vent et l'orientai vers le nord car, en ces contrées singulières, le soleil est au nord. Je pointai l'alidade vers l'astre du jour et notai sa hauteur angulaire sur l'horizon.

Je corrigeai le résultat de la visée avec la déclinaison indiquée dans l'*Almanach perpetuum* d'Abraham Zacuto, à l'exclusion de tout autre livre, car je n'avais confiance que dans les tables astronomiques de mon ancien mentor. Je calculai finalement 12° sud, mais je n'étais pas très sûr de moi car mes mains tremblaient et je me sentais étourdi.

Tristão Fernandes trouva 14°. Pour un point à terre, cela faisait un écart conséquent. Il me regardait de travers mais n'osa pas critiquer mon résultat, car il se montrait plus humble depuis que nous avions constaté l'insularité de cette terre. À cause de lui, nous nous retrouvions trop au nord pour rejoindre Mozambique, puisque dans ces parages les vents ne soufflaient que du sud, en tout cas en cette saison. Diogo Dias déclara que de toute façon, les autres bateaux de l'armada avaient déjà dû en repartir, et qu'il fallait donc voir si l'on retrouvait leur trace plus au nord.

Le capitaine annonça qu'on baptiserait l'île du nom de « São Lourenço », car tel était le saint du jour où nous l'avions vue la première fois, le 10 août. Puis il demanda qu'on dressât une grande croix sur le monticule où le prêtre disait la messe. Ce fut l'occasion d'une procession solennelle. Je n'y assistai pas : j'étais confiné dans ma cabine. La fièvre m'avait terrassé.

Dans un demi-sommeil tourmenté, j'entendais le bateau résonner des préparatifs de l'appareillage. À travers les cils de mes paupières lourdes, j'aperçus Tristão Fernandes, et le visage replet du père Agostinho qui priait.

Je voyais la caravelle de Bartolomeu Dias faire naufrage, les yeux de Leonor, la vague énorme, les lambeaux de chair putride dans ma bouche, Vera Cruz, la rivière. La rivière.

Elle sort peu à peu de l'eau. Me regarde, sourit. Ces lèvres… Ces épaules, rondes, cuivrées. Luisantes. Les cheveux noirs plaqués sur la gorge, les seins arrondis, dressés.

Je frissonne. Tes doigts caressent l'eau, ton ventre surgit, ton image se reflète, tourne… Laisse-moi la saisir, te saisir ! Mes mains fébriles se tendent… Je divague. Je glisse.

Tu marches sur la rive. Je vois les gouttes sur ta chair, elles roulent, elles suivent les courbes, les subliment. Je frémis. Viens encore… Là c'est bien. Tes hanches, mes mains s'y posent, s'appuient. Ta nature si gracieuse, si lisse, moite.

Tes mains s'approchent, me troublent, m'enfièvrent ! Redis-moi ton nom… Camapuã…

Je sentis le chuintement régulier de l'étrave et le balancement du navire sur la houle.

4

La silhouette dodue et oscillante du père Agostinho s'approcha de moi. Il me lançait un regard à la fois sévère et malicieux, alors que les marins présents sur le tillac – comme ils nomment le pont supérieur – m'observaient, narquois, l'air entendu. Certains mimaient quelque geste obscène. Le prêtre me fit entrer dans sa cabine et me sermonna :

– Je ne me souviens pas que tu aies déclaré tous tes péchés lors de ta dernière confession. J'aimerais en savoir un peu plus sur la façon dont tu as occupé ton temps libre pendant notre escale à Vera Cruz. Dans ta fièvre, tu as évoqué sans vergogne des actes pour le moins lascifs, et qui relèvent assurément du domaine de la luxure.

Comme je ne me souvenais guère de ce que j'avais pu raconter dans mon délire, je ne savais pas ce que je pouvais me permettre de cacher ou non. Je ne voulais en aucun cas avouer certaines choses, mais je craignais fort de les avoir déjà dévoilées.

Le père Agostinho, qui n'ignorait pas les tourments auxquels les hommes sont confrontés, m'entrouvrit une porte de sortie :

– Inutile de me détailler tes débauches, un résumé suffira.

De retour sur le tillac, fraîchement absous, je retrouvai les faciès égrillards des marins. Je perçus néanmoins, au travers des regards moqueurs, une pointe d'admiration : Tristão Fernandes – ça ne pouvait être que lui – avait dû raconter avec force détails ce qu'il avait entendu dans notre cabine, alors que je m'épanchais sous l'effet de la fièvre.

Même Diogo Dias me fit un clin d'œil complice.

La nef suivait un cap plein nord. Notre pilote pensait que l'île de São Lourenço ne devait pas être loin de l'Afrique, et donc qu'il était inutile « de mettre de l'ouest dans notre nord » pour rejoindre au plus court la terre ferme.

Après trois jours de belle navigation, vent portant, nous entrâmes dans une zone de calmes. La surface de la mer se lissa peu à peu. La *Bate-Cabelo* n'ébouriffait sa voilure qu'au passage des vagues encore assez cambrées pour la sortir de son indolence. Quand un grain orageux approchait, on lui troussait les voiles, c'est-à-dire, en termes plus conformes, qu'on « carguait » les deux huniers, l'artimon, et la petite civadière à l'avant sous le beaupré. On ne laissait que les basses voiles au vent, sans leurs bonnettes – les gens de mer appelaient ainsi les voiles d'appoint qu'on laçait au côté inférieur des papefigues, à la manière de chausses à un pourpoint. Une fois le nuage passé, on remettait toute la toile, mais elle pendillait alors tristement, comme sans vie.

Les jours se suivaient sans que notre nef bougeât beaucoup. Il faisait chaud et l'air manquait au bateau comme aux hommes, dont la peau se desséchait au soleil. Soldats et marins devinrent nerveux et pestaient contre cette bonace, que l'on rencontrait dans les zones équatoriales des océans. Le spectre du mal des gencives planait dans mon esprit. Malgré une mer calme, je me sentais nauséeux.

La réapparition de l'étoile du Nord nous apporta quelque réconfort. Nous ne l'avions pas revue depuis bientôt six mois. J'observais, nostalgique, les constellations du ciel de chez nous. Lisbonne était certes plus proche à vol d'oiseau, mais nous nous en éloignions sans cesse sur cette route maritime qui contournait l'Afrique.

Tristão Fernandes en profita pour faire aussi des points nocturnes, mais ses mesures avec l'étoile du Nord semblaient peu convaincantes. Je le soupçonnais de les trafiquer afin qu'elles fussent cohérentes avec celles du soleil. Il multipliait les relevés, à l'astrolabe ou au quadrant : notre latitude ne variait guère et il ne calculait que de piètres cinglages.

Je le voyais compulser fébrilement les instructions du routier que lui avait confié le pilote-major de l'Armazém da Índia.

Enfin, après soixante-deux jours de mer, nous aperçûmes la terre. Une terre aride, inhospitalière. Nous continuâmes vers le nord, à la recherche d'un port où s'abriter et se procurer des rafraîchissements.

Nous commencions à être préoccupés par les réserves de nourriture qui restaient à bord ; Diogo Dias demanda au dépensier, l'homme chargé de la distribution des vivres et boissons, de faire l'inventaire complet de ce que renfermaient encore les cales de la nef.

Nous atteignîmes un cap rocheux et pelé, que nous contournâmes. La côte, désertique, était désormais orientée vers le couchant. Notre pilote semblait égaré et nerveux. Le vent s'était orienté à l'est en forcissant et nous poussait bien. La boussole indiquait un cap ouest et un quart sud-ouest.

Il me revint en tête les écrits de Pomponius Mela, ce cosmographe romain qui était certainement, avec Strabon, Pline et Ptolémée, parmi les Anciens ayant le mieux décrit le monde. L'un de mes principaux travaux d'étudiant avait été de traduire son œuvre, *De Situ Orbis*, du latin en castillan. De mon point de vue, nous avions probablement contourné le grand cap situé à la pointe orientale de l'Éthiopie*, ce qui voulait dire que nous naviguions dans les parages de la mer Rouge**, où aucun navire chrétien n'avait jamais pointé son étrave. J'aurais toutefois préféré voir son eau plus cramoisie, et pour le moins violacée, ce qui eût été davantage conforme aux écrits antiques et confirmé mon hypothèse. Certes, les découvertes des Portugais avaient fait reculer certains vieux mythes, mais les Anciens disaient beaucoup de choses vraies.

* L'Éthiopie désignait alors l'Afrique noire dans son ensemble.

** Les Anciens utilisaient le nom « mer Rouge » dès le golfe d'Aden.

En tout cas, je tenais là une nouvelle opportunité de participer à l'amélioration du Padrão Real, puisque nous ne connaissions ces côtes que par des sources imprécises. Je m'appliquai donc à dessiner leur orientation du mieux que je pouvais, même si nous restions à distance pour éviter les bas-fonds, et même si cet exercice pratiqué en mer me remuait l'estomac. Après São Lourenço, le roi me serait sûrement reconnaissant de fournir ainsi un deuxième apport à sa fameuse carte.

Il faisait de plus en plus chaud. Après trois jours de navigation vers l'ouest, notre capitaine convoqua à sa table les personnalités de la nef pour décider de la suite à donner à notre voyage. Il y avait là le pilote, le connétable, le maître d'équipage, le dépensier et moi-même. Diogo Dias s'était rasé le visage. Il nous fit servir de la viande salée, pas trop avariée, ainsi que des noix, des noisettes et des raisins secs.

Le capitaine nous demanda où nous pensions que notre nef se trouvait. Les regards se tournèrent vers le pauvre Tristão Fernandes, qui avalait sa salive. Notre pilote balbutia que cette côte ne ressemblait à aucune description de son routier, et qu'il était bien difficile de définir avec précision notre position, puisqu'on naviguait désormais à latitude quasi constante, que c'était donc notre longitude qui changeait, et que comme chacun savait il était encore plus difficile d'estimer une longitude que de calculer une latitude.

Diogo Dias leva les yeux au ciel, puis se tourna vers moi. Je lui soumis alors mon hypothèse de la mer Rouge.

– On serait donc allés si loin, répondit-il, l'air pensif. Mais dites-moi, alors pourquoi l'eau est-elle toujours bleue ? Si je me souviens bien de ce qu'a écrit Pline, cette mer tient son nom de sa couleur.

– Certes, mais Pomponius Mela a émis un doute là-dessus. Et comme vous le savez, nos voyages ont permis de corriger certaines approximations des Anciens, avec tout le respect qu'on leur doit.

– Et qu'a-t-il écrit d'autre, votre Pomponius, à propos de cette mer ? insista Diogo Dias.

– Qu'elle est orageuse, difficile, profonde, et plus abondante que les autres en animaux monstrueux, récitai-je.

Les hommes échangèrent des regards inquiets. Le pilote se mordit la lèvre. Le dépensier blêmit tellement que tout le monde le remarqua malgré son teint naturellement cireux. Notre capitaine se racla la gorge :

– Hem... Comme vous le savez, les Arabes de La Mecque naviguent dans ses eaux depuis fort longtemps. Ce sont eux qui amènent les épices des Indes jusqu'aux marchés d'Alexandrie, par bateau jusqu'au fin fond de la mer Rouge, puis par caravane de dromadaires. Pour le grand bénéfice des Vénitiens, qui contrôlent le commerce de la Méditerranée orientale ; et il faut bien dire qu'ils traitent brutalement ceux qui tentent de passer outre à leur monopole.

Diogo Dias se passait la main sur ses robustes mâchoires. Il se redressa et reprit :

– Si cette mer est bien la mer Rouge, alors nous sommes quelque part sur la vieille route des épices. Mais je peux vous dire que cette route est appelée à disparaître, car nous autres, Portugais, en avons ouvert une nouvelle, en contournant l'Afrique, et bientôt nous dominerons l'océan Indien.

Il ajouta, avec moins d'emphase :

– Alors ces pauvres Vénitiens n'auront plus qu'à se remettre à la pêche.

Pour la première fois depuis fort longtemps, un sourire s'ébaucha à la commissure de ses lèvres.

Le maître d'équipage ébroua son large torse. Il déclara :

– Si les Arabes naviguent par ici, c'est que ça doit pas être si dangereux. Et ce que savent faire les Arabes, les Portugais en sont capables aussi. Rouge ou pas, elle me fait pas peur, moi, votre mer.

Le connétable, qui remuait nerveusement sa grande carcasse depuis un moment, objecta :

– Justement, le vrai danger vient des bateaux de La Mecque qui doivent croiser dans ces eaux. On ne ferait pas le poids, tout seuls, face à une flotte. Pour moi, il faut faire demi-tour au plus vite. On ferait mieux d'essayer de rejoindre le reste de l'armada.

– Nos compagnons sont sûrement déjà partis pour les Indes, fit remarquer Diogo Dias.

Le pilote s'écria :

– Mais on ne peut pas y aller ! Je n'ai pas d'instructions sur les Indes dans mon routier, puisque ce n'était pas notre mission d'aller jusque là-bas.

Notre capitaine le rassura :

– Quoiqu'il en soit, on a raté la mousson. Les vents vont nous barrer cette route pour plusieurs mois.

Le dépensier, un homme réservé qui n'avait rien dit jusque-là, réussit à mettre tout le monde d'accord sur un point :

– Le plus urgent, c'est de trouver des vivres.

Notre situation était critique : nous nous trouvions perdus dans des eaux jusqu'alors jamais fréquentées par les Portugais ou autres chrétiens, à la merci de nos éternels ennemis les Maures, sous la menace des périls inconnus d'une mer inconnue. Et avec plus grand-chose à se mettre sous la dent.

Nous nous tournâmes vers notre capitaine, espérant quelque réconfort. Il leva la tête et inspira profondément. Son menton proéminent, tel une proue de navire, semblait indiquer le cap à suivre.

– Messieurs, nous devons trouver un lieu habité où faire l'avitaillement, en eau et en nourriture, et si possible embarquer un pilote arabe qui pourrait nous guider. Nous avons des canons si les Maures veulent nous en empêcher. Mais on ne va pas s'enfoncer davantage dans cette mer incertaine.

Faisons demi-tour, en naviguant au plus proche de la côte pour essayer de découvrir un endroit où nous pourrions nous approvisionner. Allons, ayons confiance en l'avenir. Nous avons déjà échappé à bien des dangers. Prions la Sainte Vierge, la meilleure avocate des gens de mer, pour qu'elle nous aide à en sortir sains et saufs.

Le dépensier fut chargé de rationner les vivres. La *Bate-Cabelo* fit demi-tour, mais comme le vent venait toujours de l'orient, contraire, nous fûmes obligés de nous éloigner de la côte.

5

Le vent d'est soufflait toujours, ce qui nous forçait à naviguer « à la bouline » : puisqu'on ne pouvait pas aller face au vent, il nous fallait « tirer des bords », un coup vers le nord – le large –, un coup vers le sud – la côte –, en tâchant malgré tout de gagner du chemin vers l'est. Nous ne pouvions observer le rivage de l'Afrique seulement quand nous allions y « virer de bord ». C'était toujours le même paysage désolé, et nous nous demandions si nous allions pouvoir nous tirer de ce piège : pour sortir de cette mer et retrouver l'océan Indien, il fallait rejoindre ce maudit cap, que nous avions contourné dix jours plus tôt et que nous aurions mieux fait de ne jamais doubler.

Je passais mes journées sur ma couchette, à lutter contre le mal de mer provoqué par les mouvements heurtés et impétueux de la *Bate-Cabelo* qui tanguait face aux vagues : notre nef *Nossa Senhora da Vida* justifiait encore son surnom. À la suite de plaintes répétées de Tristão Fernandes, Diogo Dias avait bien voulu demander à son valet, un jeune Noir au regard fuyant, de vider régulièrement mon pot et de nettoyer les vomissures qui pouvaient s'en échapper. De temps en temps, je me rendais péniblement sur le pont, butant contre le bois des cloisons de la coursive. Je me précipitais vers le bastingage le plus proche et me penchais par-dessus afin de déverser le contenu de mon estomac. La mer défilait sous mes yeux. Je me sentais si mal que j'étais parfois tenté de m'y laisser glisser, pour mettre fin à l'écœurement qui me torturait l'intérieur. J'étais soumis aux railleries des marins, cette fichue racaille, la lie de la mer en vérité.

Cependant, l'air du dehors finissait par me faire reprendre quelque couleur. Je m'installais à la proue, face au vent. Je grignotais alors un morceau de biscuit. J'observais l'horizon brumeux, la mer qui nous retenait dans sa nasse. Elle était belle pourtant, étincelante, comme saoulée de soleil. Je devinais, dans les replis sombres de ses vagues, des profondeurs sinistres. Je frissonnais.

Je regagnais ma couchette, sans prendre la peine de me déshabiller, car être debout à l'intérieur de la nef faisait remonter vers ma gorge le peu que j'avais réussi à avaler. Je me sentais affaibli, inutile, incongru même sur ce maudit bateau.

– Voiles à l'horizon !

Alors que le quart de l'aube se terminait, l'homme de vigie aperçut plusieurs navires qui venaient du levant. Du haut de la hune, il put en compter douze. Ce devait être un convoi maure qui revenait déjà des Indes avec la mousson. Nous commencions à implorer le Seigneur de nous épargner, car ils étaient beaucoup plus nombreux et avaient le vent pour eux. Diogo Dias ordonna de maintenir le cap afin de ne pas éveiller les soupçons. Par bonheur, ils ne cherchèrent pas à nous approcher.

Le même jour, nous vîmes une autre voile grossir, un grand navire qui suivait lui aussi une route inverse de la nôtre. Notre capitaine décida de l'attaquer.

L'équipage, excité par la perspective d'une bonne bagarre après ces journées laborieuses, se mit immédiatement à la manœuvre. Le connétable n'eut guère à encourager ses bombardiers pour mettre les canons en place.

– On va délester cette foutue baille maure de la bouffe qu'elle contient !

Quant aux marins, ils manièrent les cordages en proférant des jurons encore plus abominables que de coutume.

Lorsqu'il s'aperçut qu'on manœuvrait pour croiser sa route, l'autre bateau vira et prit le large. Hélas, comme le vent lui était favorable, il nous passa devant. Nous le poursuivîmes sans grande conviction : la *Bate-Cabelo*, dont la coque n'avait pas été nettoyée depuis longtemps, perdait sans cesse du terrain. Et elle perdait aussi du terrain, si difficilement gagné, contre le vent.

Nous reprîmes la navigation à la bouline. C'était décourageant.

Le dépensier avait rationné les parts quotidiennes à douze onces* de biscuit, un *quartilho* de vin et un autre d'eau. À vrai dire, il fallait se boucher les narines et fermer les yeux pour boire l'eau du bord. Les marins se mirent à pêcher plus assidûment, mais ils ne ramenaient que de bien maigres prises. En tant que cosmographe et chirurgien, j'avais droit à un peu de lard salé et quelques amandes, ainsi qu'à du vin qui n'était pas celui du commun. Je devais m'être un peu amariné puisque je parvenais à mieux m'alimenter.

Enfin, nous repérâmes cinq *almadies*, ces longues pirogues utilisées par les gens de ces contrées.

Elles ne pouvaient pas nous échapper. Nous fîmes voile dans leur direction, et tirâmes un coup de bombarde pour les impressionner. C'étaient des Noirs. Plusieurs d'entre eux, les meilleurs nageurs ou les plus effrayés, se jetèrent à la mer et tentèrent de rejoindre la rive. Les autres nous firent de grands gestes d'amitié. Nous les obligeâmes à se mettre bord à bord.

Par chance, ces *almadies* étaient chargées de mil, une céréale qui parvient, contre toute attente, à pousser dans ces régions. Ainsi, nous aurions au moins du grain pour quelque temps. Par gestes et aussi par menaces, nous apprîmes des Noirs qu'un port se trouvait du côté du couchant : probablement l'avions-nous dépassé sans le voir, lors d'un bord tiré au large.

– Berbera ! Berbera ! semblaient-ils le nommer.

Puis nous laissâmes ces gens aller récupérer ceux de leurs nageurs qui ne s'étaient pas noyés.

---

* Une once (*onça*) = 29 grammes.

Pour rejoindre ce lieu, nous devions nous enfoncer de nouveau dans cette mer maudite, mais l'urgence n'était plus d'en sortir, seulement de se procurer des vivres.

Oui, il y avait là un port, au fond d'une baie fort bien protégée des vagues par une langue de sable. Un abri idéal, et assez discret, même si on pouvait apercevoir les maisons depuis la mer. On apercevait surtout une infinité de grands mâts au mouillage dans la rade : une flotte maure se trouvait là.

– Paré à virer ! lança le maître d'équipage sur ordre du capitaine.

Nous virâmes prestement vers la pleine mer et nous éloignâmes le plus vite possible de Berbera. Nous scrutions l'horizon à la poupe, dans la crainte d'y voir grossir des voiles. La tombée de la nuit nous rassura.

Mais notre situation était toujours aussi pitoyable. Nous avions pénétré plus profondément que jamais dans cette mer, et nous retrouvions notre vent d'est, qui contrariait encore et toujours nos efforts pour en sortir.

Nous reprîmes notre navigation à la bouline. Un bord vers le nord, un bord vers le sud.

Le mil nous donnait quelque sursis, et nous parvenions tant bien que mal à récupérer un peu d'eau de pluie. Mais les jours passaient sans que le vent devînt favorable, et sans qu'on retrouvât le cap qui marquait la sortie de cette mer : le rivage restait toujours orienté vers l'est. La *Bate-Cabelo*, ralentie par les algues, anatifes et autres bernacles qui s'agrippaient à sa coque, ne semblait guère gagner au vent ; parfois, après deux bords à lutter contre lui, nous avions l'impression de revenir au même point de la côte.

Un bord prolongé plus loin vers le nord nous fit apercevoir les rivages de l'Arabie, « heureuse » comme la qualifiaient les Anciens. La côte me parut plus désolée encore que celle de l'Afrique.

Au bout de quelques jours, les rations passèrent à une écuelle de mil pour deux.

Pire, le mal des gencives refit son apparition.

Je regardais le soleil qui se couchait encore une fois sur cette mer funeste. Le chemin à parcourir pour rejoindre Lisbonne me semblait insurmontable. Que faisait Leonor à cette heure ? Pensait-elle à moi ? Je l'imaginais se déshabillant avant de rejoindre notre lit. Sa silhouette m'apparaissait moins nette, moins palpable. Mais des poussées de désir m'assaillaient toujours. Est-ce que ma main se poserait de nouveau sur sa peau ?

Je tâtais régulièrement mes mâchoires, les trois emplacements vides où, autrefois, il y avait eu des dents. Quand je croisais Salvador Pires sur le tillac, je détournais moi aussi le regard, comme sa femme le faisait jadis, avant qu'il ne l'eût tuée. Alors il s'éloignait en gémissant et moi, fort soucieux, je pensais à Leonor. À supposer que l'on parvînt à regagner Lisbonne, aurait-elle encore envie d'embrasser un homme édenté ?

Un matin, alors que je faisais mon tour sur le pont après la relève du quart de l'aube, le proscrit m'approcha d'un pas décidé et se planta devant moi sans rien dire. J'eus un mouvement de recul mais j'étais bloqué par le bastingage. Soudain, il ouvrit la bouche en un rictus hideux. C'était effroyable.

Il n'arrêta de grimacer que pour me lancer :

– T'as pas le courage de me regarder ? Tu sais quel âge j'ai ? Vingt-cinq ans, comme toi ! Ça t'étonne ? Ouais, c'est comme ça que la mer nous renvoie chez nous ! Et encore, quand elle nous prend pas. Qu'est-ce que tu crois ? T'oses pas voir la vérité en face ? Regarde-moi !

Je m'échappai en tremblant.

Je me remettais à peine de mes émotions quand le dépensier, dont le visage était encore plus pâle que d'habitude, vint droit sur moi en gesticulant :

– Bento est blessé ! C'est grave ! Venez vite !

Il s'agissait de son valet, qui était aussi son neveu. Décidément, on faisait tout pour me contrarier.

– Qu'est-ce qu'il a ? demandai-je sèchement.

– Son bras ! Je crois qu'il est cassé.

– Mais comment est-ce qu'il a fait son compte ?

– C'est ce maudit timonier qui a encore viré de bord trop brutalement ! Un tonneau s'est désarrimé et est tombé sur le bras de Bento.

– Bon, il est où, votre valet ?

– Dans la cambuse. On était en train d'aller chercher des vivres. Allons, ne perdons pas de temps !

Ce magasin se trouvait quelque part dans les entrailles du gaillard d'avant, une zone dans laquelle je ne m'étais jamais risqué. Ce secteur mal famé de la nef abritait aussi les quartiers de l'équipage, c'est-à-dire l'entrepont où l'on étalait les paillasses. J'avais pourtant bien fait comprendre que je ne pouvais pas soigner les gens là-dessous : les remugles qui s'y mélangeaient me donneraient irrémédiablement le mal de mer. J'exigeai donc qu'on sortît le valet de là, mais on avait renoncé à le déplacer car il poussait alors des cris abominables. Je ne pouvais pas me défiler.

Je me rendis en maugréant jusqu'au compartiment, proche de ma cabine, où était entreposé tout ce qui pouvait être utile au chirurgien d'une nef du royaume. Un apothicaire de Lisbonne avait livré le tout selon la liste officielle de l'Armazém da Índia. Je remplis un coffret de ce que j'arrivais à identifier et qui pourrait servir à quelque chose. Puis je rejoignis le dépensier qui m'attendait impatiemment avec une fiole d'eau-de-vie et une lampe à huile. Nous entrâmes dans le ventre de la *Bate-Cabelo* par une écoutille d'où s'échappaient force odeurs nauséabondes. Nous descendîmes un escalier, ou plutôt une échelle. Il faisait chaud. Par bonheur, le vent accordait une relative accalmie, atténuant la gîte et le tangage de la nef.

Je n'eus pas le temps d'habituer mes yeux à l'obscurité que le dépensier m'entraînait déjà dans une coursive. Mes pieds et mes coudes butaient sur des obstacles imprécis. Bientôt, nous discernâmes des geignements : nous approchions.

La lumière vacillante de la lampe éclaira la cambuse. Deux marins tentaient de réconforter le pauvre valet, allongé à même le plancher, la chemise déchirée, tout ahanant et transpirant. Lorsqu'il me vit m'approcher en claudiquant, il se mit à hurler. Je mis cet accès de nervosité sur le compte de la crainte – bien compréhensible – d'être manipulé, plutôt que sur celle d'être soigné par un chirurgien qui n'avait pu s'éviter lui-même une infirmité. Les hommes le maintinrent fermement.

Par bonheur, je ne vis pas d'os apparent. Je nettoyai la plaie, peu ouverte : facile. Mais il me restait à réduire la fracture. Je déballai mon attirail : des compresses, des bandes, du matériel pour les attelles, du cérat dont je reniflai le parfum d'huile et de cire afin d'apaiser mes haut-le-cœur. Pour calmer son neveu, le dépensier préféra l'eau-de-vie dont il lui versa une bonne rasade dans la bouche.

Je fouillai dans ma mémoire les bons préceptes d'Hippocrate qu'on avait tenté de m'inculquer à l'université. Comment fallait-il positionner le bras avant de mettre en place l'appareil ? Dans quel sens devait s'enrouler le bandage ? Où disposer les compresses ? Fallait-il mettre du cérat entre chaque couche ? Devait-on appliquer les attelles tout de suite ou attendre quelques jours ? Surtout, il fallait rester calme, comme l'avait enseigné le grand médecin grec.

Enfin, j'ajustai tant bien que mal une dernière bande. Le valet semblait s'apaiser. Comme son oncle voulait absolument rester auprès de lui, et que les deux marins avaient disparu, je sortis seul de la cambuse et suivis la direction que le dépensier m'avait indiquée. Je tenais la lampe d'une main et mon coffret de l'autre. Ça sentait la paillasse moisie, le vomi et les excréments séchés. La nef vira de bord, je fus déséquilibré, mon pied buta, je fus précipité dans un compartiment où je m'affalai sur un bois rugueux. Le contenu de mon coffret s'éparpilla mais j'avais préservé l'essentiel : la lampe brillait toujours dans ma main.

Je n'étais pas seul. Une tête se tourna vers moi et j'y vis les yeux ronds de Gonçalo Sanches se transformer en deux fentes menaçantes. Son corps massif chevauchait l'un de nos bombardiers, dont les fesses luisaient à la lumière de la lampe comme la culasse d'un canon au soleil.

À côté de lui, un marin tenait à bout de bras au-dessus de lui un tonnelet, duquel s'échappait un filet continu de vin qui disparaissait dans sa bouche. Sous l'effet de la surprise, il rabaissa la tête et laissa couler un instant le liquide sur son visage. Deux autres faciès, abrutis par l'ivresse, me dévisageaient avec stupeur.

Le Galicien me fit comprendre par signes que j'avais tout intérêt à me taire : chut, sinon… couic. Puis il cracha par terre et pointa fermement son index vers la sortie. J'obtempérai avec empressement, renonçant à ramasser le contenu de mon coffret.

Je retrouvai la coursive, l'échelle, l'écoutille et l'air libre pour me précipiter vers le bastingage et me pencher pardessus, selon ma position coutumière.

En regardant défiler l'eau, je repassais dans ma tête des images terribles : le rictus du proscrit, le contremaître en position compromettante. Lui et ses affidés avaient sûrement profité du désordre provoqué par la blessure du valet pour voler du vin dans la cambuse, en principe fermée à clef par le dépensier. Non, je n'allais pas dénoncer leur orgie.

J'avais assez de soucis comme ça. Je regagnai ma cabine, fort éprouvé par cette journée.

Tristão Fernandes était allongé sur sa couche, face contre le bordé, tout tremblant et gémissant.

Je lui mis la main sur le bras. Il se tourna, son visage était ravagé par les larmes. J'eus pitié de lui, le consolai comme je pus, l'interrogeai. Il se redressa et planta son regard dans le mien.

– Ce qu'il y a ? La peur ! La peur, tu m'entends ? La peur, je te dis !

Je tentai de le calmer en le prenant par les épaules. Je me surprenais à lui montrer, pour la première fois, quelque marque d'affection. Nous étions dans le même guêpier. Il reprit, plus bas :

– Tu sais quoi ? J'ai jamais su où on était. D'abord, Vera Cruz, une île que personne ne connaissait. Et après la tempête, cette autre île, là, São Lourenço, qui n'est même pas sur la carte. Enfin, cette côte sableuse, où je ne reconnais rien de ce qui est indiqué dans les descriptions du routier. Est-ce seulement l'Afrique ? Ces maudits instruments de navigation ne donnent jamais le même résultat. Et c'était pas mieux pour les autres pilotes, ne dis pas le contraire. On est complètement perdus, oui, sur une mer inconnue, et entourés de dangers totalement imprévisibles.

Plus il parlait, plus je sentais une boule dans mon ventre, qui m'oppressait. Je le sommai de se calmer, de se reposer, et surtout de se taire.

Tout compte fait, le pilote et le proscrit étaient des personnages qui parvenaient à m'effrayer encore plus que le contremaître.

Un premier homme périt du mal des gencives. L'équipage entonnait le *Salve Regina* du soir avec une dévotion croissante.

Salut, ô Reine, Mère de Miséricorde, notre vie, notre douceur et notre espérance, salut
Vers vous nous élevons nos cris, pauvres exilés, malheureux enfants d'Ève
Vers vous nous soupirons, gémissant et pleurant dans cette vallée de larmes
De grâce donc, ô notre Avocate, tournez vers nous vos regards miséricordieux
Et, après cet exil, montrez-nous Jésus, le fruit béni de vos entrailles
Ô clémente, ô miséricordieuse, ô douce Vierge Marie

Je chantais avec entrain, pour montrer que j'étais un converti sincère, mais aussi au cas où cela aurait pu être efficace.

Nous avions mangé tout le mil. Le dépensier réduisit les rations à neuf onces de biscuit et un demi-*quartilho* d'eau. Les hommes lui lançaient des regards mauvais, surtout Gonçalo Sanches.

Bientôt la fièvre fit son apparition à bord. Je recommençai donc à pratiquer les saignées. Le Galicien me lança, presque amicalement :

– Alors, Barbier, t'as du boulot ?

Je n'aimais pas le ton de camaraderie employé par ce bougre d'argousin, comme si j'étais le complice bienveillant de ses turpitudes. Quand il me croisait sur le pont, il ne manquait pas de me rappeler : chut, sinon… couic. Il pouvait être tranquille : ce serait chut.

Cette fois-ci, la fièvre toucha un personnage important : le connétable ne sortait plus de sa couchette. J'étais moi-même surpris de me trouver en assez bonne santé, même si le mal des gencives menaçait plus que jamais. Je calculai le temps qu'il avait fallu à cette maladie pour m'atteindre la première fois : après cent jours de mer. Je m'attendais à ce qu'elle me frappât de nouveau sous peu.

J'enviai cette fois clairement les deux proscrits abandonnés à Vera Cruz, et les deux mousses qui avaient fait le choix d'y rester. Tout compte fait, ils avaient sans doute de meilleures chances de survie que nous.

Au trentième jour de vents contraires apparut une barre nuageuse qui occupait tout l'horizon nord-est. Le vent tomba. Il faisait très chaud. Nous étions sur nos gardes, bien sûr, mais rien ne pouvait être pire que ce que nous subissions depuis un mois. J'observai les marins, impatients d'en découdre. Je me sentais moi-même comme soulagé par l'arrivée probable de la tempête. En prévision, les hommes avaient cargué les huniers et l'artimon.

Quand les nuages eurent grisé la moitié du ciel, des hommes commencèrent à crier : « Notre-Dame ! Notre-Dame ! » Certains firent la promesse que si le vent nous devenait favorable, ils réciteraient le rosaire autant de fois que le nombre d'années où la Sainte Vierge avait vécu sur terre.

Par l'intercession, peut-être, de la mère de Jésus, le vent se leva de l'ouest. On eut juste le temps de serrer les deux papefigues avant les premières bourrasques. Puis ce fut le déluge. Les hommes, assoiffés, collaient leurs lèvres aux mâts pour y recueillir l'eau qui en dévalait, ouvraient grand la bouche sous les cascades qui tombaient des vergues, ou lapaient le bois imbibé du tillac. On remplit des seaux, des bassines. Leur soif étanchée, nos gens dansaient à moitié nus sous l'averse, tout nus pour certains, alors que la mer grossissait peu à peu et que la *Bate-Cabelo* se cabrait.

Diogo Dias laissa l'équipage se défouler, puis appela le maître, qui dansait lui aussi, pour lui ordonner de remettre chaque marin à son poste. Ce vent d'ouest, favorable mais tempétueux, ne pourrait nous délivrer de cette mer que si l'on menait bien le bateau.

Nous étions maltraités mais propulsés dans la bonne direction. Les marins, radieux, avaient même rétabli le papefigue de misaine malgré les bourrasques. La voile tenait. Par ailleurs, on put remplir plusieurs tonneaux d'eau de pluie. Pour une fois, nous espérions tous que ce coup de vent se prolongeât.

Il tint bon durant trois jours.

Le temps s'éclaircit, le vent et les flots s'apaisèrent. Partout autour du bateau, on ne voyait que de l'eau bleue. Nous devions être quelque part dans l'océan Indien.

6

Après une journée de calme, un bon vent se leva.

– La mousson de nord-est, affirma Diogo Dias. C'est exactement ce qu'il nous fallait pour prendre le chemin du retour.

Nous mîmes d'abord le cap au sud, pour nous assurer de ne pas revenir vers la mer Rouge, puis virâmes vers l'ouest. Enfin, nous revîmes l'Afrique. Son rivage était encore désertique mais avec le vent portant, nous avions bon espoir de trouver facilement l'une des villes de la côte orientale afin de nous y approvisionner.

Deux navires se rapprochaient de nous. On les salua d'un coup de bombarde. Ils en eurent grande frayeur et mirent aussitôt en panne. Ils envoyèrent une chaloupe avec une poignée d'hommes qui vinrent parlementer. L'un des Maures baragouinait quelques mots d'italien ; nous comprîmes qu'ils venaient du grand royaume mahométan de Cambay* et se rendaient à Mogadiscio. Ils nous dirent que ce port était proche et offrirent de nous y mener.

Diogo Dias hésita, car il se rappelait que deux ans auparavant, avec Vasco da Gama, ils étaient passés devant cette ville et lui avaient tiré force coups de bombarde : cette méthode brutale pouvait aussi bien amener les habitants à la soumission qu'à la vengeance. Mais il fallait absolument trouver des vivres au plus tôt. Et ces Maures avaient une telle terreur de nos canons qu'on devrait pouvoir les tenir en respect.

Mogadiscio apparut au loin. Elle nous sembla fort étendue, et bientôt nous aperçûmes des minarets et des bâtiments

---

* Cambay : ville située au nord-ouest de l'Inde actuelle.

à plusieurs étages. Au milieu de la ville se dressait un grand palais entouré de quatre tours. Nous tirâmes une salve de boulets, à la fois pour saluer et pour impressionner, et aussi pour nous rassurer. À l'approche du port, j'observai les bateaux typiques de ces contrées : *sambouks* et *almadies* se balançaient mollement.

Peu après avoir mouillé l'ancre, nous vîmes arriver une embarcation remplie d'hommes basanés faisant des gestes d'amitié. Ils semblaient hésiter, avisant les bouches des bombardes qui débordaient du flanc de la *Bate-Cabelo*. Leurs tuniques étaient en lin multicolore, richement brodé. Ils avaient tous un turban sur la tête, avec des liserés de soie. Diogo Dias, qui portait sa veste de mer, se précipita dans sa cabine pour se changer.

Notre capitaine revint sur le pont accoutré d'un pourpoint noir à haut col, de chausses de velours et de brodequins en gros cuir. Je le considérais, dubitatif. Diogo Dias, qui commençait à transpirer, n'avait jamais bien su s'habiller et son costume sombre contrastait avec les étoffes bigarrées et chamarrées de nos visiteurs.

Un homme de belle prestance monta à bord, accompagné d'une petite escorte et d'un truchement qui s'entendait en castillan. Il amenait aussi avec lui deux moutons, des bâtons de cannelle, du poivre, des clous de girofle et de la noix de muscade. Les plus affamés parmi notre équipage dévoraient des yeux les pauvres bêtes, alors que d'autres reluquaient les épices, envoûtés par leurs senteurs... des senteurs venues des Indes.

L'homme déclara :

– Mon maître le roi de Mogadiscio vous souhaite la bienvenue. Il m'a chargé de vous dire que vous pouvez rester ici tout le temps que vous voulez. Il serait très honoré si vous veniez le rencontrer en son palais.

Notre capitaine le remercia puis répondit prudemment :

– Malheureusement mon propre souverain m'a interdit

d'aller à terre, mais je serais heureux de recevoir à mon bord le roi de ce pays.

Diogo Dias fit donner pour celui-ci des colliers de corail, un chapeau rouge et une grande cape. Le Maure esquissa une moue, comme si ces présents étaient indignes de son maître, mais se reprit aussitôt. Il dit en souriant :

– Mon roi serait sûrement encore plus honoré si ces présents lui étaient apportés par des Portugais qui en seraient dignes.

Diogo Dias répondit qu'il était d'accord mais qu'il voulait des otages en échange ; il désigna deux Maures parmi les mieux habillés.

Le dépensier et le proscrit – on avait changé ce dernier en hâte – repartirent avec les Maures et les colliers de corail. Ils n'en menaient pas large. Notre capitaine se débarrassa de son pourpoint et s'essuya le front. Il invita les deux otages à se restaurer. Quand ils virent l'état de la viande que l'on s'apprêtait à leur donner, nos hôtes désignèrent les moutons qu'ils avaient amenés, puis montrèrent du doigt deux *almadies* qui venaient vers la nef. Elles apportaient des poules, des œufs, des cédrats et des oranges. Celles-ci étaient juteuses et fort douces, bien meilleures que celles de chez nous.

Le lendemain, une longue embarcation s'approcha, parée de riches ornements. On y distinguait un personnage important : à n'en pas douter, c'était le roi. Les rameurs s'arrêtèrent à deux jets d'arbalète ; ils refusèrent de s'approcher davantage. Diogo Dias fit alors mettre le canot à l'eau. Il y descendit suivi d'une douzaine de soldats, de son valet noir et des deux Maures. J'eus le privilège de l'accompagner, car il trouvait que j'avais de bonnes manières.

Le roi de Mogadiscio portait un pagne de soie, un manteau de damas doublé de satin cramoisi et un turban bleu brodé de fils d'or. Il était assis sur un siège de bois finement ouvragé, lui-même posé sur une estrade revêtue de satin vert. Quatre montants sculptés maintenaient un dais de soie coloré au-dessus de la tête du souverain. Une figure d'oiseau en or surmontait l'ensemble.

Ses pages exhibaient à leur ceinture des couteaux à fourreau d'argent. Même les rameurs noirs étaient habillés de pagnes fins et de tuniques colorées. Quatre *almadies* accompagnaient cet équipage, montées par des musiciens soufflant dans leurs *anafils*, ces trompettes longues et droites dont les Maures savent si bien jouer. Deux trompes d'ivoire aussi grandes qu'un homme, sculptées et percées d'un trou en leur milieu, sonnaient en s'accordant si bien avec les *anafils* et les timbales que c'était tout à fait plaisant à entendre. Plus discrètes mais bien visibles, d'autres embarcations suivaient, avec à leur bord des archers.

Un peu abasourdi par un tel accueil, notre capitaine salua le roi avec respect mais sans courbettes. Il demanda où se trouvaient les deux Portugais qui avaient apporté les présents. Le roi répondit qu'il ne les avait pas amenés mais qu'il pouvait le faire si tel était son désir. Quand Diogo Dias l'invita à monter à bord de la nef, il dit que tout comme lui ne pouvait se rendre à terre, il ne pouvait se rendre sur notre bateau. Il ajouta que ses sujets étaient fort occupés à décharger les deux navires de Cambay, mais qu'ensuite ils pourraient nous fournir des vivres et quelques épices à un bon prix. Il jeta un regard à peine perceptible à nos canons puis affirma qu'il était l'obligé du roi de Portugal. Diogo Dias demanda qu'un premier chargement se fît rapidement, en signe de bonne volonté. Le roi acquiesça et proposa à notre capitaine d'assister à une parade de ses chevaux sur le rivage, qu'il pourrait voir depuis son canot. Nous nous quittâmes avec force gestes d'amitié.

Comme nous avions gardé les deux Maures, une petite troupe de soldats et marins fut autorisée à se rendre à terre avec la chaloupe pour assister aux festivités. Quant à moi, j'embarquai avec Diogo Dias, le pilote et quelques arbalétriers sur le canot, à la proue duquel on avait installé une bombarde, autant pour parader que pour nous défendre en cas de besoin.

À l'approche du rivage, nous entendions les acclamations d'une foule composée de gens noirs ou basanés, certains très clairs, tous fort joyeux. Des cavaliers chevauchaient et une partie d'entre eux simulèrent un combat. Nous apercevions le roi qui se promenait en litière et nous faisait des signes réjouis.

Ceux de nos hommes qui étaient allés à terre ne revinrent à bord qu'après la tombée de la nuit, ce en quoi ils furent blâmés par le maître d'équipage. Cependant, comme tout le monde avait hâte de les entendre parler, ils ne furent pas mis à fond de cale. Ils nous décrivirent la fête et le bel accueil qui leur avait été fait. Mais je les soupçonnais de ne pas tout raconter, car ils échangeaient parfois des regards complices et libidineux, plus qu'à leur habitude.

Le soir, dans ma couchette, je repensais à cette journée extraordinaire. Quel contraste avec ces terribles mois passés en mer ! Comme je faisais part de mon enthousiasme à Tristão, il se tourna vers moi en roulant des yeux effarés :

– Tu sais très bien qu'on a à peine entamé le voyage de retour, qu'on va devoir encore affronter les maladies et les tempêtes, et ça pendant des mois et des mois, et qu'on va devoir repasser par Bonne-Espérance ! Si on ne se perd pas encore dans ces mers maudites ! Tu le sais, tout ça, pas vrai ?

Je le coupai sèchement en lui disant que les bons moments étaient trop rares et précieux pour ne pas en profiter, et lui intimai de se taire. Mais c'était trop tard : ses paroles m'avaient rappelé notre triste situation et vinrent troubler mon sommeil.

Ceux qui avaient le mal des gencives guérirent. On rendit les deux Maures au roi ; le dépensier et le proscrit revinrent à bord. Ils étaient de fort belle humeur et il me semblait que même ce pâlichon de dépensier avait pris quelque couleur. Nous apprîmes qu'on les avait bien accueillis et nourris, qu'ils étaient mieux traités chez les mécréants que sur ce fichu bateau, et que si on avait encore besoin d'eux pour faire les otages ils étaient disponibles.

Nous allions fréquemment à terre avec le canot ou la chaloupe, pour nous promener et nous divertir. Par précaution, on laissait toujours une troupe assez fournie sur la nef. Les Maures nous guidaient et nous montraient leur belle cité. Les maisons étaient construites en bonne pierre, à la mauresque, avec des toits plats. Du haut des minarets venaient régulièrement les appels à la prière que ces gens font plusieurs fois par jour. Je me sentais heureux d'arpenter de nouveau les rues d'une vraie ville. Tout y était si différent qu'à Lisbonne ou à Séville !

Ce jour-là, j'étais accompagné par le contremaître, le dépensier, quelques soldats et marins. J'insistai auprès des Maures pour assister au transbordement des marchandises sur le port. Nous longeâmes le front de mer, où le vent du large apportait quelque fraîcheur. Je demandai s'il pleuvait parfois sur cette ville, mais on m'apprit que c'était le début de la saison sèche. De nombreux passants arpentaient le rivage. Nous croisâmes de belles femmes à la peau foncée et au port altier, joliment parées d'anneaux d'argent autour de leur cou et à leurs oreilles. Leur crâne était rasé et teint de jaune. Elles nous observèrent en coin puis s'éloignèrent en pouffant. Un nuage de poussière beige soulevé par la chevauchée d'un homme enturbanné dissipa cette charmante apparition. Nous passâmes devant un entrepôt où des portefaix noirs au torse luisant et au pagne crasseux acheminaient de grands sacs de poivre et de cannelle. Ils les déchargeaient des *almadies* qui faisaient inlassablement la navette avec les deux navires de Cambay au mouillage.

Comme j'interrogeais les Maures sur leur commerce, ils me dirent qu'ils exportaient de l'or, des étoffes de coton et de la cire vers Aden et la mer Rouge. Quand je les questionnai sur la couleur de cette mer, ils se moquèrent de moi. Nos accompagnateurs se firent plus discrets lorsque je leur demandai d'où venait leur or. Ils nous serraient de près et ne voulaient pas nous laisser voir le contenu des entrepôts, mais j'aperçus par une porte entrebâillée un grand nombre de défenses d'éléphant. En revanche, ils nous montrèrent les flèches empoisonnées d'archers noirs qui surveillaient le port.

Les Maures nous conduisirent ensuite à travers un dédale de ruelles dont la saleté me rappela certains quartiers de Lisbonne. Quelquefois, la terre était jonchée d'arêtes de poisson ou souillée de sang animal. Je me pinçais alors discrètement le nez pour ne pas froisser nos hôtes. À un détour du chemin, nous passâmes devant trois hommes qui s'activaient autour d'un dromadaire. Ils lui lièrent une patte, puis l'un d'eux vint au-devant de l'animal avec un long couteau. Il lui trancha la gorge. Je détournai le regard et allongeai le pas.

Nos guides nous invitèrent enfin à entrer dans une maison où l'on pourrait manger des plats typiques et goûter d'excellents jus de fruits. Nous nous installâmes dans une pièce décorée de tapis, où flottait un parfum capiteux de roses de Damas qui contrastait agréablement avec celui du dehors.

Des jeunes filles noires apparurent et vinrent nous servir. Leur tenue se limitait à de petits voiles et quelques colliers et bracelets multicolores. Elles avaient la croupe si ronde et frétillante que c'en était prodigieux. Elles posèrent sur nos tables de grands plats en bois remplis de riz cuit au beurre, sur lequel fut versé un appétissant ragoût de viande, de poisson et de légumes. Dans d'autres écuelles, on avait mélangé une préparation alléchante à base de lait caillé, avec des mangues et des limons confits, du poivre, du gingembre et d'autres ingrédients extraordinaires. J'en goûtai : c'était sublime… quoique un peu corsé.

À la fin du repas, les servantes se firent plus avenantes qu'il n'était convenable. Je protestai auprès des Maures, puis demandai à payer mon dû et à partir. Ils riaient et me dirent que tout était offert, et que cela les offenserait si je refusais leur cadeau. Je regardai alors mes camarades. Je n'étais pas étonné que les hommes du commun fussent à leur affaire, mais j'étais fort surpris par l'attitude du dépensier : l'ex-otage ne semblait guère dépaysé par l'endroit. Quant à Gonçalo Sanches, son corps râblé disparut derrière un rideau avec une créature fessue au déhanché spectaculaire. Cependant, une jeune femme au corps luxuriant et aux mains lubriques m'entreprenait tant et tant que je commençai à bien m'échauffer et je ne pus m'en défendre.

Les Maures riaient toujours.

Nous avions entamé le chargement de quelques vivres, mais on ne nous en fournissait pas autant que nous l'eussions voulu. Comme nous réclamions de faire aiguade, les Maures nous dirent que la bonne eau se trouvait à l'intérieur des terres, et qu'il fallait qu'on envoie le canot avec beaucoup d'hommes et de barils pour la récupérer. Nous vidâmes ceux des tonneaux dont l'eau était croupie, c'est-à-dire presque tous, et une troupe fournie se rendit à terre avec le plus de récipients possible.

Je regardais le canot s'éloigner vers le rivage. Il y avait de l'animation dans le port : de nombreux bateaux prenaient la mer, des gens allaient et venaient. Bientôt je distinguai les armes qu'ils portaient. Je vis les hommes du canot se faire attaquer. Je vis des *almadies* se diriger vers nous, des arcs et des sagaies être brandis. Je me mis à trembler et courus vers la cabine de Diogo Dias.

Le capitaine fit un compte rapide : en soustrayant ceux qui étaient partis sur le canot et ceux qui étaient en permission, il devait rester en principe une bonne vingtaine d'hommes sur la *Bate-Cabelo*. Mais nous ne nous comptâmes que huit, en incluant le connétable qui était toujours alité. Il y avait le contremaître, deux marins dont un mousse et deux bombardiers. La chaloupe n'était pas à sa place ; le capitaine jura contre ceux qui allaient à terre sans prévenir. En son for intérieur, sans doute jura-t-il aussi contre lui-même d'avoir autant relâché la garde.

– Larguez la misaine ! hurla-t-il. Coupez les câbles de l'ancre !

Malgré sa fièvre, le connétable extirpa son corps efflanqué de sa couchette. Il ordonna aux deux soldats dont il disposait de charger une bombarde et de tirer le plus de boulets qu'ils pourraient. Sur la rive, la bataille avait cessé : les Maures poussaient des cris de victoire, nos hommes étaient pris. Les premières flèches atterrirent sur le pont de la nef. Je repensai aux herbes empoisonnées dont ils enduisaient leur pointe.

– Faras, ne reste pas planté là ! m'ordonna Diogo Dias.

Puisque je ne savais manipuler ni les cordages ni les canons, je me précipitai vers le contremaître afin qu'il m'enseignât sur le pouce quelque rudiment ; mais comme il était en train de tirer vivement sur une corde, le Galicien m'écarta rudement.

– Dégage, Patte-Folle, tu vois pas que tu gênes !

Une nouvelle volée de flèches me convainquit de revenir à l'abri du château arrière, ce que je fis si prestement que j'eus l'impression de ne plus boiter. Un coup de bombarde retentit. Je sursautai. Mon cœur palpitait. Je sentis mon urine couler le long de ma jambe. Je m'assis par terre et me pris la tête dans les mains.

Quand je la relevai, je vis le papefigue de misaine se gonfler. J'entendais distinctement les rugissements de nos ennemis, tout proches. Je vis la proue de la *Bate-Cabelo* pivoter lentement.

Les hurlements des Maures s'estompaient, le chuintement régulier de la vague d'étrave s'amplifiait. J'aimai ce bruit comme jamais je n'aurais pensé.

7

Notre capitaine s'adressa à ce qui restait de l'équipage.

– Messieurs, nous ne sommes plus que huit hommes pour contourner de nouveau l'Afrique et ramener la *Nossa Senhora da Vida* au Portugal. Pour cela, il faut vivre. Vivre pour soi-même, mais vivre aussi afin de sauver le reste de l'équipage : chaque personne en moins, ce sont deux bras en moins pour manœuvrer le bateau, ce qui compromettrait les chances des hommes restants.

Comme il m'avait regardé en prononçant cette phrase, je compris bien que j'allais devoir user mes mains sur les cordages. Diogo Dias ajouta :

– Enfin, il faut vivre pour éviter les flammes de l'enfer, car nous n'avons plus de prêtre pour nous donner l'absolution. Prions donc le Seigneur de nous accorder la vie. Et prions aussi pour nos hommes capturés par ces chiens d'infidèles !

Sa voix se brisa. Nos hommes pouvaient être considérés comme morts.

Nous implorâmes la miséricorde de Dieu avec contrition. L'un des deux bombardiers se frappa lui-même – il choisit un cordage léger plutôt qu'une sangle de cuir – afin de mieux montrer son repentir. L'autre soldat préféra chercher un retable de Notre-Dame dans la cabine du regretté père Agostinho, pour le brandir vers le ciel.

Nous décidâmes de chanter le *Salve Regina* deux fois par jour désormais, et fîmes le serment que si nous rentrions vivants à Lisbonne, nous irions tous en pèlerinage à Nossa Senhora de Guadalupe, sauf notre Galicien qui fit le vœu d'aller à Santiago de Compostela – qui était plus proche de chez lui.

Dans ma tête, je passais en revue les hommes que je ne reverrais jamais. À vrai dire, je ne regrettais ni la perte du pilote ni celle du proscrit. Je me sentais même soulagé par leur disparition. La mer m'avait-elle rendu si mauvais, jusqu'à me réjouir de la mort de ceux qui me perturbaient ? Heureusement, je ressentais aussi quelque pitié pour eux, ce qui me rassurait sur mon degré d'humanité. Mais comment avais-je pu être aussi ébranlé par ces deux pauvres bougres ? Pourquoi leurs peurs et leurs peines m'atteignaient-elles si profondément ?

En revanche, je déplorais l'absence du père Agostinho, car c'était un brave homme, et parce que les absolutions qu'il distribuait largement pouvaient rassurer et soulager un peu la conscience, même si je doutais que la rémission des péchés pût être une bonne assurance d'aller au paradis.

Je ne pleurais pas la perte du dépensier. Je dois bien avouer que lors de l'attaque des Maures, et malgré ma frayeur, j'avais constaté sans déplaisir qu'il faisait partie du groupe du canot. Non qu'il m'était antipathique, mais j'avais identifié à sa main les premiers symptômes de la gangrène, conséquence d'une plaie mal refermée – que je pensais pourtant avoir bien nettoyée. J'aurais eu à l'amputer, ce qui me glaçait rien que d'y penser : la scie du charpentier, l'eau-de-vie, le sang, les cris. Non, quitte à sacrifier des gens, autant que ce fût lui. Tout bien considéré, je ne l'aurais même pas échangé contre un Gonçalo Sanches.

La disparition du maître d'équipage avait pour conséquence l'accession à ce rang de ce rustaud de Galicien. Maître d'un bien triste équipage en vérité, une promotion dérisoire : cinq hommes sous ses ordres, moins qu'il n'en avait eu auparavant. J'excluais de ce décompte le connétable, à cause de son grade et de sa maladie, mais je m'y incluais, puisqu'il me faudrait désormais participer à la manœuvre. Je devrais donc obéir à ce nouveau maître, ce qui ne me disait rien qui vaille.

J'appris à haler, souquer, laisser filer, brasser, contre-brasser... Mes paumes se couvrirent de cloques. Pour une fois, ma propension au mal de mer était une chance : je fus dispensé de grimper aux mâts. Mes compagnons ne voulaient sans doute pas recevoir du ciel des résidus de biscuit à demi digéré.

L'ombre des absents planait sur la nef. Les hommes restants erraient dans un espace trop grand, étonnés de ne plus y croiser tel visage, tel camarade. Nous étions surpris aussi d'être là, comme si Dieu nous avait choisis pour nous accorder la vie, ou en tout cas un sursis.

La perte de nos compagnons était un handicap pour la bonne marche de la nef, mais elle augmentait par ailleurs nos chances de survie : nous disposions de plus d'eau et de nourriture, même si celle-ci était largement avariée. Dans une entreprise telle que la nôtre, peut-être la disparition de certains hommes était-elle nécessaire au salut des autres.

En tout cas, celle de Tristão Fernandes me donnait libre accès aux cartes marines. Le pilote était responsable de tous les documents nautiques du bord, mais devait en principe laisser le cosmographe les consulter. Il avait pourtant toujours rechigné à me fournir les cartes. Quand il ne prétendait pas en avoir besoin lui-même, il prétextait que l'état de la mer ne permettait pas de les sortir car on risquait de les abîmer. Il me rappelait sans cesse qu'au début du voyage, j'avais malencontreusement vomi sur l'une d'entre elles, et je m'étais lassé de devoir toujours insister, malgré ma passion pour les cartes. Je pouvais donc enfin les manipuler à ma guise, d'autant que j'étais un peu moins sujet au mal de mer. J'y suivais le tracé des routes ou voltes conseillées pour trouver des vents favorables. Je consultais les échelles de lieues et repérais les roses des vents, desquelles s'échappaient en étoile les trente-deux lignes de rhumb qui indiquaient les directions au pilote : nous suivions alors le rhumb du sud-

sud-ouest. Enfin, j'examinais le dessin des côtes. La carte de l'Afrique orientale ne montrait que peu de détails : ces rivages restaient largement méconnus.

Je pratiquais des saignées au bras maigre et brûlant du connétable, sans grande conviction. J'étais surpris qu'il vécût si longtemps. Finalement, il mourut. Nous n'étions plus que sept.

Diogo Dias laissait de nouveau la barbe obscurcir ses joues, qui semblaient être le reflet de son âme. Il ne parlait presque plus depuis qu'il nous avait exhortés à vivre, après notre fuite de Mogadiscio.

Un jour pourtant, le capitaine nous convoqua, Gonçalo Sanches et moi-même, dans sa cabine. Il nous demanda notre avis sur la navigation du retour. Le nouveau maître d'équipage déclara sans hésiter qu'il ne fallait plus chercher à accoster en Afrique. D'abord nous n'avions plus ni canot ni chaloupe pour aller à terre depuis la nef au mouillage. Ensuite, nous ne disposions plus que d'une seule ancre fiable, après la perte de celle que nous avions abandonnée à la vase du port de Mogadiscio. Enfin, le Galicien ajouta que pour lui, la terre africaine était plus dangereuse encore que la mer. J'acquiesçai spontanément, vu ce que nous y avions subi. Diogo Dias se rangea à l'avis du maître d'équipage, sans faire plus de commentaire.

Après plusieurs jours de bon vent, nous entrâmes dans la zone des calmes équatoriaux.

Nous étions le premier jour du mois de janvier de l'an 1501 : un nouveau siècle commençait.

Je n'en attendais rien de bon pour le Portugal. La route des Indes était ouverte, mais son exploitation démarrait sous de sombres auspices, dès le deuxième voyage : elle avait englouti au moins quatre de nos navires et décimé notre équipage. On n'allait pas manquer d'y envoyer de nouvelles armadas, pour le grand profit de quelques-uns, quitte à sacrifier des centaines, des milliers d'hommes. Peut-être arrêterait-on cette folie quand il n'y aurait plus de marins.

Nous ne fîmes pas de grands vœux pour le siècle à venir : notre seul désir était de rentrer vivants à Lisbonne.

Comme toujours, la succession des journées de bonace et de désœuvrement rendait l'équipage nerveux. Les deux bombardiers regrettaient d'avoir troqué, comme chef, le connétable contre le nouveau maître. Le mousse ne paraissait guère enchanté d'avoir été affecté à la cambuse. Il faut dire que son travail était surveillé de près par le Galicien, et qu'il consistait, outre la distribution de vivres corrompus, à trier le biscuit afin d'en retirer les crottes de rat.

Diogo Dias décida de partager entre tous les petites douceurs – noisettes, raisins secs – normalement réservées à l'élite.

Notre capitaine s'était mis en retrait, son autorité manquait. Cependant, les hommes contenaient leurs pulsions : chacun savait que sa propre vie dépendait du bon fonctionnement de la communauté. Les marins ne m'appelaient plus « Barbier » ni « Patte-Folle ». Gonçalo Sanches m'aida même à me relever une fois où je trébuchai sur le pont.

Un jour où l'on s'était rapproché de la côte, un des soldats émit l'idée d'aller voir à terre si l'on pourrait y trouver à manger. Le Galicien rétorqua que pour cela, il lui fallait soit être bon nageur, soit être bon charpentier, mais que lui-même ne participerait en aucun cas à la fabrication d'une embarcation, fût-elle un simple radeau. Il ajouta que si on voulait aller se promener en Afrique en aussi petit nombre, les sauvages de ces contrées ne manqueraient pas de nous assaillir et de nous dépouiller.

Comme le soldat semblait dubitatif, Gonçalo Sanches commença le récit d'un naufrage auquel il avait survécu.

Nous nous assîmes en cercle autour de lui sur le bois du tillac.

– C'était y a cinq ans. On naviguait à quelques lieues de la côte sud du Congo*, quand on a remarqué que l'eau montait dans les fonds. On a eu beau chercher, on n'a pas trouvé la voie d'eau. Alors on a mis le canot à la mer et on a commencé à embarquer. Mais bien sûr, y avait pas assez de place pour tout le monde. Pour pouvoir y monter, il fallait soit être assez gradé, soit être assez costaud. Évidemment, les esclaves qu'on transportait n'avaient aucune chance. En plus, il fallait qu'on emporte de quoi boire et manger. La ligne de flottaison était au ras du plat-bord. Quand on a pu s'écarter de la caravelle, les gars restés dessus se sont mis à hurler et à se jeter à l'eau. Ceux qui nageaient le mieux ont réussi à s'agripper au canot. Pour sauver notre peau, on a dû les empêcher de monter. Comme les poings ne suffisaient pas, il a fallu trancher des mains.

L'auditoire grimaça mais le Galicien ne nous laissa pas le temps de souffler.

– Alors, on a commencé à ramer vers la côte. Mais on n'arrivait pas à écoper toute l'eau que les vagues amenaient dans le canot, et on a dû encore balancer à la mer quelques pauvres types pour ne pas couler. On a fini par accoster sur une plage, ainsi qu'une douzaine d'autres hommes qui avaient pu embarquer dans la petite chaloupe.

Le soldat s'impatienta :

– Je te dis pas de faire naufrage, je te dis seulement d'aller à terre !

– Attends la suite, ça va te calmer. On s'est donc retrouvés à une quarantaine sur la plage, à peu près la moitié de l'équipage de la caravelle. D'abord, on a organisé un campement. Puis on est partis vers le nord, pour essayer de rejoindre les mouillages fréquentés par les Portugais. Et là,

* À l'époque, le royaume de « Kongo » s'étendait du Gabon à l'Angola actuels.

ça a été terrible. On avait chaud le jour et froid la nuit. Le peu de vivres qu'on avait ramenés du bateau a vite été avalé. Et sur cette fichue terre, y avait que quelques arbustes qui arrivaient à pousser. Alors on a commencé à manger des racines et des feuilles. Comme on crevait la dalle, on s'affaiblissait chaque jour un peu plus. Les Noirs, qui au début n'osaient pas trop s'approcher, se sont mis à nous harceler avec leurs sagaies. Et on a commencé à perdre des hommes, soit à cause de la faim, soit à cause de ces sauvages. Heureusement, on était quelques-uns à avoir gardé une arbalète ou une épée.

– Mais nous, on pourra toujours revenir au bateau, objecta encore le soldat.

– Et comment on ferait, à une poignée d'hommes en triste état contre une troupe de Noirs en bonne santé ? rétorqua le Galicien.

Pour l'heure, la poignée d'auditeurs hochèrent la tête en signe d'approbation. Le narrateur poursuivit le récit de ses aventures en terre africaine. Son corps ramassé oscillait au passage des vagues.

– Pour survivre, on était capables de bouffer n'importe quoi. Quand on a eu fini de manger le cuir des ceintures et des chaussures, on a commencé à se battre pour un lézard, un rat crevé, une peau de serpent desséchée. On n'avait plus la force d'enterrer les morts, et on regrettait bien de laisser leur chair aux bêtes sauvages. On arrivait quand même à avancer tous les jours un peu vers le nord, et finalement, on a atteint une baie où y avait deux caravelles au mouillage. Croyez-moi, on était dans un sale état. De notre équipage de départ, seulement six hommes sont rentrés vivants à Lisbonne. J'espère que nous autres, ceux de la *Bate-Cabelo*, on pourra faire aussi bien.

Gonçalo Sanches conclut son récit d'un crachat sur le pont puis observa les réactions sur nos visages : les sept hommes que nous étions encore n'iraient pas à terre.

Après de longues journées à tenter de profiter du moindre souffle d'air, nous sortîmes de la zone de calmes. Les vents, variables, nous permirent de retrouver des cinglages honorables. Nous pûmes récupérer de la bonne eau lors des passages pluvieux.

Peu à peu, la côte du continent s'incurva vers l'ouest. Nous craignions tous le cap de Bonne-Espérance.

Nous devions être dans les parages qu'avait atteints Bartolomeu Dias treize ans plus tôt, pénétrant ainsi le premier dans l'océan Indien. Sous la pression de ses équipages, il était alors retourné au Portugal, ayant constaté que l'Afrique avait une fin vers le sud.

Une longue houle, qui venait du couchant, se creusa sous la nef.

Il fallait s'y attendre : le ciel s'obscurcit et le vent se leva de l'ouest, contraire. Nous allions encore devoir payer tribut au « cap des Tempêtes ».

Gonçalo Sanches ordonna de virer, puis accompagna les deux marins dans la mâture pour carguer le hunier du grand mât. Le vent nous repoussait vers l'est. On réduisit peu à peu la voilure et l'on finit par naviguer l'arbre sec, au milieu des grandes vagues habituées des lieux.

De nouveau, on invoqua Notre-Dame avec zèle et ferveur. Cette fois, on décida de tirer au sort ceux qui devraient aller en pèlerinage jusqu'à Rome si nous nous en sortions. Mais les hommes les plus pieux ou les plus effrayés – les deux bombardiers – se portèrent volontaires. Je ne croyais pas suffisamment en l'intercession de la Vierge Marie pour lui promettre un si onéreux voyage. Pour l'heure, les cieux ne nous envoyaient que de cinglantes averses.

J'observais des flots démontés. Les vagues s'élevaient si haut que c'était merveille. Je doutais que la mer pût obéir au Seigneur. Elle semblait vivre sa propre vie, sauvage, indifférente aux hommes et aux dieux. Les gens de mer disaient qu'il fallait la respecter, mais elle ne nous respectait pas. Pour elle, nous n'étions rien. Peu lui importait qu'on vécût ou mourût. Je me remémorai les mots du philosophe athénien Anacharsis, à qui l'on demandait si les vivants étaient plus nombreux que les morts. « Dans quelle catégorie, répondait-il, placez-vous ceux qui vont sur la mer ? »

Fort heureusement, la tempête dura moins longtemps que celle subie à l'aller. Après un jour et deux nuits passés à reculer devant l'obstacle, la nef put de nouveau faire route dans la bonne direction. Toutefois, le temps restait capricieux et nous obligeait à d'incessantes manœuvres.

Nous étions épuisés. Dans les accalmies, plus personne n'avait la force de monter dans la mâture pour y établir les huniers. Alors la *Bate-Cabelo* avançait mollement, ballottée, grinçante. Et quand le vent forcissait et qu'il fallait réduire la voilure, nous renoncions à serrer les papefigues. Nous les laissions battre, au risque de les déchirer.

Enfin, nous vîmes le cap immense, le cap d'un continent, appelé à devenir, je n'en doutais pas, un grand cimetière de marins portugais. Sur la dunette, Diogo Dias se recueillit de longues heures, le regard fixé sur la funeste falaise qui avait fait la gloire et le malheur de son frère.

Une fois le cap franchi, on put enfin suivre le rhumb du nord-ouest : la direction de chez nous. Je vis passer une image devant mes yeux : les visages de Leonor, Beatriz et Catarina me souriaient. Je n'avais pas revu leurs traits aussi distinctement depuis bien longtemps.

Nous étions de retour dans l'océan qui bordait nos côtes, mais encore bien loin de celles-ci, ce qui provoquait des sentiments contradictoires nous mettant les nerfs à vif. Des semaines interminables s'écoulaient. Le vent ne s'établissait guère et nos moyennes s'en ressentaient. Les grains, les orages, la bonace. Les changements d'air et l'humidité nous rendaient malades. Nos paillasses étaient rongées de vermine. Quand j'en avais le courage, je tentais de faire le point avec l'astrolabe nautique laissé à bord par ce pauvre Tristão Fernandes. Il semblait que nous nous rapprochions peu à peu de l'équateur.

Je craignais le mal des gencives, mais ce fut la faim qui nous menaça de nouveau.

Gonçalo Sanches fixait des rations de biscuit de plus en plus chiches. Nous en étions à cinq onces par jour. Le Galicien ordonna au mousse de bien racler le fond des vieilles caisses de biscuit, afin d'en récupérer les miettes. Le jeune matelot en ramena une poudre faite pour un quart de crottes de rat. Il en fit une bouillie, cuite avec un peu d'huile censée en atténuer l'amertume. Nous l'avalâmes sans nous plaindre.

L'un des soldats ne parvenait plus à se lever. Il implorait, par les plaies du Christ, qu'on lui donnât quelque chose à manger.

Il mourut. Alors que je constatais son décès, Gonçalo Sanches s'approcha de moi.

– Quand j'ai fait naufrage, au Congo, on avait hésité à bouffer le cadavre d'un de nos compagnons.

Du menton, il me désigna le corps sans vie. J'étais horrifié.

Il planta ses yeux dans les miens :

– C'était ça, ou crever !

Je sortis précipitamment de l'entrepont : la coursive, l'échelle, l'écoutille. Une fois à l'air libre, je m'appuyai au grand mât. Le Galicien avait pris soin de rester ambigu, mais j'étais sûr qu'il l'avait fait, et qu'il était prêt à recommencer.

Alors que je reprenais péniblement ma respiration, je vis que Diogo Dias était sur le pont, où on ne le croisait plus guère. Notre capitaine m'observait en se passant la main sur la barbe. Il s'approcha de moi. Comme il m'interrogeait sur ce qui me troublait, je lui annonçai le décès du bombardier. Il ordonna au soldat restant de m'aider à balancer le corps à la mer.

Gonçalo Sanches me jeta un regard noir, mais il n'osa pas aller contre les ordres du capitaine.

Je ne trouvais pas le sommeil. Quelle alternative terrible ! Se nourrir de son prochain ou mourir : peut-être m'étais-je condamné en faisant la sourde oreille aux allusions du Galicien.

Poussé par la faim, peut-être même qu'un Gonçalo Sanches aurait tué un être humain pour le manger. Cette idée me glaçait. Pour vivre, l'homme était-il prêt à tous les avilissements, à toutes les régressions ? Fallait-il vivre à tout prix ? Non, je préférerais mourir plutôt que de dépasser la ligne floue qui sépare l'humain de la bête. Et ce ne serait pas par dégoût ni par lâcheté, en tout cas l'espérais-je.

Gonçalo Sanches avait survécu à son naufrage. Il faisait partie de ceux qui pour l'heure survivaient à notre voyage. S'il ne devait en rester qu'un, ce serait lui. Derrière lui, des dizaines de morts, qui n'avaient pas eu son instinct de survie, formidable et animal. Combien d'autres périraient en ce siècle naissant ? Quel peuple de dégénérés la route des Indes pourrait-elle engendrer ?

Depuis le drame de Mogadiscio, notre capitaine laissait le maître d'équipage diriger la nef. Diogo Dias était un homme brisé, par la perte de son frère, par celle des hommes dont il était responsable. Je le soupçonnais de lâcher la bride au Galicien justement parce que celui-ci avait une capacité à survivre, une envie de vivre supérieure à la sienne. En outre, Gonçalo Sanches ferait tout pour maintenir les autres hommes en vie, puisque sa propre existence en dépendait. Diogo Dias était cependant intervenu au bon moment.

Sans doute était-il plus vigilant qu'il n'en avait l'air. Sans doute craignait-il la corruption des âmes dans notre situation précaire et veillait-il à ce que des limites ne soient pas franchies.

Depuis quelque temps, nous revoyions l'étoile du Nord, ce qui nous redonnait un peu de force pour manœuvrer.

Un jour, enfin, nous repérâmes le cap Vert.

8

Nous nous dirigeâmes vers la baie protégée par la presqu'île du cap Vert, au sud de l'isthme. La côte était basse mais rocheuse. Derrière s'étendait une brousse parsemée d'arbres épais. Nous laissâmes à tribord la petite île de Palma*, sur laquelle on voyait tourner beaucoup d'oiseaux de mer. On y apercevait aussi la chapelle construite par les Portugais près de vingt ans plus tôt, ainsi que le cimetière attenant où l'on enterrait les marins. On distinguait surtout de nombreux animaux ressemblant à des chèvres.

Nous jetâmes l'ancre un peu plus loin, dans l'anse de Bezeguiche**. La *Bate-Cabelo* était le seul navire au mouillage, en ce lieu où les caravelles du royaume faisaient escale régulièrement. C'était un point de rendez-vous de l'armada de Cabral.

Ici, nous ne courrions aucun des dangers évoqués par Gonçalo Sanches : les Noirs se tenaient à carreau car les Portugais les avaient mis au pas depuis des décennies. Nous allions pouvoir facilement faire aiguade et nous procurer des vivres.

Je marchai sur la terre avec un grand soulagement. Certes, nous n'étions pas encore à Lisbonne, mais nous avions atteint des contrées connues, presque à la périphérie du Portugal. Les mers qu'il restait à parcourir étaient fréquentées depuis plus d'un demi-siècle, on en connaissait bien les pièges, le régime des vents, les courants et les récifs.

À peine deux jours après notre arrivée à Bezeguiche, nous eûmes la grande émotion de voir approcher une voile à l'horizon. On reconnut bientôt la caravelle *Anunciada*, de

* Île de Palma : aujourd'hui île de Gorée.
** Bezeguiche : aujourd'hui Dakar.

la flotte de Cabral, dont nous n'avions revu aucun bateau depuis un an.

– Hourra ! Hourra !

Nous leur criions notre joie immense de les retrouver, alors qu'ils manœuvraient pour jeter l'ancre.

Le vétéran Nicolau Coelho avait été envoyé en avant par le capitaine-major, afin d'apporter des nouvelles au roi, comme il l'avait déjà fait deux ans auparavant lors de son voyage avec Vasco da Gama. Il fut attristé de ne compter que si peu d'hommes dans notre équipage. Bien que nous eussions commencé à nous remettre de notre éprouvante navigation, il fut consterné par la vision de nos visages émaciés et de nos corps décharnés. Consterné aussi de constater que nos cales étaient vides. Alors que nous étions invités à nous restaurer sur l'*Anunciada*, nous pouvions sentir les parfums enivrants qui remontaient des entrailles du bateau : du poivre, de la cannelle, du benjoin…

Les jours suivants furent consacrés à l'avitaillement, à la remise en état des bateaux, surtout du nôtre, et aux récits des aventures de chacun.

Nous apprîmes qu'aux Indes, les choses s'étaient mal passées à Calicut. Le roi de cette ville, qu'on appelait « samorin », avait pourtant permis aux Portugais d'y établir un comptoir. Il régnait sur un peuple de gentils mais commerçait beaucoup avec les Maures. Et un jour, ces derniers avaient attaqué le comptoir, provoquant la perte de cinquante Portugais, sans que le samorin s'en excusât. En représailles, les hommes de Cabral avaient tué dix fois plus de Maures, qui se trouvaient à bord de leurs navires au mouillage dans le port. Puis ils avaient pillé et brûlé ces bateaux et bombardé copieusement la ville. Enfin, ils étaient partis fonder le comptoir un peu plus au sud, à Cochin, où le roi – qu'on appelait « radjah » – avait moins de richesses mais était plus docile que celui de Calicut.

Ainsi, les Portugais s'imposaient dans l'océan Indien par le feu.

Je fis plus ample connaissance avec un personnage singulier embarqué sur l'*Anunciada*, qu'on appelait Gaspar des Indes. C'était un homme grand aux cheveux clairs et cendrés, à la longue barbe et à l'allure pittoresque : il portait toujours des vêtements de lin blanc et un bandeau sur la tête. Lui aussi était un nouveau-chrétien, de plus fraîche date que moi puisqu'il avait été baptisé seulement deux ans plus tôt, au retour de l'expédition de Vasco da Gama. Ce dernier l'avait ramené des Indes comme prisonnier car il y était au service d'un seigneur mahométan en un lieu appelé Goa, et surtout car il possédait une grande connaissance de ce pays pour y avoir séjourné durant de nombreuses années. Cependant, on se méfiait de lui : on se demandait si ce juif converti ne jouait pas un double jeu malgré son allégeance au roi de Portugal.

Quand on le questionnait sur son passé, il avait une fâcheuse tendance à emmêler ses propos, comme s'il cachait des choses inavouables. Selon les versions qu'il donnait à chacun, on ne savait plus trop s'il était né en Pologne ou en Égypte, s'il avait séjourné à Grenade, Venise ou Constantinople, à Jérusalem ou La Mecque, ou même en Tartarie. En tout cas, il connaissait un nombre incroyable de langues, de l'allemand à l'hébreu, du chaldéen à l'arabe, ainsi que de multiples dialectes indiens. Il était donc pour nous un précieux truchement, qui nous parlait en mauvais portugais mâtiné de castillan et de vénitien.

Un soir, bon nombre de Portugais s'étaient réunis sur la plage autour d'un feu où l'on faisait rôtir quelques animaux de ces contrées, sorte de sangliers pourvus d'une paire de défenses. Des tonnelets de vin avaient été débarqués des navires ; la soirée était propice à raconter des histoires, et nous tenions en ce fameux Gaspar un expert en la matière, qui discourait avec beaucoup d'aplomb des choses extraordinaires des Indes.

Il s'approcha d'abord des quelques hommes de la *Bate-Cabelo*. Il nous montra le gibier embroché qu'on faisait tourner sur le feu.

– Qu'est-ce que c'est que ce pays qui abrite des animaux aux défenses aussi ridicules. Là-bas, aux Indes, avec les éléphants, c'est quand même autre chose !

– Il me semble qu'il y a aussi des éléphants en Afrique, objectai-je.

– Peut-être, mais là-bas, aux Indes, on sait les dresser pour utiliser leur force. Savez-vous que certains rois en possèdent plus de mille ?

Il commençait à exciter notre intérêt.

– Et qu'est-ce qu'ils en font, de tous ces éléphants ? demanda Gonçalo Sanches.

– Mais ils peuvent servir à plein de choses. Tenez, par exemple, les éléphants sont capables de tirer les navires à terre. Avez-vous déjà vu un animal faire une chose pareille ?

Notre mousse avait les yeux et les oreilles grands ouverts. Les hommes plus âgés aussi.

– Ils peuvent même soulever les bateaux avec leurs trompes, renchérit Gaspar des Indes.

Nous nous consultâmes du regard, mi-sceptiques, mi-fascinés. L'accoutrement et l'accent exotiques de notre conteur participaient à nous transporter en pays lointain et mystérieux.

Cependant, l'orateur devait trouver qu'il n'y avait pas assez de monde à l'écouter, car il redressa sa remarquable silhouette et se mit à provoquer gentiment l'assemblée afin de s'en faire un auditoire.

– Eh, les gars, lança-t-il d'une voix forte. J'en ai vu parmi vous qui barbotaient dans l'eau de la baie, cet après-midi. On dirait bien que les Portugais sont meilleurs navigateurs que nageurs !

Il avait raison : peu de marins savaient nager. Tous se tournèrent vers lui. Ceux de l'*Anunciada*, qui commençaient à le connaître, échangèrent des sourires de satisfaction et s'installèrent à l'aise, en attendant la suite. L'un d'eux répliqua :

– Dis donc, Gaspar, on ne t'a jamais vu dans l'eau, toi.

– Je n'ai rien à prouver. Je dis seulement ce que j'ai vu. Et là-bas, aux Indes, j'ai vu des marins maures qui savaient rester deux heures sous l'eau. Ceux-là n'avaient pas besoin, comme vous, d'échouer leurs bateaux et d'attendre la marée basse pour nettoyer leurs coques ou y colmater des brèches.

Il se tourna vers ceux de la *Bate-Cabelo* et ajouta :

– Ils n'avaient pas non plus besoin d'éléphants pour remonter les bateaux sur la plage.

Deux heures sous l'eau, ça me semblait tout de même un peu trop extraordinaire. J'écoutai la suite :

– Là-bas, aux Indes, les gens nagent si bien qu'ils vont pêcher les huîtres perlières. Vous verriez ça, des perles grosses comme des noix !

Les hommes échangèrent des commentaires en faisant un rond avec leur pouce et leur index pour mieux se représenter la taille de ces perles. Peu à peu, Gaspar des Indes conquérait son public.

Il restait très affirmatif quand il parlait de licornes s'abreuvant dans un fleuve, ou encore de chandelles qui s'allumaient toutes seules dans un temple de Calicut. Mais devant notre ignorance, il pouvait bien raconter ce qu'il voulait. Néanmoins, j'aimais écouter ses fabuleux récits qui m'entraînaient vers des terres reculées.

Cet homme volubile savait aussi se montrer grivois lorsqu'il s'agissait de comparer les mérites des femmes des innombrables pays qu'il avait lui-même visités, et il vantait tout particulièrement celles d'une île indienne appelée Angedive. Ce à quoi acquiesçaient la plupart des marins de l'*Anunciada*, alors que Gonçalo Sanches prétendait que rien ne valait une certaine demoiselle qu'il avait rencontrée à Mogadiscio. Quant à moi, j'avouais plus de nostalgie pour les hamacs de Vera Cruz que pour le lupanar de Mogadiscio.

Un matin, nous vîmes approcher de la baie trois caravelles. Nous nous attendions à l'arrivée d'autres navires de l'armada de Cabral, mais ceux-ci ne paraissaient pas en être.

Les bateaux vinrent mouiller non loin de nous. Il s'agissait d'une expédition envoyée par le roi de Portugal vers cette île de Vera Cruz que nous avions découverte un an plus tôt. Notre bateau de ravitaillement, qui avait alors fait demi-tour, était donc bien parvenu à Lisbonne, porteur de la nouvelle. Cette flottille était commandée par un certain Gonçalo Coelho.

Une réunion fut organisée à bord de l'*Anunciada* et Diogo Dias m'y emmena. Il y avait là les capitaines et les pilotes des cinq navires présents dans la baie, ainsi que d'autres personnages importants. Après avoir longuement échangé sur l'île de Vera Cruz, nous apprîmes qu'une nouvelle flotte de quatre bateaux était partie de Lisbonne pour l'océan Indien trois mois plus tôt, et nous avait donc sûrement croisés quelque part en mer. Parmi les hommes de Gonçalo Coelho, certains se montrèrent fort curieux des Indes lointaines. En particulier, un cosmographe florentin du nom d'Amerigo Vespucci interrogeait avec insistance les gens de l'*Anunciada*. C'était un homme entre deux âges, au menton proéminent et lisse comme un galet, au nez pyramidal et à l'air satisfait.

Quand je voulus parler avec lui de mes observations des étoiles australes, il m'ignora superbement. Il glissa même dans la conversation :

– Pour qu'un bateau se perde ainsi pendant des mois, il n'y avait certainement à bord personne d'assez compétent dans la science de la navigation, encore moins de cosmographe ni de mathématicien digne de ce nom.

Diogo Dias répliqua :

– Si vous aviez vécu ce que nous avons vécu, vous ne parleriez pas avec autant de pédanterie.

Gonçalo Coelho fit comprendre à Vespucci qu'il devait faire preuve de plus de retenue. Ce dernier haussa les épaules. Comme la discussion s'orientait sur les déboires subis par la *Bate-Cabelo*, il s'éloigna et se lança dans une longue conversation en aparté avec Gaspar des Indes.

J'accompagnai aussi Diogo Dias lors de sa visite sur les trois caravelles en route pour Vera Cruz. J'eus ainsi l'occasion de visiter la cabine de ce prétentieux d'Amerigo Vespucci.

Il nous montra son astrolabe personnel, au laiton si rutilant que je pensai qu'il servait davantage pour la montre que pour prendre des mesures. D'ailleurs, ses cartes marines étaient comme neuves. Sur la *Bate-Cabelo*, nous avions un astrolabe plein de vert-de-gris et des cartes déchirées. Bref, du matériel qui avait navigué.

Le Florentin fit à ses visiteurs l'étalage de ses connaissances sur les constellations du Sud, ce en quoi il ne m'apprenait rien ; d'ailleurs, jusqu'alors il n'avait apparemment qu'à peine dépassé l'équateur lors d'un précédent voyage pour le compte de l'Espagne. Quand il prétendit ne jamais pouvoir se perdre en mer, je vis les marins se regarder d'un air dubitatif. Ils s'inquiétaient sans doute de son manque d'humilité devant la mer et devaient penser, comme moi, que cet homme levait le pied plus haut que la main.

Vespucci profita de ce que Gonçalo Coelho et Diogo Dias fussent sortis sur le tillac pour me lancer :

– Comment diantre avez-vous pu ne pas trouver Sofala ni Mozambique, et vous perdre dans l'océan Indien ?

Je me sentis plein de lassitude et rejoignis mon capitaine au-dehors.

Le lendemain de l'appareillage des trois caravelles pour Vera Cruz, deux nefs ventrues apparurent au détour de la presqu'île. Décidément, il y avait du passage à Bezeguiche en ce mois de juin. Nous les reconnûmes rapidement : notre capitaine-major Pedro Álvares Cabral était de retour.

Il décida de faire embarquer les quelques rescapés de la *Bate-Cabelo*, qui avaient tant souffert, sur l'*Anunciada*, et d'envoyer celle-ci en avant vers Lisbonne. Seul Diogo Dias resterait à bord de sa nef, et on lui fournirait un équipage plus frais.

Je déménageai donc sur le bateau de Nicolau Coelho. Nous fîmes nos oraisons et levâmes l'ancre.

L'étape se déroula sans histoire. Nous suivîmes la traditionnelle volte des Açores – sans toutefois y faire escale –, afin de profiter des vents portants du grand large et éviter ceux, défavorables, qui soufflaient le long de la côte africaine.

Nous aperçûmes enfin la falaise abrupte du cap Espichel qui annonçait l'entrée du Tage, et ce fut le plus beau jour de ma vie. Après quinze mois et demi de navigation, et en n'ayant mis le pied à terre qu'à Vera Cruz, São Lourenço, Mogadiscio et Bezeguiche, je rentrais à Lisbonne. Je me joignis aux manifestations des marins qui se réjouissaient de bientôt pouvoir goûter aux plaisirs de la terre et de la chair.

Bien entendu, je jurai de ne plus jamais remettre les pieds sur un bateau.

Deuxième partie
La carte

Ô mer salée, combien dans ton sel tu contiens
De larmes versées par le Portugal !
Pour t'avoir sillonnée, combien avons-nous fait pleurer de mères,
Combien d'enfants avons-nous fait prier en vain !
Combien de fiancées sans époux sont restées
Pour que tu fusses nôtre, ô mer, ô mer salée !

Fernando Pessoa, *Mer portugaise*

(Traduit du portugais par Michel Chandeigne
et Patrick Quillier, en collaboration avec
Maria Antónia Câmara Manuel et Françoise Lay,
Christian Bourgois, 1995.)

9

Je gravis en clopinant la ruelle de l'Alfama. Je transpirais dans ma veste de marin en méchant tissu, et il me fallut reprendre mon souffle à mi-pente. Enfin, j'arrivai devant la porte. Par réflexe, je tâtai nerveusement ma dentition. J'attendis que ma respiration reprît un rythme normal. Quand je constatai que les battements de mon cœur étaient davantage dus à l'émotion qu'à l'effort, je me décidai à toquer à l'huis. Mes doigts tremblaient un peu.

La porte s'ouvrit. Ses yeux noisette me fixèrent intensément. Je contemplai la beauté intacte de ses traits : son petit nez pointu, ses fossettes mutines, ses pommettes rondes. Elle portait sa robe en cambrésine bleu pastel, décolletée en carré et serrée à la taille, avec ses manches et sa jupe bouffantes. C'était l'une de mes robes préférées : la nouvelle du retour de l'*Anunciada* avait été annoncée par le carillonnement des cloches de toutes les églises de Lisbonne, et l'on avait su bien vite qu'elle ramenait des hommes de la *Bate-Cabelo*.

Je n'osai ni sourire ni franchir le perron. Alors, elle descendit les deux marches, me caressa la joue.

– João.

Enfin, j'ouvris la bouche.

– Leonor.

Ma femme vit mes gencives, les trois emplacements vides : un mouvement des yeux à peine perceptible, une lueur de surprise. Je n'eus pas le temps de m'alarmer ; elle m'entraîna dans le vestibule, défit sa coiffe, plaqua sa bouche sur la mienne et m'embrassa fougueusement. Mes lèvres lui répondirent d'autant plus goulûment que je ne m'étais jamais senti aussi soulagé. Je pensai qu'avoir rencontré cette femme était bien la meilleure chose qui me fût arrivée dans la vie.

Comme je ne relâchais pas mon étreinte, elle finit par s'écarter doucement.

– Il ne faudra plus partir, dit-elle.

Je n'en avais surtout pas l'intention.

Mes filles Beatriz et Catarina se jetèrent dans mes bras. Elles avaient bien grandi : déjà sept et six ans. Je leur racontai mon voyage, les dauphins et les baleines, les poissons volants, les perroquets verts et rouges de Vera Cruz, les cocotiers de l'océan Indien. Leurs yeux s'arrondissaient d'émerveillement. Elles s'inquiétèrent puis se moquèrent de ma dentition incomplète, et mimèrent en riant ma démarche claudicante :

– Clopin, clopant, cahin, caha, papa est revenu !

Je ris aussi, à en pleurer, comme c'était bon !

Plus tard, je racontai à Leonor la tempête, le mal des gencives, la mer Rouge, l'attaque des Maures, la faim. J'avais du mal à en parler et j'adoucis ou omis les moments les plus terribles.

– Je suis un survivant, conclus-je, effaré moi-même par la série de calamités que je venais de relater.

Je m'abstins cependant de rapporter certains détails de mes séjours à Vera Cruz et à Mogadiscio. Ma femme me bascula sur le lit et s'employa, avec un soin particulier, à mettre fin à mon abstinence.

Un mois plus tard, les deux plus grosses nefs de l'armada de Pedro Álvares Cabral arrivèrent à Lisbonne, rejointes les jours suivants par deux autres bateaux, puis par la *Bate-Cabelo* de Diogo Dias. Une dernière nef s'était échouée sur la côte africaine de l'océan Indien, et on avait dû la brûler pour ne pas la laisser aux mains des Maures. La moitié des navires de l'armada était perdue.

À chaque nouveau retour, le pourvoyeur de l'Armazém da Índia se faisait remettre toutes les cartes marines, celles qu'il avait fournies au départ et celles qu'on avait tracées durant le voyage. C'était un ordre du roi : ceux qui y contrevenaient risquaient la confiscation de leurs biens, voire la peine de mort. Il voulait ainsi garder secrètes les routes et les terres découvertes par le Portugal. Mais je pensais que quoi qu'il fît, tout finirait par se savoir.

Pour ma part, j'avais remis mes dessins de la côte de São Lourenço et des parages de la mer Rouge. Ils serviraient sûrement au pilote-major, Pedro Reinel, à mettre à jour la carte étalon royale, le fameux Padrão Real. J'en étais fier et je jubilais.

Le Padrão Real était sous bonne garde à l'atelier de cartographie de l'Armazém da Índia.

Le roi avait récompensé Pedro Álvares Cabral et les principaux notables de l'armada, et même accordé des rentes aux orphelins de Bartolomeu Dias, mais il se racontait que Diogo Dias n'avait pas reçu de pension. De mon côté, j'attendais toujours des nouvelles de dom Manuel, qui tardait à me faire signe. Le pourvoyeur m'avait seulement demandé de rester discret à propos de notre désastreux périple.

Lorsque je voulus me rendre à l'atelier de cartographie de l'Armazém, le garde ne me laissa pas entrer. Je n'étais pas sur sa liste, dit-il. Je protestai : en tant que cosmographe, j'avais en principe le droit d'y accéder.

Inquiet, je demandai alors une audience au roi. En guise de réponse, dom Manuel me fit remettre un courrier dans lequel il m'accordait d'exercer le métier de médecin, mais en dehors de la cour royale, ainsi qu'une somme correspondant au coût d'une année d'études à l'université. Ce qui me consterna le plus était la confirmation que je n'avais plus accès au Padrão Real. J'étais en disgrâce.

Leonor m'encouragea : il fallait bien ramener de l'argent au foyer. Je repris donc le chemin de l'université, qui se trouvait dans notre quartier de l'Alfama.

Quand ils me virent réintégrer leurs cours, les professeurs m'accueillirent sans enthousiasme : je n'avais pas été le plus studieux de leurs élèves. Mais cette fois, je résolus de travailler sérieusement. Je me replongeai dans Hippocrate et Galien, repassai Avicenne et Maïmonide, potassai la théorie des humeurs, révisai l'anatomie, la chirurgie ou la diététique. J'apprenais plus par nécessité que par passion.

Depuis mon retour sur le plancher des vaches, je ressentais le besoin de marcher. Malgré ma jambe abîmée, j'errais souvent par la campagne ou par la ville. J'aimais plus particulièrement flâner sur la Ribeira : les bords du Tage bourdonnaient d'activité. Ce jour-là, j'avais été assommé par un cours d'hygiène particulièrement rébarbatif. Je voulais respirer l'air du fleuve et entendre le tumulte du port. Les vendeuses de poisson étaient les plus bruyantes. Quand elles ne hélaient pas le flâneur pour lui vanter la qualité des sardines, elles houspillaient leurs esclaves et les traitaient haut et fort de chiennes, comme pour occulter leur propre condition.

Je m'éloignai de ces mégères et traversai le grand terre-plein sableux qui menait à la berge. Les terrassiers travaillaient encore certaines portions de ce qui devenait une vraie place, la plus vaste de la ville. Sur la rive de l'estuaire, les pêcheurs s'activaient. La marée haute facilitait le déchargement du poisson : encore les sempiternelles sardines. Je repris ma marche vers l'aval. Deux marchands ambulants me proposèrent leur marchandise, disposée sur des plateaux suspendus à leur cou par une lanière. Je n'y voyais que bibelots et breloques, et m'écartai de ces camelots trop insistants. J'esquivai de justesse le poitrail d'un cheval monté par un *fidalgo* peu soucieux d'éviter le piéton, même boiteux. L'haleine fétide qui s'échappait des naseaux fit frémir mes narines.

J'atteignis le chantier où des ouvriers et des esclaves au torse nu construisaient le futur Palais Royal, qui n'était encore qu'un amas de pierres et de murets. En effet, dom Manuel avait décidé de quitter la vieille Alcáçova, sur la colline du château de São Jorge, pour rejoindre la Ribeira, le nouveau cœur de la cité où tout se passait. Je longeai un grand bâtiment attenant au chantier : c'était la Casa da Guiné, Mina e Índia, dont le nom s'était allongé au fur et à mesure de l'avancée des caravelles. Cette chambre de commerce comptabilisait et stockait tout ce qui sortait des cales des navires revenant d'outre-mer. Depuis notre retour, on réduisait souvent son nom en « Casa da Índia ». En passant devant l'un des entrepôts, je sentis l'odeur entêtante de poivre, de muscade et de cannelle : on n'avait pas fini d'écouler ce que Cabral avait rapporté. Après la Casa se trouvait l'Armazém da Índia, dont le nom avait suivi une évolution similaire. Je passai devant l'entrée à pas lents.

Le pourvoyeur de ce magasin était doté de grandes responsabilités. Il dirigeait les agents chargés de fournir tout ce qui était nécessaire à la construction et à l'armement des navires. Vraiment tout : cela allait de la commande du bois pour les chantiers navals au choix des membres des équipages – seuls les capitaines étaient nommés par le roi –, en passant par l'approvisionnement en biscuit et en bombardes. On fournissait aux pilotes, outre astrolabes et routiers, une formation à l'école de pilotage. On leur remettait aussi les cartes utiles à leurs navigations, recopiées depuis le Padrão Real, du moins les secteurs correspondant à leur futur voyage. L'atelier de cartographie se trouvait dans les entrailles de l'Armazém.

Je reconnus le garde qui m'avait refoulé. Je me demandai si c'était le roi lui-même qui avait établi la liste des personnes habilitées à pénétrer dans les locaux. À moins que ce fût le pourvoyeur de l'Armazém. Pour un poste aussi sensible, le roi avait nommé Jorge de Vasconcellos, *fidalgo* de la Maison Royale, un homme grand et sec aux joues creuses, toujours bien habillé.

Je poursuivis mon chemin et contournai le bâtiment.

De l'autre côté s'étendaient les chantiers navals, que l'on agrandissait encore. Je me retrouvai de nouveau sur la grève. La marée descendait. De nombreux bateaux au mouillage encombraient les eaux du Tage : des nefs ventrues, des caravelles plus effilées, des caboteurs, entre lesquels se faufilaient des allèges, des barges fluviales et des barques de pêche. Le fleuve était agité par un va-et-vient continuel d'embarcations. Malgré mon dégoût de la navigation provoqué par mon calamiteux voyage, je me sentis, comme souvent lorsque j'observais l'animation étourdissante de l'estuaire, saisi par l'élan formidable qui projetait la ville vers la mer.

Lisbonne ! La capitale de la mer, la reine de l'océan ! D'ici étaient partis les bateaux qui avaient franchi le cap Bojador et le cap de Bonne-Espérance, les flottes qui avaient traversé la mer océane, la mer des Indes ! D'ici étaient partis les hommes qui avaient découvert la terre de Corte-Real dans le lointain nord-ouest, l'île de Vera Cruz au sud-ouest et celle de São Lourenço par-delà l'Afrique ! Dans cette ville se trouvaient les meilleurs cartographes du monde, ceux qui dessinaient le Padrão Real, la carte la plus complète qui existât sur terre ! Le pilote-major de l'Armazém da Índia, Pedro Reinel, n'était-il pas le plus grand de tous ? N'avait-il pas, le premier, utilisé des échelles de latitude, dessiné correctement les côtes de l'Afrique et des Indes ?

Quand je voulus entrer aux chantiers navals, un contremaître m'interpella. Je haussai le menton et la voix : comment, moi, *mestre* João Faras, cosmographe, médecin et chirurgien du roi de Portugal, on ne voulait pas me laisser passer ? Le cerbère me lança un regard soupçonneux – comme si ma disgrâce se lisait sur mon visage –, mais s'écarta. Il était plus facile d'assister à la construction des coques en bois que d'accéder au Padrão Real.

Mes sens furent mis à rude épreuve. Dans cette fourmilière s'activaient charpentiers et calfats, voiliers et cordiers. Un tumulte continuel s'en échappait, où rivalisaient grincements de scie, coups de maillet et vociférations. Les odeurs de suif ou de goudron chaud se mêlaient à celle de la vase et de la sueur. Ici on débitait des chênes-lièges et des pins, là on disposait de l'étoupe entre les planches d'une coque. Du zèle des ouvriers dépendait la vie des marins.

Je sortis du chantier et rentrai par la Rua Nova, parallèle au Tage et au grand terre-plein. J'avisai les maisons à cinq étages qui la bordaient, où logeaient les riches marchands de la ville. Les plus m'as-tu-vu circulaient dans des chaises à porteurs soutenues par des Noirs au corps noueux, et se faisaient déposer devant les boutiques de luxe. Ils pestaient contre le chantier du pavage de la rue, qu'ils devaient financer et qui n'avançait pas. Pour l'heure, je claudiquai sur la terre battue, jusqu'à un croisement où des passementiers avaient érigé leurs tentes, un voisinage que les riverains jugeaient peu flatteur.

Alors que je jetais un coup d'œil à la ruelle adjacente, mon regard fut attiré par l'encadrement ouvragé d'une porte. Je m'approchai de l'entrée. Une sculpture en bois faisait office de montant : un monstre mi-homme mi-poisson aux traits hideux soufflait puissamment dans une conque et menaçait de son trident le client hésitant. C'est ainsi que je commençai à fréquenter la taverne à l'enseigne du Triton Joufflu.

Cet établissement était visité autant par des nobles et des bourgeois que par des artisans et des marins. On y tolérait une rixe occasionnelle, ce qui contribuait au cachet de l'endroit. Cependant, la populace n'était acceptée que si elle se comportait dans des limites convenables. Une règle officieuse stipulait : « Le coup de poing, passe encore, le couteau, dehors. » Les notables venaient s'y encanailler à bon compte ou tâter le pouls de la plèbe. Le *fidalgo* causait au manant, l'ouvrier interpellait le marchand. Les racontars des marins participaient à y exhaler comme un parfum d'aventure.

Quand, après avoir échappé au trident, je franchissais le seuil du Triton Joufflu, un frisson me parcourait l'échine et une légère ivresse me prenait, avant même que je trempe mes lèvres dans le premier godet. J'habituais mes yeux à la semi-obscurité et jaugeais d'un coup d'œil la clientèle assise autour des tables rondes. Puis j'allais m'accouder au comptoir en bois, près de la chandelle du fond. Le patron me saluait. C'était un homme trapu, au verbe et aux bras forts quand il le fallait. Tout le monde l'appelait l'Açorien, car il venait de cet archipel perdu au milieu de la mer océane. J'étais un client comme il les aimait : les jours de griserie, je racontais des histoires de terres lointaines et exotiques. Et surtout, je payais comptant.

Quand mon récit le captivait assez, il me servait gratis afin d'en exhumer les détails occultés. Cependant, il gardait toujours un œil ou une oreille sur sa clientèle. Il repérait tout de suite si un homme conversait avec discrétion ou si un autre s'échauffait plus qu'il n'était raisonnable.

Un soir de début d'automne, alors que je buvais un godet de vin au Triton Joufflu, je reçus une grande claque dans le dos.

– Tiens, mais c'est notre Barbier !

Je m'essuyai la bouche et me retournai. C'était Diogo Dias. Il avait l'œil enjoué, la barbe fournie et soigneusement taillée. Je me levai pour saluer.

– Bonsoir, capitaine. Comment vous portez-vous ?

– Ah, tu bois du vin de Madère, bonne idée. La tournée est pour moi. S'il vous plaît ! Un cruchon de Madère et un autre godet !

Il m'observa en se caressant la barbe.

– Je sais qu'on ne t'a pas gâté à notre retour. Nous autres, les rescapés de la *Bate-Cabelo*, on est devenus des laissés-pour-compte. Tu sais pourquoi ? Attends, je vais te raconter. Mais viens, allons nous asseoir à une table.

L'Açorien nous désigna la table du fond et demanda au petit Riquinho de nous servir. Le jeune mulâtre apporta le cruchon. Diogo Dias remplit les godets et reprit :

– Certes, nous n'avons pas accompli notre mission à Sofala. Certes, nous avons perdu presque tous nos hommes. Mais si le roi nous a mis à l'écart, c'est surtout pour des raisons politiques.

Je relevai la tête, surpris. Il m'observa pour mesurer son effet, puis continua en baissant d'un ton.

– J'ai participé au premier des conseils réunis par le roi après notre retour. Parmi les notables, il y avait ceux qui voulaient exploiter la route des Indes, suivant l'avis de dom Manuel. Les autres, plus nombreux, pensaient que c'était folie de continuer à y envoyer des bateaux. Un de ceux-là m'a demandé de raconter notre voyage. Comme le roi me lançait des regards furibonds, j'ai adouci, autant que possible, le récit de nos malheurs.

« Mais mes paroles ont quand même conforté les opposants. Ils disaient que les périls encourus sur mer comme sur terre étaient trop importants. Les épices que Cabral a raportées des Indes n'ont pas compensé la perte des navires. Ils disaient aussi que c'était une chose d'exploiter les Noirs de Guinée, faciles à mater, mais que c'en était une autre de soumettre le samorin de Calicut ou les Maures de l'océan Indien, qui étaient riches, nombreux, bien armés, et si lointains. On a déjà assez de mal avec ceux du royaume de Fès.

« Mais j'ai surtout vu qu'ils étaient effrayés, oui, pris de vertige et de stupeur devant les cartes qu'on déroulait sous leurs yeux : des tracés de côtes qui vont si loin, et qui se terminent en pointillés…

Diogo Dias remplit de nouveau les godets et but le sien presque d'une traite. Son regard se fit lointain. Ses yeux paraissaient divaguer sur les voltes et les rhumbs des cartes marines. Je le sortis de ses pensées :

– Il faut bien dire aussi que certains de nos cartographes

se plaisent à y dessiner des serpents de mer ou des léviathans monstrueux.

– Et des tritons plus affreux encore que celui de cette taverne ! ajouta-t-il en souriant.

– Est-ce que les arguments des opposants ont porté ? repris-je.

– Les autres ont riposté en disant qu'on avait là une opportunité unique de propager la sainte foi catholique en ces contrées. Ils ont eu l'oreille du roi. Évidemment, avec des arguments pareils… Au bout du compte, dom Manuel a décidé d'envoyer l'an prochain aux Indes une armada encore plus grande que la nôtre. Cabral devait la commander, mais finalement c'est dom Vasco da Gama qui en sera le capitaine-major.

– Et pourquoi ça ? demandai-je.

– On dit que Cabral a refusé le poste parce que certains bateaux auront un commandement autonome, alors que lui voulait les pleins pouvoirs. Mais je crois plutôt qu'il avait peur, oui, peur de revoir des bateaux chavirer, peur des tempêtes de Bonne-Espérance.

– Il y a de quoi, glissai-je. Ces tempêtes sont inhumaines.

– Tu as raison, il y a de quoi. Mais chez les gens de mer comme chez les *fidalgos*, la peur ne se dit pas. Pour ma part, même si on me le proposait, je ne remonterais plus sur leurs fichus rafiots. Sais-tu que la *Bate-Cabelo* devrait reprendre du service dans cette nouvelle armada ?

Nous bûmes en silence. Je fis signe à Riquinho de nous remplir le cruchon. Je finis par questionner :

– Et nous autres, les survivants de la *Bate-Cabelo*, pourquoi a-t-on si peu de reconnaissance ?

Diogo Dias leva les yeux au ciel et inspira. Il fit une grimace amère.

– Parce qu'on représente la face sombre de l'Histoire : l'échec, la mort. On gêne les projets du roi. Alors on nous met de côté et on nous demande de nous taire.

– Après tout ce qu'on a enduré, maugréai-je.

Il remplit encore les godets. Il me demanda :

– Ça a été, avec ta femme, le retour ?

– C'est une femme admirable, répondis-je.

– Tu as de la chance. Avec la mienne, ce n'est plus pareil. Mais peut-être que c'est moi qui ne suis plus pareil.

Mon ancien capitaine se leva, me sourit et me tapa sur l'épaule.

– J'étais content de t'avoir à bord, Patte-Folle. Je te souhaite bonne chance.

Il sortit de la taverne. J'étais un peu surpris que Diogo Dias m'eût parlé aussi familièrement, mais le lieu s'y prêtait : au Triton Joufflu, les tables étaient d'un bois qui incitait à se laisser aller. Dévoiler son intimité ou se taper dans le dos n'engageait à rien ; on savait que de l'autre côté du trident, on pouvait ignorer celui à qui l'on avait fait des confidences un peu plus tôt, coude contre coude et le godet à la main.

10

– João ! João !

J'ouvris les yeux et distinguai le regard compatissant de ma femme. J'étais en nage. Encore un cauchemar.

Les visages inquiets de mes deux filles se profilaient dans l'entrebâillement de la porte. Leonor leur demanda de retourner se coucher. Puis elle me caressa les cheveux et le front.

– Calme-toi.

Je tremblais. Une vision terrifiante repassa devant mes yeux : un serpent de mer surgissait d'un mur d'eau écumante.

– Qu'est-ce qui m'est arrivé ?

– Ton voyage. Tes mots étaient un peu plus clairs, cette fois-ci. Mais c'était encore la tempête.

Elle me massa doucement les tempes. Je me décrispai peu à peu.

– Détends-toi. Ça va aller.

Ça allait déjà mieux mais je me gardai bien de le dire à ma femme, dont les mains apaisantes s'étaient déplacées vers ma poitrine. Je revis la dernière image : la vague qui s'écroulait sur le pont. Je tressaillis.

– N'y pense plus. Ça va passer doucement.

Ses doigts s'amusaient avec les poils de mon torse. Je me relâchai.

– Tu as aussi parlé de Vera Cruz et d'une rivière, mais c'était assez embrouillé.

Elle me fit un clin d'œil et étendit la zone de caresses à mon ventre. Elle ne me laissa pas le temps de me demander ce que j'avais bien pu raconter.

Cependant, à Lisbonne, des expéditions partaient ou rentraient au fil des saisons. En automne, deux caravelles revinrent de cette terre que les Portugais avaient trouvée l'année précédente, très loin vers le nord-ouest. Les équipages racontèrent avoir vu d'énormes morceaux de glace flottante, et des grands fleuves, ce qui laissait penser qu'il s'agissait d'une terre ferme et non d'une île. Ils ramenèrent une cinquantaine d'indigènes habillés de peaux de loutre ou de cerf, au teint cuivré et au visage peinturluré, qui firent grande impression. Toutefois, le bateau du chef de l'expédition, Gaspar Corte-Real, tardait à rentrer.

Au cœur de l'hiver 1502, une nouvelle armada de quatorze nefs et une caravelle, commandée par Vasco da Gama, appareilla pour les Indes. Un peu plus tard, cinq autres nefs sortirent du Tage afin de rejoindre le gros de la flotte.

Au début du printemps, Miguel Corte-Real partit vers le nord-ouest avec trois navires, à la recherche de son frère Gaspar qui n'était toujours pas revenu. La Ribeira s'animait au rythme des arrivées et des départs.

Pendant ce temps, je me négligeais et prenais de l'embonpoint. Moi, *mestre* João Faras, j'en étais réduit à soigner des gens du commun pour avoir de quoi prolonger mes études. Fini, les couloirs des palais. Ce qui me rendait le plus amer était de ne plus avoir accès aux cartes du roi.

Ah, voir des océans se remplir d'îles, voir des caps et des baies remplacer des pointillés ! Voir des mystères disparaître et d'autres apparaître, et les limites du monde repoussées toujours plus loin ! J'aimais tant faire glisser mes doigts sur le parchemin, pour y suivre le tracé d'un rivage, le contour d'un golfe ou d'une péninsule ! J'étais fort dépité de ne pas pouvoir examiner les mises à jour qui avaient dû être apportées au Padrão Real à la suite de notre voyage.

Parfois, je projetais de me jeter aux pieds du roi pour solliciter ses faveurs. D'autres fois, la colère me donnait des envies de vengeance. Les soirs d'ivresse, je déversais mon amertume au Triton Joufflu.

Un jour où j'épanchai mon fiel plus que de coutume,

l'Açorien pencha ses larges épaules par-dessus le comptoir et me dit à l'oreille :

– Écoute, João. Tu m'inquiètes. Tu es de plus en plus aigri. Si tu avais envie de prendre une petite revanche sur le sort, je connais quelqu'un qui pourrait peut-être t'aider. Qu'est-ce que tu en penses ?

Je le regardai, incrédule. Mais j'étais dans un jour si mauvais que j'étais prêt à écouter la suite.

– Pourquoi pas ?

Le patron prit un air sévère, presque menaçant :

– Tu es sûr ? Bon. Je compte sur ta discrétion.

Il ajouta, plus doucement :

– J'ai discuté comme ça, avec un client, des expéditions portugaises, et on en est venus à parler des malheurs arrivés à l'armada de Cabral. J'ai évoqué le sort réservé aux survivants. Je lui ai donné quelques exemples comme le tien. De fil en aiguille, il s'est intéressé plus particulièrement à ton cas, mais comme je ne voulais pas raconter ta vie, je lui ai suggéré de te rencontrer, si tu étais d'accord.

– Mais qui est cet homme ? m'enquis-je.

Il me désigna du menton l'une des tables du fond, dans le coin le plus sombre de la taverne. Un client en habit noir y était assis. Un chapeau plat à plumes empêchait la lumière vacillante des lanternes d'éclairer son visage. Probablement un étranger. L'Açorien précisa :

– Il m'a dit qu'il avait sans doute quelque chose à te proposer, mais je n'en sais pas plus.

Je me dirigeai vers la table, m'efforçant de ne pas tituber plus que ce que m'imposait mon infirmité. L'homme souleva le bord de son chapeau et m'invita à m'asseoir en indiquant une chaise d'un mouvement des yeux. Il me jaugea de son regard sombre et profond. Sans préambule, il me demanda :

– Vous aimeriez consulter le Padrão Real ? Vous voudriez jouer un tour à ceux qui vous ont discrédité ?

Je le fixai, stupéfait. Puis je consultai l'Açorien du regard, qui me fit un signe de tête encourageant. Comme j'étais assez ivre, je répondis un peu fort :

– Celui qui m'a discrédité, c'est le roi !

Les visages de quelques *fidalgos* attablés non loin se tournèrent vers nous. L'homme me fit signe de baisser le ton en fronçant les sourcils. Il répondit sèchement :

– Je le sais. Réfléchissez. Nous pourrons en reparler dans un moment où vous serez moins exalté.

Il se leva de sa chaise et s'éloigna sans me saluer. Il se dirigea vers la sortie, ouvrit la porte, contourna le trident et disparut dans la ruelle.

Pendant le repas du soir, je fis part à Leonor de mon étrange rencontre. Comme elle était certaine que je n'allais pas donner suite à une proposition aussi douteuse et extravagante, elle prit la chose à la légère et semblait s'amuser à échafauder des hypothèses. Qui était cet homme ? Il avait un accent italien assez prononcé ; plutôt du nord du pays, d'après ce que je pouvais en juger. Il portait d'ailleurs une blouse et un chapeau à l'italienne. Génois ? Vénitien ? Lombard ? Florentin ? Notre esclave Pascoal, qui servait sa soupe de fèves et qui se mêlait toujours de ce qui ne le regardait pas, fit remarquer qu'il était aussi banal à Lisbonne de croiser un Italien qu'un Noir. Agacé par son impertinence, je le fis taire et l'envoyai chercher du vin. Je dis à Leonor qu'on devrait éviter de parler de tout ça devant lui, mais elle pensait qu'il n'y avait pas à s'en faire : les indiscrétions de Pascoal ne dépassaient jamais le seuil de la maison.

J'avais acheté pour pas cher ce Noir efflanqué sur le marché de la place du Pilori, quelques années auparavant. Ce n'était pas une mauvaise affaire : cet individu entre deux âges se révéla plutôt dégourdi, parfois un peu trop à mon goût – même si sa soupe de fèves était une fois de plus excellente. Il nous servait d'homme à tout faire, assez efficacement s'il fallait en croire les reproches que la plupart des gens faisaient à leurs esclaves. Je le battais davantage pour ses insolences que pour ses rares moments de paresse.

Il avait raison : la colonie italienne de Lisbonne, attirée par les richesses déchargées des caravelles, s'était bien agrandie et intégrée au royaume. Ses membres occupaient des fonctions de marchands ou de financiers, de marins ou d'aventuriers. On en croisait souvent dans la Rua Nova et sur la Ribeira, il n'y avait donc rien d'anormal à en rencontrer un dans une taverne du quartier.

Pour ne pas devoir donner raison à Pascoal, j'abordai le sujet sous un autre angle. Qu'avait vraiment à me proposer ce mystérieux personnage ? Puisqu'il s'agissait de consulter le Padrão Real, il faudrait sûrement désobéir au roi. En tout cas lui « jouer un tour », selon les paroles de l'inconnu. Je devais prendre un visage assez grave car Leonor commençait à donner des signes de nervosité. Ses fossettes se creusaient et son front se ridait.

– Jouer un tour au roi avec le Padrão Real, voyez-vous ça, railla-t-elle.

Malgré moi, une excitation intérieure me gagnait, que je n'avais pas connue depuis longtemps. Après mon retour de voyage et la joie des retrouvailles, je m'étais peu à peu assombri. Pourtant, j'avais une épouse rêvée et des filles adorables. Certes, je végétais entre des cours rébarbatifs et des consultations médiocres, mais j'étais passé par de pires moments. Je m'expliquais mal le vide grandissant que je ressentais. Mon corps était parfois soumis à des tremblements inexpliqués, et même à des défaillances au lit. Décidément, ce voyage avait dû bouleverser bien des choses en moi, comme l'attestaient mes cauchemars récurrents. Un voyage si terrible, mais si intense.

Les paroles de l'inconnu me troublaient. Ainsi, je pourrais à la fois accéder au Padrão Real, me venger et, peut-être, gagner de l'argent. Et surtout, je pouvais apporter du piquant à mon existence. Ma femme me sortit de mes pensées.

– Si ça se trouve, cet étranger n'est qu'un mauvais plaisant.

– On voit bien que tu n'as pas croisé son regard, répliquai-je.

– Dom Manuel connaît ton aversion pour la mer. Tu pourrais bien te retrouver embarqué comme proscrit sur une de ses nefs !

Je tressaillis à cette idée : je revis avec horreur le visage dévasté de Salvador Pires. Puis je pensai aux condamnés abandonnés à Vera Cruz. J'eus alors un frisson d'une autre sorte et la perspective d'un bannissement me sembla moins déplaisante.

L'Açorien avait arrangé le nouveau rendez-vous. Je m'installai à une table du fond et attendis. Le petit Riquinho m'apporta mon vin de Madère habituel. Je bus quelques gorgées puis tapotai distraitement mon godet sur le bois. Je me demandais si le patron du Triton Joufflu m'aidait par amitié ou par intérêt ; peut-être un peu des deux. Finalement, je ne savais pas grand-chose sur lui. Pas même son vrai nom.

Un chapeau à plumes apparut sur la table, posé d'une main ferme. Je sursautai, relevai la tête et vis les yeux noirs de l'Italien. Il s'assit et planta son regard dans le mien.

– Je vous ai parlé du Padrão Real. Vous êtes bien placé pour savoir que c'est l'un des documents les mieux gardés du royaume. Avant de vous en dire plus, je veux savoir si vous êtes prêt à prendre des risques et à garder des secrets. Bien sûr, vous toucherez une récompense. Mais si vous me trahissez…

Je le vis dans ses yeux : il me tuerait. J'essayai de garder bonne contenance.

– Qu'attendez-vous de moi ?

– Mon maître est fort intéressé par les découvertes des Portugais. Je sais que le Padrão Real est gardé dans un coffre fermé, avec deux clefs, à l'atelier de cartographie.

L'une est détenue par le pourvoyeur de l'Armazém, l'autre par le pilote-major. Il faut donc l'accord de ces deux dignitaires pour atteindre cette carte. Vous pouviez la consulter, n'est-ce pas, avant votre disgrâce ?

Un espion. J'avais affaire à un espion. Je ravalai ma salive et fis « oui » de la tête. Il ajouta :

– Accéder au Padrão, c'est mission impossible. Mais le roi en a commandé une copie à l'atelier. Je veux que vous voliez cette copie.

– Vous êtes fou ! m'écriai-je.

Des clients se tournèrent vers nous. L'Italien me foudroya de nouveau du regard. J'enfonçai ma tête dans mes épaules et fis un geste d'excuse. Je chuchotai :

– Mais c'est impossible !

– Avant votre voyage, vous aviez accès à l'atelier de cartographie. Vous connaissez les lieux, et probablement encore ceux qui y travaillent.

C'était vrai. Je connaissais un peu les cartographes. Faudrait-il corrompre l'un d'eux ? Et comment faire avec les gardes ?

– Et si j'échouais ?

– Vous ne seriez pas payé et vous devriez rembourser ce que je vous aurais avancé.

Ainsi, j'avais droit à l'échec, ce qui me rassura un peu. Il ajouta :

– Dans tous les cas, vous devrez rester discret. Nous autres Italiens savons faire taire ceux qui sont trop bavards.

Son regard m'effraya. Je finis mon godet de vin, puis voulus en savoir davantage.

– Comment savez-vous qu'une copie...

– J'ai mes informateurs, coupa-t-il. Cette copie est en cours de réalisation. Il faudra s'en emparer quand elle sera finie, en tout cas avant que le roi ne la récupère.

Je sentis mon cœur palpiter. Dans ma tête, des images s'entrechoquaient. Leonor, Beatriz et Catarina. Le refus du garde de l'Armazém. Le Padrão Real. Avaient-ils dessiné les côtes de São Lourenço ? Celles de Vera Cruz ?

– Combien ? demandai-je.

– Dix cruzados d'or, dont cinq tout de suite.

Dans ma situation, c'était une belle somme. Cependant, j'avais connu des temps meilleurs où j'aurais dédaigné une telle offre. Pour un *fidalgo* ou un bourgeois, ce n'était pas un gros sacrifice. Son maître, en Italie, avait probablement les moyens.

– Douze, marchandai-je.

Il serra ma main moite et tremblante.

11

Notre maisonnette était nichée dans les escarpements de l'Alfama, un quartier de pêcheurs coincé entre la vieille enceinte maure et la nouvelle muraille Fernandine, côté amont de la ville. Les étrangers qui s'y perdaient se plaignaient d'y être « parfumés à la fumée de sardine », encore davantage qu'ailleurs à Lisbonne. Les fourneaux en terre cuite jalonnaient les ruelles.

La pente facilitait l'écoulement des ordures vers le Tage, même si je pestais contre les esclaves qui déversaient dans les caniveaux le contenu des pots de chambre, malgré l'interdiction. Pascoal lui-même rechignait à les porter jusqu'au fleuve : je l'avais déjà surpris en train de se débarrasser des excréments dans une orangeraie.

La cote du quartier augmentait en même temps que la capitale prenait de l'ampleur ; des personnes de moyenne importance venaient s'y installer. Depuis ma disgrâce, je n'espérais plus guère sortir de cette catégorie par le haut.

Notre maison était un peu plus grande que celle du menu fretin. Après la pièce de réception, nous disposions en effet de deux chambres. La cuisine donnait sur le jardinet où Pascoal entretenait quelques poules, un petit potager, un figuier et un grenadier. Il logeait dans le cabanon du fond, sauf par grand froid où nous tolérions qu'il installât sa paillasse dans le grenier. Nous avions la chance d'avoir suffisamment d'espace pour ne pas faire dormir l'esclave sur le sol de notre chambre, ce à quoi étaient réduits nombre de Lisboètes peu fortunés.

Comme prévu, Leonor ne le prit pas bien.

Au fur et à mesure que je lui relatais, fort peu à l'aise, mon entrevue avec l'Italien, son regard s'assombrissait. Quand j'eus terminé, sa lèvre inférieure se mit à trembler.

– Dis-moi que ce n'est pas vrai ? João ? Qu'est-ce que tu as fait ?

Après la stupeur vint la colère.

– Tu ne crois pas qu'on a déjà été assez inquiètes pendant ton voyage ? Alors, ça va recommencer ? C'est pas possible, comment peux-tu nous imposer ça, à moi, à nos filles ? Mais qu'est-ce que tu cherches ? Après la nef, la prison ? C'est ça que tu veux ?

Je lui posai la main sur l'épaule, le plus tendrement possible. Elle s'écarta vivement et poursuivit :

– Je sais, ça a été dur pour toi, sur le bateau, mais ça n'a pas été facile pour nous non plus, qu'est-ce que tu crois ? Les filles qui demandaient quand leur papa rentrerait. Et moi, plus de quinze mois à attendre le retour du mari, de l'amant.

– Leonor, calme-toi. L'Açorien ne m'embarquerait pas dans une affaire…

– L'Açorien ? Un patron de taverne ! Tu ne sais rien de lui. Même pas son nom. Comment peux-tu prendre des risques pareils ? Tu es fou.

Dans son regard, la colère fit place au trouble. Je vis dans ses yeux qu'elle s'inquiétait vraiment pour mon équilibre mental. Elle me repoussa et sortit de la pièce en pleurant.

Un léger vent d'ouest tempérait les premières chaleurs. La marée commençait à monter, inversant peu à peu le cours du Tage. Le soleil déclinant faisait scintiller de jaune les rides du fleuve. À cette heure, l'estuaire méritait bien son nom de « mer de Paille ». Je jetai un coup de pied nerveux à un poisson étêté oublié sur la laisse de marée haute, au milieu des débris d'algues, de brindilles et de déchets amenés par le courant. Je me retournai et traversai le vaste terre-plein qu'on appelait de plus en plus la « place du Palais », à cause du chantier. Je me faufilai parmi les passants affairés, presque sans les voir, et me dirigeai mécaniquement vers l'Armazém da Índia. Je m'arrêtai à bonne distance de l'entrée. La plupart des employés allaient bientôt en sortir. Je me reculai jusqu'au renfoncement d'une façade, d'où je pouvais observer les allées et venues.

J'hésitai. C'était là, maintenant, que j'allais emprunter un chemin dont je ne maîtrisais ni l'itinéraire ni la longueur. Il y aurait des carrefours, des obstacles, des impasses. J'aperçus Rui Carvalho qui sortait de l'Armazém.

Je le laissai se mêler à la foule de la place. Je suivis un moment sa silhouette de grand échalas, puis fis un cercle et vins à sa rencontre.

– Rui ! Ça alors !

– João ! João Faras ! Ça fait longtemps ! Tu ne passes plus à l'atelier de cartographie ?

Je n'eus guère à insister pour l'emmener au Triton Joufflu.

Après avoir bu quelques godets, Rui commença à parler.

– Tu sais, João, pour moi non plus, ça ne se passe pas très bien. Depuis qu'ils ont embauché le frère Pantaleão à l'atelier, je ne fais plus que recopier des cartes pour les marins. Tu vois comment elles sont : pas de couleurs, pas de fioritures. Le tracé des côtes doit être précis, c'est tout. Et encore, on ne doit pas les dessiner plus loin que la destination prévue du voyage. De la routine. En plus, au retour des bateaux, on détruit la plupart de ces cartes, parce qu'elles sont alors trop abîmées, ou déjà obsolètes. Tu parles d'un travail !

– C'est qui, ce frère ? demandai-je.

– Un dominicain, défroqué pour avoir trop fréquenté les filles de la Mancebia. Mais comme c'est un des meilleurs enlumineurs du pays, on l'a récupéré à sa sortie du couvent de São Domingos. Je dois bien avouer qu'il sait manier les pinceaux et les pigments. Alors c'est à lui qu'on demande de faire la décoration des cartes de prestige : les couleurs, les miniatures. On lui fournit toujours le meilleur matériel. Pour te faire une idée, il exige pour ses pinceaux des poils d'écureuil de Russie, exclusivement. Tu vois le genre... Pantaleão prend de plus en plus de place. On lui a même confié la réalisation complète d'une carte pour le roi : le tracé et l'enluminure.

– C'est quoi, cette carte ?

– Une copie du Padrão Real.

Je remplis fébrilement nos godets et commandai à Riquinho un nouveau cruchon de Madère. Je repris mon petit interrogatoire.

– Et Pedro Reinel, il est toujours pilote-major ?

– Oui, c'est lui qui dessine le Padrão. C'est un homme vraiment consciencieux, rigoureux. Il harcèle de questions les pilotes des bateaux à chaque retour de voyage. Et après, tu verrais comment il met à jour le tracé des côtes, avec une minutie presque maladive, en tenant compte scrupuleusement des rhumbs et des échelles de lieues et de latitude. Dans notre métier, être pointilleux est une qualité.

– Alors vous êtes combien, en ce moment, à l'atelier ?

– En permanence, on est quatre : un jeune assistant m'aide à faire les copies des cartes de navigation. On a toujours plus de boulot, avec tous ces bateaux qui partent ! Vers l'Afrique, vers les Indes, et maintenant à Vera Cruz ! En période de bourre, avant le départ des flottes, ça devient infernal. Cet hiver, à force d'insister, j'ai obtenu du pourvoyeur Jorge de Vasconcellos deux copistes supplémentaires, le temps de répondre à la demande : comme tu le sais, vingt bateaux sont partis pour les Indes. De plus en plus souvent, on fait appel à des ateliers privés pour recopier les cartes non sensibles : celles des côtes qui sont devenues trop connues pour être encore classées secrètes. On les fournit aux marins ou aux élèves de l'école de pilotage.

– Tu travailles donc avec un dominicain défroqué. Comment ça se passe ?

– Comme tous ses congénères, avec ou sans froc, il méprise les nouveaux-chrétiens : à la moindre occasion, il me traite de renégat. Je suis pourtant un converti sincère ! Ça devient vraiment pesant. Si encore mon travail m'intéressait. Mais à lui les travaux nobles, à moi le tout-venant. Je suis le scribouillard, le « gratte-parchemin » comme il m'appelle. Ça n'est plus tenable.

Rui semblait plein d'amertume. Tout comme je l'étais.

– Je connais peut-être un moyen de te venger, chuchotai-je. Mais avant de t'en dire plus, je veux savoir si tu es prêt à prendre des risques et à garder des secrets.

Je remontai le cours du Tage puis les ruelles de l'Alfama, euphorique. Ma mission commençait fort bien. Certes, il m'avait fallu argumenter, mais Rui Carvalho avait fini par accepter pour quatre cruzados d'or. Deux tout de suite, remboursables en cas d'échec. J'apprenais vite le métier : l'espion italien serait fier de moi.

Je longeai la grande muraille de dom Fernando, qui protégeait la ville depuis plus d'un siècle. La somme que j'avais finalement accordée à Rui amputait d'un tiers celle que je devais gagner dans l'affaire. Mais cela me paraissait amplement justifié car c'était sans doute lui qui prendrait le plus de risques dans cette histoire ; il pourrait se faire prendre par un garde, voire se faire accuser par le frère Pantaleão. Mais de quelles preuves ce dernier pourrait-il disposer ? D'ailleurs, la perte de son froc ne jouerait pas en sa faveur. Si on se débrouillait bien, il serait même peut-être suspecté. C'était en tout cas ce qu'espérait Rui.

J'atteignis enfin notre petite maison. Pour sortir la carte de l'Armazém, il restait cependant le problème des gardes. Faudrait-il lâcher encore quatre cruzados ? Là, ce serait peut-être plus compliqué. Bah, on verrait bien, tout paraissait si facile.

Ce n'était pas l'avis de ma femme.

– Tu sais ce qu'il en coûte de soudoyer un garde ? Tu sais ce qu'il en coûte de faire sortir une carte du pays ?

Je lui avais raconté ma rencontre et ma conversation avec Rui, en espérant la rassurer. Je m'étais attendu à plus de compréhension, et même à de l'admiration : il me semblait avoir déjà fait la moitié du chemin qui menait à la carte. Mais Leonor restait hermétique à mes succès.

En revanche, et contre toute attente, Pascoal se montra plus coopératif. Il me prit à part, l'air gêné. Il regardait par terre et se passait la main sur son bras osseux.

– Maître, j'ai cru comprendre que vous cherchiez à coincer un des gardes de l'Armazém.

Une fois de plus, ce bougre d'esclave avait tout écouté. Je l'avais pourtant menacé plusieurs fois de le corriger avec une lanière de cuir, mais il savait que je n'en ferais rien : je ne pouvais cacher ma nervosité quand, parfois, on entendait au travers du mur mitoyen des cris de douleurs éloquents. J'utilisais plutôt la bastonnade, bien que cela ne changeât rien à son penchant. Il faut dire que je tapais plutôt mollement, car donner des coups m'incommodait. J'y renonçai pour cette fois, d'autant que Pascoal semblait porteur d'informations intéressantes.

– Continue ! ordonnai-je.

– Je sais qu'un de ces gardes aime beaucoup fréquenter les femmes, tellement qu'il est prêt à payer pour ça. Ma pauvre sœur le sait bien, elle qu'on oblige à se coucher sous les hommes. Il a même des manières pas convenables.

J'ignorais que mon esclave avait de la famille. À vrai dire, je ne m'étais jamais posé ce genre de question.

– Comment sait-elle qu'il s'agit d'un garde de l'Armazém ?

– Parce qu'il lui a dit. Il s'amuse à lui faire peur avec son épée.

– Qui est ce garde ? insistai-je. Son nom ?

– Je sais pas, maître. Ah, si seulement vous pouviez faire quelque chose pour ma petite sœur !

– Je veux connaître l'identité de ce garde, tu m'entends ? Dis à ta sœur de se débrouiller. Où est-ce qu'elle est employée ?

– À Cata-que-Farâs. Dans une petite cabane, fermée par une couverture. Je peux vous la montrer si vous voulez.

C'était un quartier pauvre situé à l'autre bout de la ville, vers l'aval, au-delà des chantiers navals. Il était essentiellement habité par des pêcheurs et des fauteurs de troubles. On y recrutait beaucoup de marins pour les flottes. Ce n'était pas étonnant qu'un vaurien y exploitât le corps d'une Noire.

Je me mis à fréquenter le Triton Joufflu de plus en plus assidûment. J'avais besoin de quelqu'un sur qui m'appuyer, et le patron se montrait toujours bien disposé à m'écouter. Je le mis au courant des dernières informations concernant le garde.

– Tout ça est fort intéressant, dit-il en plissant les yeux. Je connais deux moyens d'influencer un homme : l'argent et les femmes. Il y a toujours une faille chez n'importe quel individu, et tu l'as peut-être trouvée.

L'Açorien remit la tournée. Il reprit à voix basse mais animée :

– Il faut qu'on se renseigne sur ce garde. D'abord, bien sûr, l'identifier. Tu n'en es pas loin. Puis vérifier s'il est marié ou non. S'il ne l'est pas, ce sera plus dur pour le faire chanter. Il faudra aussi repérer ses tours de garde. Ça, le petit Riquinho pourrait s'en charger.

Ma bouche s'ouvrit mais resta muette. Du chantage ?

– L'Italien va être content ! déclara-t-il en levant son godet.

– Tu le vois souvent ? demandai-je. J'aimerais bien le tenir au courant.

– Il est plutôt discret, ce qui se comprend. Il m'a demandé de lui faire part de l'avancée de cette affaire.

– Tu le connais bien ? insistai-je.

– Comme je te le dis, c'est un homme discret. Mais je crois qu'on peut lui faire confiance.

J'avais connu l'Açorien moins évasif.

Je pratiquais régulièrement la marche, surtout quand j'avais besoin de me détendre ou de réfléchir. Je m'étais habitué à ma claudication, même si je m'appuyais parfois sur une canne. Ce jour-là, je dirigeai mes pas vers le centre de Lisbonne. Je franchis la vieille enceinte maure par la Porta do Sol, puis longeai l'édifice imposant du tribunal et de la prison du Citronnier, qu'on rénovait. Je pensai alors aux craintes de ma femme et m'éloignai en frissonnant.

La cathédrale se dressa devant moi. J'avisai les deux tours romanes, carrées et crénelées, rehaussées d'un petit clocher à flèche pyramidale. Les chrétiens l'avaient construite sur l'emplacement d'une ancienne mosquée, après la Reconquête. Je songeai qu'au temps de la domination des mahométans, je n'aurais pas été obligé de renier la religion de mes ancêtres. Je descendis vers la Ribeira. En contrebas, la surface du Tage brillait au soleil, jonchée de silhouettes de bateaux.

Quelle ville que Lisbonne ! À la fois capitale de royaume et grand port maritime, elle n'avait pas d'équivalent. On pouvait y admirer de prestigieux monuments, et l'instant d'après, en tournant simplement le regard, observer des caravelles en partance pour l'Afrique... On pouvait facilement s'y procurer aussi bien du drap des Flandres que des masques d'Éthiopie, et maintenant du poivre ou de la cannelle des Indes.

Lisbonne dominait un empire maritime sans cesse grandissant, et le roi l'embellissait à mesure. La ville résonnait du bruit des taillants, des massettes et des ciseaux. On disait que le chantier du monastère des Hiéronymites, commencé en début d'année, surpassait en importance celui du Palais Royal ou du nouvel hôpital. Le roi avait lancé cette énorme construction près de l'église de Nossa Senhora de Belém, à une bonne lieue en aval de Lisbonne. Il prétendait qu'un jour, la ville s'étendrait jusque-là, ce qui me paraissait pour le moins présomptueux. En attendant, les pierres tombales des anciens cimetières juifs y étaient envoyées afin de satisfaire l'appétit du monstrueux chantier. À cette pensée, mon humeur s'assombrit.

Parfois, lorsque j'observais l'estuaire, des images de la *Bate-Cabelo* et de son funeste périple m'apparaissaient, ce qui me mettait mal à l'aise. J'essayai de ne plus trop penser à ce voyage, même s'il se manifestait lors de poussées de fièvre épisodiques, souvenir probable de l'île de São Lourenço. J'avais pratiquement cessé d'en parler au comptoir du Triton Joufflu.

Je me rapprochai de la Ribeira et m'enfonçai dans le marché. Je traversai le secteur où se vendaient les produits exotiques rapportés d'Afrique. Les Lisboètes se pressaient autour des étals où l'on vendait des dattes sèches ou des graines de paradis. Un marchand faisait l'éloge de son sang-de-dragon, dont deux femmes appréciaient la couleur rougeâtre qu'on utilisait comme colorant. Il expliqua qu'il s'agissait de la résine d'un arbre et désigna du doigt un dragonnier qui se dressait en bordure du marché. Il affirma qu'on l'avait ramené des îles du Cap-Vert et replanté là. C'était une sorte d'étrange palmier, dont le tronc se scindait en une corolle évasée de branches épaisses, elles-mêmes couronnées d'un bouquet rond de feuillage dense et raide. Plus loin, je contournai un attroupement d'où s'échappaient les cris extasiés des gamins, provoqué par l'exhibition de défenses d'éléphant. Je me frayai un chemin et sortis du marché.

Je rejoignis la place du Pilori, où régnait une certaine animation. Je fis une pause près du bâtiment des douanes, et observai les écrivains publics qui proposaient aux passants de rédiger leurs documents, attestations, contrats, lettres d'amour ou autres oraisons funèbres. Heureusement, ce n'était pas le jour où l'on mettait les Noirs aux enchères. La brutalité des négriers m'incommodait. Quand j'avais acquis Pascoal, je m'étais contenté du premier esclave venu et n'avais pas demandé mon reste.

Mon achat ne me décevait pas. Il venait de me fournir le nom du garde de l'Armazém, un certain Bernardo Peixoto, et un signe distinctif : le nez tordu vers la droite.

Sur l'insistance de Leonor, j'avais invité Rui Carvalho à venir manger à la maison. Mon épouse prétendait vouloir combler notre manque de vie sociale, mais je pensais qu'elle voulait plutôt à la fois se tenir au courant de mes agissements et me trouver une relation plus honorable que celle de piliers de taverne. J'avais accepté, d'autant que je trouvais cet homme dégingandé plutôt sympathique. Par ailleurs, cela me permettrait de mieux le jauger, car sa personnalité comportait à mes yeux quelques traits obscurs. D'abord, il m'avait déclaré être un « converti sincère », ce qui n'était pas un aveu courant entre nouveaux-chrétiens. Ensuite, il avait été difficile à convaincre de participer au vol de la carte. Il s'en était d'abord offusqué, au point que j'avais eu peur qu'il me dénonçât. Je n'étais parvenu à obtenir son aide qu'en insistant sur ce qui me semblait être sa corde sensible : les vexations que le frère défroqué lui faisait subir. Quand finalement nous nous étions serrés la main, j'avais interprété le tremblement de sa lèvre comme une expression de colère rentrée, mêlée de peur et de répugnance à enfreindre la loi.

Nous accueillîmes notre invité autour d'une cruche de bon vin.

– Notre affaire avance, lui annonçai-je. On va peut-être pouvoir convaincre un garde de l'Armazém de ne pas se montrer trop regardant.

Je lui expliquai comment j'espérais confondre notre homme avec l'aide de la sœur de Pascoal. Leonor lança un regard mauvais en direction de notre esclave, qu'on pouvait voir s'activer par la porte entrouverte de la cuisine. Rui ne paraissait guère enthousiasmé. Il se tortillait sur sa chaise, faisant onduler comiquement sa longue silhouette à la manière d'un serpent.

– Tu sais, João, cette carte ne va pas être facile à sortir. Il y a du monde à l'atelier, ça risque de prendre du temps avant de trouver un moment propice ; il faudra que ce garde accepte de relâcher sa surveillance pendant plusieurs jours. Tu m'as dit que c'était celui avec le nez tordu. Je vois bien de qui tu parles et il n'a pas l'air commode. J'attends de voir ce que ça va donner avec lui. Il faut que tu sois sûr de sa complaisance. Je ne veux pas prendre trop de risques.

– Tu as bien raison, approuva sèchement ma femme. Et tout ça pour un obscur étranger…

– Leonor ! coupai-je en la fixant sévèrement. Excuse-moi, Rui, mais je crois qu'il vaut mieux que chacun n'en sache que le minimum.

– João n'a pas tort, approuva Rui. Je préfère ne pas savoir à qui est destinée cette carte.

Leonor prit un ton moins cassant.

– Votre carte, là, il n'y a pas moyen de la sortir par une fenêtre, pour éviter de se faire attraper par le garde ?

– Impossible, objecta Rui. Les soupiraux de l'atelier donnent sur une cour intérieure de l'Armazém, et les fenêtres sont placées trop en hauteur.

Ma femme semblait vouloir nous dissuader, mais aussi évaluer les risques. Elle continua son petit interrogatoire.

– Et les autres gardes ? Il n'y en a quand même pas qu'un seul pour surveiller tout l'Armazém da Índia ?

– Non, bien sûr, répondit Rui. Mais il n'y en a qu'un à l'entrée même. Il faut dire que d'autres gardes sont postés à portée de voix, aux portes des chambres de commerce, et qu'ils peuvent s'appeler en cas de besoin. Ils ont d'ailleurs établi leurs quartiers pas loin de là, dans un local vers le chantier du Palais Royal. En plus, il y a des patrouilles qui font des rondes dans le secteur. Mais ceux-là ne contrôlent les gens que de temps en temps. Le seul qui doit contrôler systématiquement tous ceux qui entrent et qui sortent de l'Armazém, c'est le garde qui est de faction à sa porte.

– Et à l'intérieur de l'Armazém, il n'y a pas de surveillance ? questionna ma femme, que je commençais à trouver fort insistante.

– Si, bien entendu, répondit Rui qui se grattait nerveusement le menton et se tortillait de plus en plus. À l'intérieur aussi, il y a une patrouille. Mais je... je ne sais pas si je peux vous détailler tout ça. On a des consignes... Ce que je peux vous dire, c'est qu'évidemment les gardes mobiles surveillent les différentes parties de l'Armazém, en particulier les lieux sensibles comme bien sûr l'atelier de cartographie. Il va falloir passer entre leurs mailles mais je connais assez bien leurs habitudes, leurs parcours. D'ailleurs, ils sont plutôt là pour décourager d'éventuelles intrusions que pour enquiquiner les employés, et on a de bons rapports avec eux.

Leonor faisait la moue, creusant davantage ses fossettes. Elle n'en avait pas fini.

– Pardonne-moi, mais j'ai encore une question. Même si tu réussissais à sortir la carte, tu n'as pas peur d'être accusé du vol ?

– J'ai mon idée là-dessus, éluda Rui.

– Comment ça ? insista encore ma femme, que je n'interrompais pas malgré ma gêne, car j'étais fort intéressé par les informations que voulait bien lâcher notre hôte.

– Disons que Pantaleão pourrait bien faire un coupable idéal... Mais comme le dit João, mieux vaut ne pas trop en dire dans cette histoire.

J'orientai la conversation sur un terrain que j'espérais plus ouvert.

– À propos de carte, je suppose que le Padrão Real évolue bien.

– Ah, le Padrão ! s'éclaira Rui. Bien sûr, il est constamment maintenu à jour. C'est beau d'y voir tout ce que notre pays a découvert, grâce aux exploits de nos marins. Cette carte est vraiment l'expression de la supériorité de notre science nautique, et ça depuis des décennies.

Je trouvais notre invité bien patriote. Je profitai de son enthousiasme pour lui poser la question qui me brûlait les lèvres.

– Au fait, est-ce que des modifications y ont été apportées, à la suite de notre voyage avec Cabral ?

– Oui, bien sûr, comme à chaque retour de flotte.

– Et lesquelles ? demandai-je avec impatience.

Le visage de Rui se referma.

– Je... je n'ai pas trop regardé en détail. C'est que... tout ça est très confidentiel... Pardonne-moi, mais c'est délicat.

Je compris qu'il n'en dirait pas plus. Rui avait accepté de voler la copie, par vengeance ou par dépit, mais c'était déjà beaucoup pour lui. Il n'irait pas plus loin dans la transgression des interdits. Je n'insistai pas.

Ma femme décida qu'il était temps de détendre notre pauvre invité et nous passâmes à table.

– À part ça, qu'est-ce que tu penses de notre soupe de fèves ? lui demandai-je fièrement. Notre esclave a bien des défauts, mais je ne saurais pas me passer de sa soupe.

Le petit Riquinho était décidément fort habile. Il avait suivi le garde jusqu'à son logis, à Cata-que-Farâs, le quartier même où était asservie la sœur de Pascoal. Notre homme n'avait pas besoin d'aller loin pour satisfaire ses bas instincts.

Le jeune mulâtre était resté de longues heures à guetter les allées et venues devant la maison de Bernardo Peixoto. Plusieurs fois, il en avait vu sortir une femme qui devait être celle du garde, une mégère prompte à houspiller son mari, ce dont je me félicitais.

Enfin, deux jeudis de suite, il avait suivi notre homme par le quartier, jusqu'à une pauvre cahute en bois. Un individu au regard torve l'y accueillait en soulevant une couverture trouée qui faisait office de porte.

Le troisième jeudi, Pascoal et moi accompagnâmes Riquinho. J'observai ce métis au regard vif, qui pouvait avoir une dizaine d'années. Je me demandai d'où il venait, s'il avait encore des parents connus. Nous nous arrêtâmes à bonne distance, et le garçon s'installa à son poste d'observation, derrière le muret d'un petit verger.

Bientôt, notre jeune guetteur nous fit le signe convenu. Un homme approchait, une épée à la ceinture. Il alla toquer sur les planches disjointes de la cabane. La couverture se souleva et le garde entra. Pascoal geignit. Je l'entraînai de l'autre côté du verger, par où l'homme était passé. Il n'y avait plus qu'à attendre.

Mon esclave serrait nerveusement ses mâchoires. Je me demandai où je trouvais les ressources nécessaires pour m'en prendre ainsi à un garde. Je m'étonnai moi-même de mon intrépidité.

Mais peut-être n'était-ce pas du courage ; je sentais confusément que cette mission me soutenait, m'emplissait de préoccupations sans doute moins inquiétantes que celles qui auraient pu m'assaillir sans cela. D'ailleurs, mes cauchemars s'espaçaient. En outre, je ne pouvais pas me vanter d'une quelconque hardiesse : si mon plan marchait, c'était Rui qui risquait de se retrouver le plus exposé.

Une demi-heure plus tard, Riquinho nous fit de nouveau signe. Je tressaillis : c'était le moment. Le garde sortit, contourna le verger et s'approcha en sifflotant. Sa silhouette trapue et son nez tordu lui donnaient un air de dur à cuire. Je tâchai de rassembler mon courage et allai à sa rencontre. Il s'arrêta devant moi, le sourcil levé. Comme je ne disais rien, il parla le premier.

– Salut. Belle journée, pas vrai ?

Je ne pouvais plus reculer.

– On sait que tu abuses d'une Noire de cette maison.

Cette femme, c'est la sœur de mon esclave. Je te demande d'arrêter ça.

Le garde ouvrit grand les yeux puis s'esclaffa.

– C'est sa sœur ? La belle affaire ! Et alors ? Depuis quand on fait attention à la famille des nègres ?

Je retins Pascoal par le bras et tâchai de prendre un ton plus impérieux :

– J'exige que tu cesses de la prostituer. Il y a plein d'autres femmes qui...

– Non mais de quoi tu te mêles ? Et d'abord, qui es-tu pour me parler comme ça ?

Le garde mit la main sur le pommeau de son épée. Je jugeai peu probable qu'il s'en servît : il n'était pas en service.

– Réfléchis bien, répondis-je. Ta femme n'apprécierait peut-être pas d'apprendre le détail de tes frasques, Bernardo Peixoto.

Il blêmit légèrement. Était-ce de surprise, de rage, de peur ? S'il cédait à cette menace, il céderait peut-être aussi pour relâcher la garde, le moment venu, à l'Armazém da Índia.

Sa bouche se tordit en un méchant rictus.

– Ma femme ? Ha ! Ha ! Elle s'en fout, ma femme, qu'est-ce que tu crois ? Et puis, qui va croire la parole d'une négresse ? Pauvre minable, va. Ne t'avise plus de croiser mon chemin, ou il pourrait t'en coûter.

Bernardo Peixoto cracha par terre, ratant de peu mes vieux brodequins, puis s'éloigna en grommelant et en haussant nerveusement les épaules.

Pascoal avait les traits durcis et les poings serrés. Je mis la main sur son épaule et lui conseillai de rentrer sans faire d'histoires. Sa silhouette desséchée s'éloigna tristement. J'allai de mon côté, errant par le quartier, traînant ma déception. Sur un terrain vague, des Noirs jouaient du tambour et dansaient. Je ne savais distinguer si leurs chants étranges exprimaient la joie ou le désespoir. Deux d'entre eux, visiblement ivres, s'approchèrent de moi d'un air abruti, sans prendre la peine de contourner une flaque de bourbe séchée, jonchée d'ordures. Je m'éloignai. Un minable, moi ? Ce garde m'avait remis à ma place. Parler à Rui Carvalho, c'était facile. Faire chanter un garde, c'était autre chose. Je continuai mon chemin en maugréant. Les eaux grises du fleuve apparurent au détour d'une ruelle. Oui, je m'étais lancé dans une histoire qui me dépassait. Je n'étais pas à la hauteur. Un minable, oui, peut-être.

12

Je dévisageai d'un air maussade le triton sculpté. Je lui rendis son regard mauvais, quoiqu'il fût impossible de rivaliser avec la mine effrayante de son terrible faciès. Le monstre de bois portait une carapace de crabe en guise de couvre-chef, d'où s'échappait une longue chevelure de varech. Je lui grattai la barbe et mis le doigt sur une pointe de son trident. Je poussai enfin la porte grinçante de la taverne et constatai avec déplaisir que le bout du comptoir était occupé par deux hommes, apparemment des pêcheurs. Je m'installai à côté. L'Açorien me fit un signe de bienvenue, puis reprit sa discussion avec l'homme qui avait posé son derrière à la place habituellement fréquentée par le mien.

– Je vous jure que c'est vrai, affirma le patron. J'ai connu un type de l'Algarve qui m'a raconté avoir aperçu un véritable triton, vers le cap de São Vicente.

– Mais ça ne m'étonne pas, répondit le pêcheur. J'ai moi-même entendu des voix humaines un jour où je naviguais dans la brume, à l'embouchure du Guadiana.

– C'est comme les hommes cynocéphales, renchérit son compagnon. On dit qu'il y en aurait vraiment aux Indes. Et aussi des licornes, c'est en tout cas ce que racontent des marins qui y sont allés.

– Et pourquoi pas des sirènes ou des nymphes ? coupai-je en haussant les épaules.

Les hommes se tournèrent vers moi, interloqués.

– Alors, João, t'es de mauvais poil ? demanda l'Açorien.

Je l'étais d'autant plus que je ne parvenais pas me persuader de l'inexistence de toutes ces créatures décrites par les Anciens. On avait déjà trouvé tant d'animaux étranges. Le roi dom Manuel exhibait parfois les bêtes de sa ménagerie : des lions farouches, des antilopes, et même d'énormes éléphants. Dans un monastère de Lisbonne, on pouvait voir un grand crocodile empaillé, et dans une église une peau de serpent qui devait bien faire trente empans de long. On trouvait quelquefois sur les marchés des œufs géants rapportés d'Afrique, qu'on disait pondus par des oiseaux si grands qu'ils ne savaient pas voler, mais qui couraient aussi vite qu'un cheval. J'avais moi-même observé, sur l'île de Vera Cruz, des oiseaux au bec presque aussi long que le corps, et à Bonne-Espérance des oiseaux gris dont chaque aile mesurait la hauteur d'un homme. Oui, peut-être qu'on pouvait croire Pline et Pomponius Mela quand ils parlaient de phénix et de griffons. Les pêcheurs trouvaient bien dans la mer des poissons bizarres au museau en forme d'épée, de scie ou de marteau.

Rui Carvalho apparut à la porte de la taverne. Je le saluai et l'accompagnai à la table du fond, celle des conversations discrètes. Comme il s'étonna de mon air renfrogné, je grommelai :

– Ils m'énervent, ces gars-là, avec leurs histoires de licornes et de tritons. Le pire, c'est que je ne sais pas quoi en penser. Les Anciens ont bien décrit des animaux qu'on a redécouverts depuis.

– Allons, João. Les Grecs et les Latins osaient à peine sortir de la Méditerranée. Nous autres, Portugais, on en connaît déjà dix fois plus qu'eux, et c'est pas fini, tu le sais bien. On en a plus appris en quelques décennies que les Anciens en un millénaire ! Ce pauvre Ptolémée plaçait les limites du monde aux îles Canaries, au sud, et au Portugal, à l'ouest. Même sa mer des Indes n'était pas décrite correctement, on le sait aujourd'hui. Crois-moi, il serait bien penaud s'il pouvait consulter le Padrão Real.

Rui me ramenait à la raison profonde de ma mauvaise humeur.

– Comment ça va, à l'atelier ? demandai-je.

– La carte avance bien. Le tracé des côtes est presque

terminé, le frère Pantaleão a déjà esquissé les miniatures. Le roi compte la récupérer à la fin de l'été.

– Je ne sais toujours pas comment procéder pour que tu puisses la sortir sans te faire prendre. J'ai tenté de faire chanter un des gardes, mais ça n'a pas marché.

Rui se mit à dandiner son corps longiligne, comme il le faisait quand il était nerveux.

– Écoute, si c'est trop compliqué, on laisse tomber. Ça me fait un peu peur, cette histoire.

Il commençait à flancher, et moi à me décourager. Je sentis une main ferme se poser sur mon épaule.

– Alors, João, comme ça tu ne crois pas aux nymphes ? Eh bien moi, si.

L'Açorien me regardait en souriant. Il s'assit et ajouta :

– J'ai peut-être un moyen, pour le garde. Tu connais la Mancebia ?

La Mancebia. Le quartier réservé. J'y avais fait une descente avec des copains étudiants, dans le temps. Je fis signe que non.

– Il y a là-bas un bouge qui s'appelle la Calypso. Je connais la patronne ; demande à parler à la Pintade de ma part. Elle aura peut-être une solution pour amadouer ce garde coureur de femmes. Tu peux même y aller maintenant : à cette heure, elle devrait y être.

Décidément, le patron du Triton Joufflu était plein de ressources. Je le trouvais d'ailleurs bien empressé à m'aider dans cette affaire. Avant de sortir de sa taverne, je lui demandai en aparté :

– Dis-moi, l'Açorien, pourquoi tu fais tout ça ?

– Avec tout ce que j'entends ici, je connais assez bien les dessous de Lisbonne, répondit-il en souriant. Alors, si je peux donner quelques bons tuyaux à un bon client…

– Est-ce que tu as revu l'Italien ? insistai-je.

– Je ne fais que passer des messages au besoin, éluda-t-il.

Je sortis de la Rua Nova en bifurquant vers l'intérieur, et empruntai les ruelles de la vieille Judiaria, l'ancien quartier juif. Les nouveaux-chrétiens y avaient conservé leurs métiers d'avant leur conversion forcée. Je me faufilai entre les éventaires. Un savetier me fit remarquer le piètre état de mes brodequins et m'en présenta une paire neuve. Effectivement, mes pauvres grolles ne soutenaient guère la comparaison. Dans l'échoppe voisine, un sellier-bourrelier observait la scène et souriait en coin. Je haussai les épaules et m'éloignai. J'évitai ensuite les rues trop commerçantes, occupées par les orfèvres, les tailleurs ou les forgerons. Je passai devant l'ancienne synagogue, que les chrétiens avaient « purifiée », comme ils disaient. Le roi projetait de donner l'édifice à l'Ordre du Christ ; on l'appelait déjà « église Nossa Senhora da Conceição ». Des ouvriers noirs s'activaient à en finir la transformation. Dans la cour, il y avait toujours la fameuse vigne, dont le tronc faisait quatre empans de tour.

Je déambulai dans les ruelles, songeant au caractère versatile des lieux sacrés. Peut-être un jour cette nouvelle église deviendrait-elle une mosquée. Je me demandai ce que Dieu pouvait bien penser de tout ça. Les hommes se plaisaient à rhabiller ses lieux de culte à la mode du plus fort.

Je passai par hasard devant l'ancien lupanar de la Judiaria, ce qui me rappela à ma mission. Je repris mon chemin et débouchai sur la vaste place du Rossio. C'était le jour du marché aux puces, qui méritait bien son surnom de « foire de la Voleuse » ; je serrai ma bourse dans ma main en parcourant les allées. Je fus harcelé par les marchands de tissus, de balais ou de cages à oiseaux. Non, je ne voulais ni couverture de l'Alentejo, ni corneille pour agrémenter mon pas de porte. Je m'échappai vers le grand chantier de l'hôpital de Todos os Santos, dont la construction avait été lancée presque dix ans plus tôt. Je longeai l'imposant bâtiment jusqu'au bout de la place. Là, je pris entre le palais des Estaus, hostellerie de luxe où on logeait les personnalités de passage, et le couvent de São Domingos, d'où venait le défroqué frère Pantaleão. Derrière les Estaus s'ouvraient les ruelles mal famées de la Mancebia. Je ne pus m'empêcher de penser que les illustres visiteurs de Lisbonne comme les frères dominicains avaient peu à marcher pour s'adonner à la communion de la chair.

Les premières créatures visibles me faisaient déjà de petits signes entendus. Méfiant, je serrai ma bourse encore plus fortement. Je n'étais guère à l'aise en pénétrant dans ce repaire de catins et de rufians, mais j'essayai de garder la contenance de celui à qui on ne la fait pas. Cependant, elles devaient avoir repéré le profane et s'approchèrent de moi en minaudant.

Il était difficile de déterminer si les échancrures de leurs nippes étaient dues à un artifice de séduction ou à l'usure du tissu. La plus potelée délaça son corsage et en déposa le contenu sur mon embonpoint. J'en ressentis quelque émoi, mais parvins malgré tout à me maîtriser. Je déclinai leur offre de goûter à ce hors-d'œuvre pourtant appétissant, dégageai comme je pus leurs tentacules de mon entrejambe et leur demandai le chemin de la Calypso.

– Ah, monsieur fait le faraud ? Il veut de la soie et du velours ? Si tu tiens tant à te faire plumer, c'est là-bas, après l'angle de la rue.

Je m'éloignai promptement de ces ribaudes, croisai de louches individus, souteneurs ou clients, m'écartai d'une silhouette lascive qui faisait le pied de grue. Par bonheur je ne fus plus importuné. Je contournai une maison et m'approchai d'une lanterne accrochée au montant d'une porte. J'observai l'enseigne au-dessus de l'entrée. Il n'y avait pas d'inscription mais un dessin représentait une nymphe aux cheveux bouclés, sortant de la mer et drapée d'un voile si ténu qu'il laissait transparaître nombril et mamelons.

Calypso. La geôlière séductrice d'Ulysse. Considérant le tableau, j'hésitai devant la porte. Allais-je être retenu par les bras blancs d'une nymphe, à l'instar du roi d'Ithaque ? J'inspirai profondément et entrai dans l'établissement.

Les gourgandines assises en rang d'oignons qui me dévisageaient en souriant ne portaient ni soie, ni velours, mais elles savaient s'arranger. Je fis de mon mieux pour ne pas loucher sur leurs jambes en partie découvertes. Deux hommes attablés se montraient fort affairés avec des donzelles pour le moins délurées. Au fond de la pièce, un petit comptoir en bois peinait à cacher un corps de femme exubérant. Afin d'éviter les avances, je marchai d'un pas décidé jusqu'à ce qui me paraissait être la patronne. En tout cas, sa silhouette correspondait au nom que m'avait donné l'Açorien.

– Salut, beau gosse.

Elle sourit en voyant mes efforts pour ne pas lorgner son décolleté, copieusement garni de perles et de chair. Je me raclai la gorge.

– Bonjour madame. Je cherche, hem, la Pintade. C'est…

– C'est moi, coupa-t-elle. T'es nouveau dans le quartier, ça se voit. Prends donc un cruchon de vin et détends-toi. Tu resteras pas seul longtemps. T'as que deux règles à respecter : pas de violence et tout payer d'avance.

– Mais, c'est à vous que…

– À moi ? Sans blague ! T'as pas froid aux yeux ! Tu recherches le grand frisson ? Mais je te le dis tout de suite, c'est plus cher. Commence donc plutôt par une de ces demoiselles, plus jeunes, plus sages et plus minces que moi.

Je me demandais bien à quelle sauce elle accommodait ses clients.

– Vous vous méprenez. Je viens du Triton Joufflu et…

– Ah, fallait le dire. Dans ce cas, suis-moi, on va causer tranquillement dans l'arrière-salle.

La Pintade se leva en faisant grincer son pauvre tabouret, et m'entraîna derrière un rideau de nattes.

– Qu'est-ce qu'il me veut, ce vieux renard d'Açorien ?

– Je vais vous expliquer. Mais d'abord, je voudrais savoir si vous êtes prête à prendre des risques et à garder des secrets.

Elle s'offusqua :

– J'ai rien à refuser à Lopo.

J'avais au moins appris le nom du patron de ma taverne attitrée.

J'exposai le plan à la Pintade : il fallait persuader un garde de l'Armazém de ne pas se montrer trop zélé dans son travail quand on le lui demanderait. J'évitai cependant de parler de la carte, mais j'avais excité sa curiosité.

– Si ton garde est porté sur la chose, une fille dégourdie devrait pouvoir l'amadouer. Mais dis-moi, qu'avez-vous donc de si important à cacher ?

– Il vaut sans doute mieux pour tout le monde que chacun n'en sache que ce qui est nécessaire, répondis-je en bon espion-assistant.

– Hmm… je vois. Une mission délicate. T'inquiète pas, je ne te poserai plus de question. Dans notre métier, on doit savoir provoquer certaines confidences mais aussi en éviter d'autres.

Elle réfléchit un moment et reprit :

– Il nous faut une séductrice, habile, audacieuse. Pas une de mes filles, non, une vraie courtisane. J'en connais une qui pourrait convenir, mais elle ne travaille plus ici. Elle exerce maintenant la galanterie pour son propre compte, vers la Ribeira. Oui, Joana devrait être celle qu'il te faut. Une perle rare ! Mais faudra y mettre les moyens.

En me dirigeant vers la sortie, j'affrontai de nouveau les sourires et les déshabillés engageants de ces dames. J'atteignis enfin la ruelle. Soulagé, je fis un clin d'œil à Calypso qui gardait les lieux, au-dessus de la porte. Je pensai en souriant qu'elle pourrait former un couple bien singulier avec le triton de chez l'Açorien.

Pour rentrer chez moi, je décidai de passer par le versant nord de la colline du château de São Jorge, à l'extérieur des murailles. Je pris soin de laisser la léproserie à bonne distance et m'engageai sur les pentes, où s'étendait l'un des quartiers les plus pauvres de Lisbonne : celui de l'ancienne Mouraria. Les Maures de la ville avaient été expulsés en 1497, et l'on n'y croisait plus ni burnous ni turban. Bien entendu, leurs deux mosquées avaient été purifiées. Cependant, le souvenir de leur présence planait encore sur les demeures qu'ils avaient bâties. J'avisai les maisons basses, avec fort peu de fenêtres, mais dont on disait qu'elles renfermaient d'agréables patios. De plus en plus de chrétiens s'y installaient. Le quartier restait toutefois moins construit, plus aéré que le reste de la ville. Quelques oliveraies et vignobles s'accrochaient aux pentes.

Au travers d'une haie de figuiers de Barbarie, je distinguai deux femmes qui récoltaient des fèves. Plus loin, des camelots tentèrent de m'approcher avec leurs plateaux couverts de babioles. Une ruelle commerçante me servit d'échappatoire. J'y admirai le travail des potiers. Sur leurs tours se modelaient des formes luisantes qui évoquaient successivement des phallus triomphants ou des hanches de femme. Je mis ces lestes pensées sur le compte de ma visite à la Mancebia, et me tournai vers un artisan qui s'adonnait à une occupation moins suggestive. J'observai son habileté à colorer, de vert et de jaune, un vase de bonne facture qui n'aurait pas déparé notre chambre. Je marchandai un moment avant d'acheter. Après avoir dépassé un fabricant de nattes un peu trop pressant, j'atteignis une placette plus calme, ombragée par de hauts palmiers, d'où l'on pouvait voir une partie de la ville. Un homme en chemise mauresque, ample et brodée, admirait la vue. Son teint basané trahissait son origine. Probablement avait-il eu les moyens d'acheter sa conversion et d'éviter l'expulsion. Je me détournai et rejoignis l'Alfama par la Porta de Santo André.

Leonor portait sa basquine verte, bouffante et ajustée à sa taille. C'était notre signal convenu : elle connaissait mon goût à me perdre dans les froufrous de cette jupe. Un léger froncement de son nez pointu, un subtil creusement de sa fossette et une certaine lueur dans son regard noisette levaient d'ailleurs toute ambiguïté. Ça ne pouvait mieux tomber : j'en ressentais grand besoin, après ma visite à la Mancebia où mes sens avaient été fort éprouvés. Je pris ma femme par la taille, l'entraînai vivement vers la chambre et la basculai sur le lit.

J'attendis qu'il n'y eût plus de passant dans la rue et je frappai à l'huis de la maisonnette. La façade était plutôt étriquée, mais un moucharabieh de bonne facture saillait de l'étage et révélait une certaine aisance.

– Qui est là ?

– Je viens de la part de, hem, la Pintade.

La porte s'ouvrit, le soleil pénétra dans l'embrasure et éclaira une femme plus grande que moi, qui me toisa de son regard clair. Joana paraissait bien être la perle annoncée. Elle portait une robe d'intérieur du même ambre que ses yeux, toute simple, mais si tendue que c'était merveille.

– Suis-moi, dit-elle sèchement.

L'étroit escalier de bois craquait à chacun de nos pas. Quelle femme ! Élancée, fuselée, callipyge ! Je vacillai et m'appuyai aux cloisons. Je me surpris à envier ce pauvre garde.

Elle me fit entrer directement dans la chambre. Le pli du drap laissait le lit entrouvert. Il me fallait dissiper rapidement le malentendu afin de garder le contrôle de mes sens.

– Écoutez, je ne viens pas pour ça. J'ai... une affaire à vous proposer.

– Ah, dans ce cas... Asseyez-vous, je vous en prie.

Elle inspira, tendant davantage le tissu de sa robe, et

s'approcha du moucharabieh. Le fin treillage de bois laissait filtrer un troublant clair-obscur, dont les rais lumineux semblaient caresser le corps de Joana au moindre de ses mouvements, à chacune de ses respirations. Je m'accrochai nerveusement à mon tabouret. Elle ébaucha un sourire et vint s'asseoir près de moi.

– Je vous écoute. J'espère que ce n'est pas encore une embrouille de cette bonne vieille Pintade.

Elle me laissa parler sans poser de question. Quand j'eus terminé, elle fit la moue.

– Ça peut prendre du temps, et il y a du risque.

– Combien ? demandai-je.

– Pour trois cruzados d'or, je dois pouvoir faire quelque chose.

J'en avais déjà promis quatre à Rui Carvalho, sur les douze que m'avait garantis l'espion italien.

– Deux, dont un tout de suite. D'ailleurs, si ça marche, le garde vous paiera aussi pour vos services.

Je vis ses sourcils se froncer et ses narines se dilater.

– Qu'est-ce que tu crois ? Que je fais la putain par plaisir ? T'es comme les autres, tu penses qu'on aime coucher avec des pauvres types ou avec des cinglés ? C'est trois cruzados, pas un réal de moins !

Je me sentis bien penaud. Joana se leva et fit les cent pas. Elle s'arrêta pour regarder par le moucharabieh. Une belle invention des Maures, permettant d'observer la rue sans en être vu. Le contre-jour dessinait la silhouette de mon hôtesse, les rayons lumineux paraissaient jaillir de ses contours sombres et galbés. Mes doigts se crispèrent de nouveau sur le tabouret.

Joana se retourna et m'examina. Elle semblait s'être radoucie.

– T'es un nouveau-chrétien, pas vrai ? T'as encore l'accent andalou.

– Oui, je suis de Séville, répondis-je.

– Et moi de Sanlúcar. J'ai suivi mes parents ici, au moment de l'expulsion. Et toi ?

– Je suis d'une famille de convertis. En 1492, j'étais donc déjà baptisé, mais j'ai quand même préféré partir, ça devenait invivable en Espagne, même pour les nouveaux-chrétiens. Et puis, comme mon grand-père avait été condamné par l'Inquisition, on était bien surveillés.

– Tu sais, j'aurais refusé cette proposition si elle était venue d'un vieux-chrétien. Faut bien s'aider, entre juifs. Mais je veux pas me coucher et prendre des risques pour quelques réaux. Si tu acceptes mes conditions, j'en ferai mon affaire, de ce garde.

J'en étais donc quitte pour trois cruzados.

Le patron du Triton Joufflu avait souri en écoutant le compte rendu de mon incursion à la Mancebia.

– Sacrée Pintade. Elle changera jamais. Elle t'a pas fait peur, au moins ?

Je pris moi aussi un ton moqueur.

– Au fait, Lopo, comment tu l'as connue, cette brave mère maquerelle ?

Le visage de l'Açorien se crispa et ses épaules semblèrent s'élargir encore.

– D'abord, João, ne m'appelle plus jamais comme ça. Compris ?

Il ne plaisantait plus du tout. Décidément, sa personnalité comportait de larges zones d'ombre. Il savait écouter, et même faire parler, mais restait fort discret sur lui-même. J'en connaissais beaucoup moins sur lui qu'il n'en savait sur moi. Son passé impénétrable devait renfermer quelques épisodes inavouables. Il reprit :

– Ensuite, cette maquerelle, comme tu dis, ne l'appelle pas non plus comme ça. Elle a tiré du caniveau bien des pauvresses et des crève-la-faim. Tu sais que c'est elle qui m'a donné Riquinho ?

Comme je n'osai plus poser de question, il poursuivit :

– Ce garçon est un pur produit des découvertes maritimes. Un bâtard. Il faut bien dire que les caravelles nous ramènent d'Afrique des corps vigoureux, exotiques, et soumis. Les hommes ont bien du mal à ne pas se saisir de proies si faciles. Et les femmes aussi, surtout si le mari est parti en mer. Il y en a qui n'attendent que ça, que leur mari embarque. Faut donc pas s'étonner si on retrouve plein de gamins mulâtres qui traînent dans les rues.

Ces histoires de mari trompé circulaient beaucoup parmi les gens de mer. Certains préféraient ne pas les écouter. D'autres exagéraient ou inventaient, comme pour conjurer leurs propres doutes. Les marins célibataires en rajoutaient volontiers quand ils voulaient faire enrager leurs camarades mariés. On disait que plus le voyage était long, plus les femmes étaient tentées de combler la place laissée vacante dans le lit conjugal. Les Noirs étaient là, à portée de main. Plus tard, on abandonnait les enfants, ces stigmates métissés et encombrants de l'adultère.

– Riquinho mendiait quand la Pintade l'a recueilli, précisa l'Açorien. Comme il était dégourdi, elle me l'a proposé.

13

La rue était calme. Je levai la tête et jetai un coup d'œil vers le moucharabieh. Joana était-elle là, à m'observer ? Est-ce qu'elle était occupée avec un homme ? Je toquai à l'huis, la porte s'ouvrit. Elle portait sa robe tendue. Cette fois, elle ne me fit pas monter l'escalier, ce qui me déçut un peu, mais entrer dans la cuisine. Ses cheveux étaient noués. Je remarquai une méchante balafre à la base de sa nuque.

– Tu veux boire quelque chose ? J'ai du jerez, ça devrait te rappeler le pays.

– Merci, c'est parfait.

Nous nous assîmes autour de la petite table. Elle me demanda d'un ton léger :

– Si c'est pas indiscret, qu'est-ce que tu fais dans la vie, à part trafiquer à l'Armazém da Índia ?

– Je ne trafique pas, m'offusquai-je. Je ne peux rien te dire, c'est tout. Si, je peux te dire que je suis médecin. À ce propos, et si ce n'est pas indiscret non plus, ta cicatrice, là, c'est un client ?

Son visage se durcit.

– Non, un chrétien.

Elle porta son godet à ses lèvres, le reposa et se mit à raconter.

– Tu te souviens, en 1497… La conversion forcée, l'enlèvement des enfants juifs pour les placer chez des chrétiens. D'abord ceux de moins de quatorze ans, puis des plus grands. Mes parents ont préféré se suicider plutôt que d'être baptisés. Encore heureux qu'ils ne m'aient pas tuée avant, comme c'est arrivé à d'autres enfants. On m'a amenée à l'église à coups de trique, en me tirant par les cheveux. Puis on m'a mise dans une famille chrétienne, où j'ai été maltraitée, violentée. Après, comme tu le sais, le roi a assoupli sa position, parce qu'il s'est aperçu que les juifs étaient très utiles à son royaume. Il a rendu les enfants à leurs parents, mais les miens n'étaient plus là. Leur fanatisme m'a coûté cher. J'ai fini par être recueillie par une famille de convertis, puis j'ai pu récupérer cette maisonnette, celle de mes parents. Mais pour moi, c'était trop tard. Mon ancien maître accusait mon corps d'être une incitation à la luxure. Alors, ce corps souillé, je l'ai utilisé pour gagner ma vie.

Son histoire, à la fois singulière et banale, me ramenait au tragique destin de mon peuple. Jusqu'alors, j'étais passé entre les mailles. La situation des nouveaux-chrétiens s'était améliorée au Portugal, même si on n'évitait pas les vexations. Nous bûmes en silence. Joana secoua la tête, comme pour en chasser des idées noires.

– Mais je t'embête avec mes histoires. J'ai une bonne nouvelle pour toi. Tu sais, ton garde, je crois qu'il va flancher.

– Mais… c'est formidable ! Comment as-tu fait ?

– Je lui ai fait la totale, répondit-elle froidement. Le grand jeu.

Elle se leva pour aller rechercher du vin. Bigre… Je me demandais bien ce qu'elle entendait par là et mon regard se posa sur son déhanché. Alors que mes yeux divaguaient sur les lignes ondulantes de sa robe, mon esprit fut traversé de troubles fantasmes. Je ravalai ma salive. Le grand jeu…

– Il est prêt à accepter des compromissions pour y goûter de nouveau.

Je levai la tête, comme si on m'avait réveillé. Joana ajouta :

– Pour l'instant, je suis restée assez vague sur ce qu'il devrait faire, mais je pense qu'il est presque mûr. Tiens, ton godet. Trinquons !

Je bus nerveusement. Son vin lui ressemblait : ambré, capiteux.

Je rentrai chez moi de fort mauvaise humeur, malgré les grands progrès de ma mission. Maudit garde ! Ainsi, elle lui avait fait « la totale ». Je les imaginais, tous les deux…

Pauvre de moi ! Je tapai rageusement dans un caillou. Jaloux, moi ? En plus, c'était avec mes cruzados. Je payais pour que cette femme merveilleusement belle sortît « le grand jeu » à un vulgaire rustaud. Apparemment, il en avait pour mon argent. Misère ! Dans quelle histoire absurde m'étais-je fourré ?

Je pensai à Joana et j'eus subitement honte de moi. N'était-elle pas la plus à plaindre ? Mon irritation s'accrut encore, sans qu'il me fût possible de démêler si c'était davantage dû au dégoût ou au dépit.

Les rudes pentes de l'Alfama calmèrent un peu mon humeur. J'allais pouvoir annoncer la nouvelle à ma femme ; le probable succès de la corruption du garde devrait la rassurer. Depuis que je lui avais appris mon escapade à la Mancebia, elle semblait davantage se préoccuper de l'avancée de ma mission, en tout cas de mes faits et gestes.

Leonor m'accueillit avec sa basquine verte et un sourire mutin. Elle entreprit d'ailleurs quelques caresses qui ne laissaient guère de doute, pour peu qu'il y en eût, sur ses intentions. Cependant, je n'avais pas le cœur à la chose. Je lui racontai mon entrevue avec Joana et la belle humeur de ma femme s'estompa à mesure. Elle m'interrompit en faisant la moue.

– Serait-ce la fréquentation des filles de joie qui te blase autant ? Ma pauvre basquine doit te paraître bien fade comparée à l'accoutrement de ces dames.

– Tu sais bien que je ne ferai jamais ça, m'offusquai-je.

– En tout cas, tu es capable de payer pour qu'une femme couche avec un homme…

Elle s'échappa vers la chambre et en revint avec une jupe de tous les jours.

14

En ce mois de septembre 1502, plusieurs expéditions lointaines firent leur retour sur le Tage. Aux quatre coins de la Ribeira, les Lisboètes échangeaient avec excitation les informations dont ils disposaient, avides de connaître les derniers détails sur les voyages et les terres découvertes. On interrogeait fébrilement les marins, en essayant d'évaluer dans leurs propos la part de véracité, d'exagération, d'invraisemblance, selon la propension du narrateur à la grandiloquence ou à l'ébriété. Par la suite, on ne manquait pas d'en retransmettre des versions embellies ou assombries.

Tout d'abord, Gonçalo Coelho et Amerigo Vespucci revinrent de leur long voyage à la terre de Vera Cruz. On ne disait plus « île », car les gens des équipages prétendaient avoir longé une véritable terre ferme sur des centaines de lieues. Ils décrivaient des contrées merveilleuses, salubres, accueillantes. Les marins exhibaient des perroquets et des singes pour faire glousser les dames de la société. Leurs maris tendaient l'oreille quand certains disaient avoir vu beaucoup de bois-brésil* – qu'on pourrait facilement exploiter –, ou quand d'autres vantaient la beauté des femmes indigènes. Les gens poussaient des cris d'effroi ou d'excitation lorsqu'on leur donnait des détails sur les prétendues pratiques cannibales des sauvages. Je n'accordais guère de crédit à ces racontars de marins, et je préférais m'éloigner quand l'un d'eux proférait de telles énormités. Je connaissais Vera Cruz, j'en avais même été l'un des découvreurs, et je n'y avais rien vu de pareil.

Quatre jours plus tard, les nefs commandées par João da Nova revinrent enfin des Indes, alors qu'on commençait à

* Bois-brésil, ou « bois de braise » : bois dont on extrayait un colorant rougeâtre. Il était à l'époque importé des Indes.

craindre qu'elles fussent perdues. Cette petite flotte avait été envoyée plus d'un an et demi auparavant, avant même notre retour de l'océan Indien. Son voyage était considéré comme intermédiaire, entre ceux des puissantes armadas de Cabral et de Vasco da Gama. Fait remarquable, les quatre bateaux étaient rentrés groupés à Lisbonne, avec leur équipage presque au complet. Et surtout, ils avaient vaincu de nombreux navires ennemis. Cette mission fut donc considérée comme un grand succès, bien quelle n'eût ramené qu'un modeste chargement d'épices. On ne doutait plus que l'armada de dom Vasco da Gama, avec ses vingt bateaux, allait soumettre les Indes entières. Les Vénitiens présents à Lisbonne, qui jusqu'alors persiflaient sur les malheurs de l'expédition Cabral, commencèrent à s'alarmer sérieusement pour leur commerce.

Quelques jours plus tard, deux navires aux voiles fatiguées remontèrent le Tage. Ils venaient des mystérieuses terres glacées du nord-ouest. Non seulement l'expédition n'y avait pas retrouvé Gaspar Corte-Real, mais le bateau de son frère Miguel n'en était pas revenu.

Durant cette période, de nombreux marins emplissaient les tavernes de la Ribeira, et aussi de la Mancebia, afin d'y profiter pleinement de leur gloire éphémère. Ils n'avaient que quelques semaines avant que l'excitation provoquée par leur retour ne retombât.

Je me frayai un chemin jusqu'au comptoir du Triton Joufflu, où des marins de João da Nova racontaient leur voyage en un récit tumultueux, haché par force acclamations, protestations et libations. Ils arboraient leur courte veste de mer, sans doute pour apporter davantage d'authenticité à leurs exploits. Le plus petit des trois était aussi le plus bavard.

– On a passé Bonne-Espérance « l'arbre sec », tellement ça soufflait. Vous auriez vu ça, les vagues, énormes, longues, comme on n'en voit jamais par ici. Dans les creux, on avait l'impression de descendre aux enfers. Leur crête dépassait même la hauteur des mâts.

Des clients le huèrent et le traitèrent de menteur.

– En tout cas, elles devaient pas avoir de mal à te dépasser, les vagues !

L'un des autres marins se dressa, son tabouret se renversa, son regard mauvais défia l'assistance. Sa corpulence était nettement plus persuasive que celle de son petit camarade, mais cela n'empêcha pas les plus éméchés de continuer à grogner. Comme l'ambiance s'échauffait exagérément, je levai le bras et témoignai :

– Ils ont raison. Je les ai vues, ces vagues. J'étais avec Diogo Dias quand elles ont renversé la nef de son frère Bartolomeu.

Le souvenir de l'illustre navigateur calma les esprits. Les hommes se rassirent, burent en silence, puis le troisième marin reprit :

– On a fini par pouvoir jeter l'ancre un peu plus loin, à l'aiguade de São Brás.

– Ouais, tu te rappelles ? enchaîna le petit. C'est là qu'on a trouvé la chaussure, accrochée à un arbre, avec la lettre dedans. C'est un des capitaines de Cabral qui l'avait laissée là, à son retour.

– Heureusement qu'on l'a récupérée, comme ça on était au courant que le samorin de Calicut était en guerre contre nous.

– Ça a été une sacrée bagarre, là-bas aux Indes. Pour sortir de Cananor, y avait au moins quarante nefs remplies de Maures qui nous barraient le passage, et je compte pas les petites embarcations. Eh bien, on a réussi à passer au travers.

Des moues sceptiques se dessinèrent. Certains protestèrent de nouveau, mais on laissa les marins continuer.

– Ouais. On leur a tiré dessus tellement de boulets, à ces chiens de moricauds, qu'on a des bombardes qui ont éclaté, tellement elles étaient chaudes.

– Mais on n'a pas fait que se battre, on a fait aussi des découvertes, pas vrai les gars ? On a trouvé des îles au milieu de la mer, parfaitement. Y en a une, c'était le jour de l'Ascension, alors on l'a appelée comme ça.

– Et on vous parle pas des femmes des Indes, vous êtes déjà assez échauffés !

De leur côté, les femmes de Lisbonne réservaient un accueil mitigé à leurs maris navigateurs. Si certaines ouvraient grand les bras à leur héros, d'autres voyaient leur retour comme la fin de l'ordre tranquille qu'elles avaient établi sans lui : les rituels avec les enfants, le rangement de la maison. Tout un mode de fonctionnement, élaboré peu à peu, choisi, et finalement satisfaisant, était remis en cause, parfois brutalement. Les plus malchanceuses se retrouvaient à la merci des coups. Des femmes qui avaient cédé à la tentation devaient répudier leur amant.

Il ne me semblait pas que mon retour ait bouleversé la vie quotidienne de Leonor, sauf dans le lit conjugal. À vrai dire, je ne protestais jamais contre ses décisions, je m'intéressais peu à la décoration de notre logis, je ne me mêlais guère de l'éducation de mes filles. Bref, je ne la trouvais pas à plaindre.

Quand les marins de João da Nova eurent bu trop de vin pour pouvoir donner des détails cohérents de leur voyage, je payai mon dû à l'Açorien et me dirigeai vers la sortie. Comme je contournai le trident, un grand escogriffe me percuta. Je levai la tête : c'était Rui Carvalho. Il m'entraîna dans un recoin de la ruelle.

– Je pensais bien te trouver ici. La carte est pratiquement terminée. Il ne reste plus qu'à y apporter les dernières mises à jour, avant qu'elle soit remise au roi. Ça va être le moment.

Je remontai d'un bon pas les ruelles de l'Alfama, en tentant de mettre de l'ordre dans mes idées, malgré l'excitation. C'était donc le moment. J'avais donné rendez-vous à Rui le surlendemain au Triton Joufflu. Sans doute l'Açorien serait-il encore de bon conseil pour mettre au point le vol de la carte. D'ici là, j'espérais avoir de bonnes nouvelles du côté de Joana.

J'avais à peine ouvert la porte de la maison que Pascoal se précipita vers moi.

– Maître ! Maître !

Il paraissait bouleversé.

– Ma sœur ! Elle est blessée. Je crois qu'elle a le bras cassé.

– Conduis-moi !

Je pris ma besace de premiers soins et suivis tant bien que mal mon esclave qui dévalait la ruelle.

Après avoir traversé la ville, nous arrivâmes enfin à Cataque-Farâs, devant la cabane fermée par une couverture. Alors que nous approchions à pas décidés, l'homme au regard torve apparut par l'embrasure et fit mine de nous en barrer l'accès.

– Qu'est-ce que vous voulez ? Je ne vous permets pas...

– Je suis médecin. Une femme est blessée, ici.

– Ah, cette bonne à rien ? Allez la voir si ça vous chante. Mais pas le nègre, là. Il traîne assez souvent par ici.

Je pris mon air le plus menaçant possible.

– Tu vas le laisser passer aussi. C'est mon assistant. Je suis médecin et j'ai des relations.

Il s'écarta en grommelant :

– Depuis quand on prend des négros pour assister les médecins...

La pauvre femme gémissait sur sa paillasse. J'examinai la fracture : radius gauche cassé.

– Qu'est-ce qui s'est passé ? demandai-je.

– C'est lui, répondit Pascoal. Il l'a tabassée.

– Elle a que ce qu'elle mérite, rétorqua l'homme. C'est une bonne à rien.

Comme je n'avais pas d'éponge soporifique, je versai une rasade d'eau-de-vie dans la bouche de la blessée. Puis je m'appliquai à réduire la fracture. Elle se mordit la lèvre jusqu'au sang. Je sortis les compresses et les bandages.

– Pourquoi vous l'avez frappée ? insistai-je.

– Je vous l'ai dit : elle vaut rien, comme esclave.

– Puisqu'elle ne vous donne pas satisfaction, je vous la rachète.

C'était sorti tout seul. Je vis Pascoal frémir d'espoir. L'homme se passa la main sur la barbe.

– Combien ? demanda-t-il.

– Un cruzado, pas plus. Vous l'avez dit, elle ne vaut pas grand-chose. Surtout dans l'état où vous l'avez mise…

– Attention, elle est peut-être cassée, mais puisque vous la réparez, elle pourra encore servir. Et, entre nous, en la forçant un peu, c'est plutôt un bon coup, si vous voyez ce que je veux dire…

Il étaya son argument d'un clin d'œil et d'un geste obscène.

– Ça suffit ! coupai-je. Je ne suis pas obligé de la soigner, votre esclave. Estimez-vous heureux, je vous fais cadeau de la réparation, comme vous dites. Je vous conseille d'accepter mon marché, ou je serais obligé de faire jouer mes relations.

Je lui mis un cruzado dans la main, ce qui fit briller ses yeux, et profitai du temps qu'il prenait à caresser la pièce d'or pour emmener vivement la blessée hors de la cabane.

– Au fait, comment elle s'appelle, ta sœur ?

La pauvre femme marchait en tenant son bras en écharpe, sans se plaindre de la douleur. Elle était bien mieux charpentée que son frère, et je pensai qu'elle allait vite se remettre. Malgré sa souffrance, elle serrait les dents et me lançait des regards pleins de reconnaissance. Ça avait dû être un enfer.

– Les Blancs l'ont appelée Maria.

Je la fis entrer dans notre maison.

Une fois passée la surprise, ma femme manifesta son incompréhension : nous n'avions ni le besoin ni les moyens d'avoir un esclave supplémentaire. Qui plus est, celle-là était blessée. Alors je lui racontai. La cabane sordide, la couverture, l'homme au regard torve.

Leonor demanda à Pascoal d'installer une paillasse dans le grenier. Puis elle questionna sa sœur :

– Maria, pourquoi est-ce que cet homme t'a frappée ?

– C'est… Il y avait un autre Blanc qui venait souvent me voir. Un jour, il est plus revenu. Alors mon maître s'est mis en colère contre moi. Il m'a accusée de… que si l'autre s'était lassé de moi, c'est que j'en avais pas fait assez.

– L'autre homme, il portait une épée ? demandai-je.

– Oui, répondit-elle en baissant les yeux.

– Les salauds, marmonna Leonor.

Je ne l'avais pas entendue proférer un tel juron depuis les conversions forcées de 1497.

Je me rendis chez Joana, confiant. Elle avait si bien entrepris le garde que celui-ci s'était lassé de Maria, pourtant une belle femme aux robustes appas. Nul doute que notre homme serait prêt à fermer les yeux lorsqu'il le faudrait, aux portes de l'Armazém.

– Bonjour João. Entre.

Joana me fit asseoir dans sa cuisine et nous servit de son vin. Elle n'affichait pas son assurance habituelle. L'ambre de ses yeux paraissait plus foncé, imitant la robe du jerez.

– Il y a un problème, lâcha-t-elle.

Je frémis.

– Qu'est-ce qui se passe ?

– Le garde demande de l'argent. Deux cruzados.

Bon sang, je payais déjà pour que Joana lui sortît le grand jeu, ce qui me contrariait assez. En outre, je n'avais plus guère de quoi dépenser sur l'argent promis par l'espion italien.

– Mais… c'est impossible : je n'ai pas les moyens de sortir cet argent. Il te paie combien, ce garde ?

Le visage de Joana se durcit.

– Ça, c'est mon affaire. Ne mélange pas tout. Lui me paie pour coucher, toi tu me paies pour le convaincre de faire quelque chose d'illégal, ce qui est d'ailleurs beaucoup plus risqué. J'ai fait ce que j'ai pu, mais il faut bien dire que cet homme est encore plus cupide que lubrique.

Je calculai : quatre cruzados pour Rui Carvalho, trois pour Joana, et deux de plus pour le garde. Total : neuf cruzados, sur les douze promis par l'Italien. Il n'en restait que trois pour moi : moins que pour Rui et pas plus que pour Joana.

Et encore, c'était sans compter le cruzado dépensé pour la sœur de Pascoal : sans cette histoire de carte, il serait toujours dans ma bourse. Mais après tout, il fallait bien reconnaître que c'étaient Pascoal et Maria qui m'avaient mis sur la piste de ce maudit garde. Toutefois, l'argument ne porterait pas si je demandais une rallonge au mystérieux Italien : rien ne m'avait obligé à racheter Maria. Et cela lui semblerait sûrement aberrant, et même absurde, d'avoir dépensé un cruzado afin de récompenser des esclaves, juste pour avoir révélé les mauvais penchants d'un médiocre individu.

Je songeai à renoncer, mais cette hypothèse m'apparut insupportable. J'étais trop pris par cette mission, elle me portait depuis des mois. Depuis des mois, je n'avais plus fait de cauchemars, je n'avais plus eu d'insuffisance au lit, je n'avais plus été pris de tremblements inexpliqués. Depuis des mois, je vivais intensément.

Et la carte était prête. Il n'était plus temps de marchander.

– Tiens, donne-lui ce cruzado, et dis-lui qu'il aura l'autre après avoir fait ce qu'il avait à faire. Il doit relâcher la garde au plus tôt.

Je lançai un regard de défi au triton et entrai dans la taverne. C'était le moment.

Rui Carvalho m'attendait au comptoir. Le patron me salua d'un air grave et prit les choses en main. Il demanda au petit Riquinho de s'occuper des clients et nous invita dans une discrète arrière-salle où je n'avais jamais mis les pieds auparavant. La pièce était déserte. Deux lucarnes éclairaient faiblement trois petites tables rectangulaires. L'Açorien nous fit asseoir à celle du fond et y posa une chandelle. Puis il nous sortit l'un de ses meilleurs vins du Douro.

– Il y a un peu trop de clients pour discuter sérieusement là-bas, expliqua-t-il. On sera plus tranquilles ici. Alors, João, où est-ce que tu en es ?

Je leur racontai ma dernière rencontre avec Joana, et me plaignis de la somme toujours plus grande que je devais débourser pour cette histoire. L'Açorien me tapa lourdement sur l'épaule avec une compassion un peu goguenarde.

– À mon avis, c'est pas plus mal que tu doives payer le garde. Ça le mouille un peu plus dans l'affaire, il sera moins tenté de parler si l'envie lui en prend.

Je me demandais ce qu'en penserait l'Italien, dont l'Açorien ne me donnait guère de nouvelles. Mais je ne pouvais pas en parler en présence de Rui, et celui-ci ne posait d'ailleurs jamais de question sur le commanditaire du vol.

– Riquinho a bien travaillé, annonça le patron. Il a repéré les jours et les heures où le garde est de faction à l'Armazém da Índia.

L'Açorien nous détailla les informations données par le jeune mulâtre. Rui, qui remuait sa grande carcasse sur sa chaise, dit simplement que cela correspondait à ses propres observations. J'espérais qu'il n'allait pas flancher au dernier moment.

Enfin, le patron du Triton Joufflu distribua les dernières consignes, qui ressemblaient fort à des ordres.

– Toi, João, tu presses Joana jusqu'à ce qu'elle obtienne l'assurance du garde. D'après ce que tu m'as dit, c'est pour leur prochaine rencontre, donc c'est imminent. Ensuite, tu préviendras immédiatement Rui. Après, à toi de jouer, Rui. Tu es le mieux placé pour choisir le meilleur moment. On te fait confiance. Ça va marcher.

Trois jours plus tard, Joana me donna la bonne nouvelle : d'après elle, le garde était « chauffé à point ». Je sentis qu'elle avait hâte d'en finir. Je transmis l'information à Rui. Il n'y avait plus qu'à attendre.

15

Je le reconnus tout de suite : son nez saillant, ses joues burinées, son menton arrondi. Et surtout son air hautain. Il portait un pourpoint de damas noir et une cape en petit-gris. Amerigo Vespucci faisait l'honneur d'exposer ses connaissances à la clientèle du Triton Joufflu.

Le navigateur florentin était accoudé au comptoir, au milieu d'une cour d'admirateurs et de curieux qui l'encourageaient par leurs exclamations ou en veillant à ce que son cruchon ne manquât jamais de vin. Il semblait fort joyeux et ravi d'être ainsi entouré. Après avoir affirmé que les indigènes de la terre de Vera Cruz pouvaient vivre jusqu'à cent cinquante ans, il se mit à décrire la faune et la flore de ces contrées.

– Les oiseaux y sont si beaux que c'est chose extraordinaire à voir. Il est impossible de vous décrire la variété de leurs plumages, de leurs chants, et de toute façon vous ne me croiriez pas. Pour ceux qui connaissent Pline l'Ancien, à mon avis il n'a décrit qu'une infime partie des espèces d'animaux qui existent dans ces contrées. Et les plantes... J'ai senti des parfums nouveaux, j'ai goûté des saveurs nouvelles. Vous auriez vu tous ces fruits inconnus... Par exemple, il y en a un d'aspect bizarre, de forme ovale, qui fait bien un pied de long. Il est surmonté d'une drôle de couronne de feuilles, et recouvert d'une sorte d'écorce en écailles, peu engageante à vrai dire. Eh bien, figurez-vous qu'à l'intérieur se cache une chair jaune, juteuse, goûteuse... Les indigènes l'appellent « ananas ».

La plupart des clients étaient captivés par les descriptions du Florentin, mais un marchand se dressa et demanda :

– C'est bien beau tout ça, mais qu'est-ce qu'on peut en tirer, de ce pays ?

– Ah, il doit y en avoir, des richesses, là-bas. Sûrement de l'or. En tout cas, il y a pas mal de bois-brésil, qui fournit de la teinture rouge, comme vous le savez. Il faudra juste ne pas se laisser manger par les indigènes…

Les exclamations reprirent de plus belle. Vespucci, satisfait de son effet, termina son godet cul sec. Celui-ci fut aussitôt rempli par un marin attentif, qui surveillait le niveau du liquide comme si ça avait été celui de la marée. Le marchand se renfrogna : manifestement, l'orateur avait éludé la question en déviant son propos vers un sujet qui excitait davantage la curiosité de l'auditoire. Le Florentin poursuivit :

– Je vais vous raconter ce qui s'est passé un jour, à un endroit de la côte où on était au mouillage. Depuis quelques jours, on tentait sans succès de prendre contact avec les gens du pays. Ils allaient sur la plage, mais sitôt qu'on approchait avec les chaloupes, ils s'enfuyaient. Un jour, ils sont venus avec leurs femmes et ils les ont fait avancer vers le rivage. Alors on s'est rendus sur la plage et pour les amadouer, on leur a envoyé notre matelot le plus avenant, un gars robuste et gaillard. Comme elles n'osaient pas l'approcher, on s'est retirés dans les chaloupes, qu'on a ancrées à distance. Alors, elles se sont avancées vers notre jeune séducteur. Je dois vous préciser que dans ce pays, les gens vont tous nus, et il faut bien dire que les femmes sont diantrement plantureuses. Elles se sont mises à glousser et à pousser des cris admiratifs devant notre galant, qui semblait bien y prendre goût, d'autant qu'elles ont commencé à le palper sans retenue.

– C'est pas vrai !

– Quel veinard !

Vespucci leva le bras.

– Attendez la suite. Une autre femme est alors descendue du haut du rivage avec un gros bâton. Elle s'est approchée derrière notre homme, et elle l'a assommé d'un coup. Il est tombé raide mort.

– C'est pas vrai !

– Pauvre gars !

– Attendez, le pire est à venir. Les femmes ont traîné son corps vers le haut du rivage, d'où les hommes se sont précipités avec leurs arcs. On s'est retrouvés sous un déluge de flèches, et bloqués par les ancres. C'était un tel désordre sur les chaloupes que nos arbalétriers n'arrivaient pas à viser convenablement. On est quand même parvenus à tirer des coups de bombarde, ce qui les a fait déguerpir. C'est alors qu'on a vu que notre chrétien avait été dépecé par les femmes, et mis à rôtir sur un grand feu.

Cette fois, l'auditoire resta muet.

– Elles nous montraient les morceaux, et elles les mangeaient.

Amerigo Vespucci vida lentement son godet.

– Avec quelques autres, on a voulu attaquer ces sauvages, ça nous paraissait évident qu'il fallait se venger d'un acte aussi bestial. Mais le capitaine-major nous a ordonné de ne pas le faire. Ça se passe de commentaires.

Comme ce capitaine-major, Gonçalo Coelho, était portugais, personne ne prit parti pour le Florentin. Le public s'éparpilla peu à peu autour des tables en marmonnant.

C'est alors qu'il me reconnut.

– Mais c'est notre illustre cosmographe qui est là ! Viens donc par ici, qu'on continue à parler de cette fameuse île de Vera Cruz, que tu as découverte !

Je n'appréciai guère ses allusions condescendantes, mais j'acceptai car j'étais curieux d'en savoir davantage. Le Florentin abandonna ses derniers auditeurs et m'entraîna vers une table.

– Ah, ça me rappelle le début de mon voyage, quand on vous avait croisés, à Bezeguiche. L'armada de Cabral revenait en bien triste état !

Je tentai de confondre cet homme si prétentieux.

– Comment savez-vous qu'ils vivent cent cinquante ans, les gens de Vera Cruz ?

– Tu es bien sceptique... Tu mets en doute mes paroles ? J'ai pourtant parcouru ce pays bien plus longtemps que toi ! Vous l'aviez appelée « île », tu parles... C'est une vraie terre ferme, oui ! Je vais même te révéler quelque chose : on l'a longée jusqu'au-delà de 50° sud !

Cela me paraissait invraisemblable. Nous avions touché Vera Cruz à 17° sud, selon mes mesures, et le cap de Bonne-Espérance lui-même était à environ 34° sud. Mon interlocuteur avait manifestement bien bu, assez pour lâcher ainsi des informations confidentielles, mais il ne me semblait pas suffisamment ivre pour dire n'importe quoi. Soit il exagérait sciemment, soit il disait la vérité, ce qu'il s'employa à démontrer.

– Je suis resté des semaines parmi les indigènes, figure-toi. J'ai pu échanger longuement avec un vieux sage. Pour me donner son âge, il a aligné des pierres sur le sol, une par lunaison, selon leur coutume. Il en avait vécu mille sept cents. À treize lunaisons par an, je te laisse faire le calcul, on n'est pas loin du compte. D'ailleurs, tu n'as pas remarqué comme cette terre est salubre ? En dix mois, aucun de nos hommes n'est mort. Si je me souviens bien, tu es médecin, n'est-ce pas ? Eh bien crois-moi, ce pays n'est pas pour toi : tu n'y aurais guère de clients.

– Et c'est vrai, votre histoire d'anthropophages ? insistai-je.

Cela ne me semblait pas du tout correspondre au tempérament de ces indigènes.

– Bien sûr ! s'exclama-t-il. Vous n'aviez pas remarqué ça, avec Cabral ?

– Non, on n'a vu aucune trace de ça. Je n'ai rencontré que des gens pacifiques. Assez craintifs au premier abord, mais finalement plutôt accueillants.

La bouche de Vespucci se fendit d'un sourire et son bras leva son godet.

– … Et accueillantes ! Ah, les femmes de Vera Cruz ! Elles sont si luxurieuses qu'il est bien difficile de s'en défendre, pas vrai ? Est-ce que tu as remarqué comme leur ventre reste ferme, même chez celles qui ont déjà procréé ? Est-ce que tu as observé, chose prodigieuse, que leurs seins ne tombent jamais ? Et leurs parties honteuses, si allongées et bien fermées que c'était merveille. Allons, ne me dis pas que tu n'as pas vu tout ça de près !

J'eus la vision nette et fugace du corps de Camapuã, qui correspondait à la description du Florentin, ô combien !

Celui-ci prit congé en saluant familièrement l'Açorien au passage.

Qui pouvait bien toquer à cette heure, après vêpres ? Leonor se dirigea vers la porte de la maison. À peine avait-elle levé le loquet que Rui Carvalho s'engouffra par l'ouverture. Dans ses longs bras, un gros paquet cylindrique, enveloppé d'une étoffe grossière.

Encore tout haletant, il déposa son fardeau sur la table de la cuisine. J'observai sa forme en rouleau, évaluai sa longueur – dans les cinq empans –, son poids. Je ne bougeai pas. Rui reprenait son souffle. Il souriait en coin.

– Alors, qu'est-ce que t'attends ?

J'enlevai précautionneusement le tissu et découvris le rouleau de parchemin. J'en caressai religieusement la courbure, sur la peau vierge, côté fleur. Je passai mon pouce sur la tranche, puis à l'intérieur, et sentis le lisse du côté chair. Là devaient être dessinés les derniers tracés des côtes, les dernières découvertes.

– Allez, fais voir, s'impatienta Leonor.

Je déroulai le contenu du paquet et l'étalai sur la table : trois parchemins séparés. Sur le premier étaient représentées l'Europe, l'Afrique, l'Arabie. Sur le deuxième, l'Asie, les Indes ; je le plaçai à droite. Enfin, sur le dernier, les Antilles découvertes par Cristóvão Colombo pour le compte de l'Espagne, déjà dix ans auparavant, et qu'on disait se trouver dans les parages des Indes. Avec, en dessous et plus à l'est, la terre de Vera Cruz. Je disposai ce parchemin à gauche du premier. L'ensemble faisait bien dix empans sur cinq. Nous avions le monde connu sous nos yeux.

D'abord, j'admirai le travail. La courbure des côtes, sans doute tracées à la plume de canard, vu leur finesse. Plus elles étaient explorées, plus elles étaient jalonnées de nombreux toponymes indiquant les ports, les abris. Comme sur toute carte de qualité, les noms des lieux les plus importants étaient écrits en rouge.

Les couleurs enluminaient merveilleusement l'ensemble. Mes yeux apprécièrent leur bon usage. Les roses des vents, en bleu et rouge. Sauf la grande rose centrale, d'un empan de diamètre, multicolore, magnifique, prolongée de ses lignes de rhumb. L'équateur, doré, et les tropiques, colorés en carmin. Surtout, les miniatures : montagnes beiges, forêts vertes, châteaux crénelés et surmontés de donjons triomphants. Et même des Noirs d'Afrique qui semblaient danser. Mes doigts s'attardèrent sur la terre de Vera Cruz, où trois perroquets rouges aux ailes dorées paradaient devant des arbres verts et bleus.

– Elle te plaît ? demanda Rui.

J'examinai davantage ce côté-là de la carte. Je constatai que la côte y descendait bien plus au sud que ce que nous avions découvert avec Cabral. Seule l'expédition Coelho-Vespucci avait pu se rendre aussi bas. À vue de nez, la terre s'étendait jusque vers les 42° sud, une latitude cependant bien moins australe que les 50° prétendument atteints par Amerigo Vespucci. Ce dernier était donc sans doute allé plus au sud que personne ne l'avait jamais fait, même si, d'après le dessin de la carte, il exagérait de beaucoup son exploit.

Curieusement, au-delà des deux lieux que nous avions nommés vers les 17° sud – Vera Cruz et Porto Seguro –, plus aucun toponyme n'était écrit sur cette côte. Nulle trace des endroits que l'expédition Coelho-Vespucci n'avait sûrement pas manqué de baptiser. Peut-être que le frère Pantaleão n'avait pas eu le temps de les indiquer avant que Rui ne s'emparât de la carte.

– Alors ? insista Leonor. Qu'est-ce que tu en penses, João ?

Depuis plus de deux ans que je n'avais pas consulté le Padrão Real, je remarquai des différences notables. De nouveaux drapeaux portugais y étaient dessinés, toujours plus loin de Lisbonne. La terre de Vera Cruz avait été ajoutée, bien sûr, ainsi que la terre de Corte-Real, dans le lointain nord-ouest. Le tracé des côtes de l'océan Indien avait été amélioré et complété par les pilotes de Cabral et de João da Nova.

Je fus consterné de constater que mes dessins n'avaient pas été pris en compte. L'île de São Lourenço n'était même pas indiquée. Il semblait que le pilote-major eût considéré qu'il s'agissait de Madagascar, une île signalée par Marco Polo deux siècles auparavant, mais dont on se demandait si elle existait vraiment. En tout cas, il l'avait représentée grossièrement en forme de rectangle, et il n'y avait même pas de drapeau portugais dessiné dessus.

Quant à mes croquis de l'entrée de la mer Rouge, ils n'avaient servi à rien : nulle trace du port de Berbera, indication d'une île imaginaire, dessin des côtes approximatif. Cette mer avait d'ailleurs été coloriée en rouge, selon l'habitude, alors que nous avions bien rapporté qu'elle était aussi bleue que n'importe quelle autre. Maigre consolation : un drapeau portugais avait été dessiné à l'entrée de la mer Rouge – flanqué de la légende « Jusqu'ici, terres découvertes par le roi de Portugal » –, limite atteinte uniquement par notre *Bate-Cabelo*.

Je n'avais donc apporté aucune contribution à la carte du monde, à la science des découvertes. J'étais effondré.

– João, João ! me secoua Rui. On a réussi, bon sang !

Maria servit la soupe de fèves préparée par son frère Pascoal. Lui seul savait la cuisiner à mon goût : il faisait tremper les fèves sèches le temps qu'il fallait, les cuisait à point, et les assaisonnait d'un subtil dosage d'ail, d'huile d'olive et de vinaigre. Pour moi, c'était la meilleure soupe de fèves de Lisbonne. Mon humeur ne commença à s'éclaircir qu'après en avoir avalé quelques gorgées.

– Oui, je suis déçu. C'est comme si j'avais fait ce voyage pour rien. J'ai ingurgité de l'eau de mer, régurgité du biscuit pourri, je me suis abîmé la jambe et ai perdu trois dents, j'ai souffert du froid, de la chaleur, de la faim et de la soif. J'ai administré des lavements à des culs malpropres. Tout ça pour rien.

– Allons, João, dit Rui. On a quand même réussi à jouer un bon tour à ceux qui n'ont pas tenu compte de tes observations.

Ma femme me lança un regard de reproche.

– Tu ne demandes pas à Rui comment ça s'est passé pour lui ?

Je levai la tête vers cet homme qui avait pris de gros risques dans cette histoire. Je me sentis un peu honteux.

– Mais si, Rui. Pardonne-moi.

Je remplis les godets de vin et nous trinquâmes à la carte. Rui commença à raconter.

– D'abord, je devais attendre le bon jour. Il fallait que notre garde soit de service, mais aussi qu'il fasse mauvais temps.

– Tiens, mais pourquoi donc ? interrompit Leonor.

– Pour dissimuler la carte, je devais porter un manteau ample et long.

– Ah oui, effectivement, sourit Leonor. C'est sûr, par beau temps, tu te serais fait remarquer ! Déjà que ça paraît bizarre de mettre un manteau en cette saison…

– Vas-y, Rui, continue, dis-je.

– Il fallait aussi que je sois de fermeture, pour qu'il n'y ait plus personne dans l'atelier. Aujourd'hui, c'était favorable. Le vent du nord, quelques gouttes de pluie. Le pilote-major, Pedro Reinel, est sorti tôt : il avait fini d'appliquer au Padrão Real les dernières mises à jour.

– Ah bon ? coupai-je à mon tour. Cette carte-ci n'est donc pas complète ?

– Non. Il manque des informations du pilote de Gonçalo Coelho sur la terre de Vera Cruz. Mais crois-moi, il était grand temps de la sortir avant qu'elle soit terminée et parte chez le roi.

– Oui, bien sûr. Excuse-moi. Pedro Reinel est donc sorti.

– C'est ça, reprit Rui. Mon assistant et le frère Pantaleão sont partis à leur tour. Je restai donc seul.

– Mais tu seras le premier suspecté, s'inquiéta Leonor. Tu étais le dernier dans l'atelier.

– Je ne crois pas qu'on m'accusera plus qu'un autre. Cette carte était dans un coffre depuis quelque temps, en attente des dernières mises à jour. Elle ne faisait pas l'objet d'autant de surveillance que le Padrão Real, et en principe personne n'a ouvert ce coffre ces derniers jours.

– En principe… douta Leonor.

Absorbé par la consultation de la carte et envahi par la déception, je n'avais pas considéré la suite. On allait s'apercevoir de la disparition, il y aurait une enquête, des interrogatoires… Rui lut notre inquiétude sur nos visages.

– Pour vous rassurer, je dois dire que ce coffre était fermé par une clef censée être gardée par Pantaleão. En fait, il avait pris l'habitude de la cacher dans un tiroir, ça a été facile de la prendre. Je pense qu'il sera le premier interrogé, voire le premier suspecté du vol. À mon avis, le fait d'avoir eu la responsabilité de la clef ne joue pas en sa faveur, même si ça ne prouve rien.

– En effet, ça ne prouve rien, acquiesçai-je. On pourrait

penser que c'est lui qui l'a volée parce c'est lui qui avait la clef, ou que ce n'est pas lui car il ne serait pas assez idiot pour voler une carte dont il avait la garde, ou encore que c'est lui parce que justement on ne penserait pas à l'accuser d'une telle idiotie…

– J'ai eu le même raisonnement, approuva Rui. Mais pour le moins, il sera déjà accusé de grave négligence, ce qui le mettra en mauvaise posture. Et il a quand même un antécédent plutôt gênant : il a été défroqué, ce qui va jouer aussi contre lui. En tout cas, il n'y a pas de raison que je sois davantage suspecté que lui ou un autre. Il n'y a pas de preuve contre moi. Sauf si le garde se mettait à parler. J'espère que tu es sûr de son silence…

– Comment ça s'est passé, avec lui ? m'inquiétai-je.

– J'ai sorti la carte tout à l'heure, en fin d'après-midi. Le problème, c'est que je ne pouvais pas cacher sur moi les trois parchemins à la fois, alors j'ai commencé par celui avec l'Europe et l'Afrique. Et encore, heureusement que je suis grand, ça ne dépassait pas de mon manteau. J'ai fermé à clef l'atelier de cartographie et j'ai remonté l'escalier. Par bonheur, il n'y avait plus grand monde dans les couloirs, et personne n'a fait attention à moi. À la porte de l'Armazém, c'était bien le garde au nez tordu qui était de service. Je lui ai remis la clef de l'atelier, comme c'est la consigne pour le dernier qui en sort. Il m'a laissé passer sans problème et j'ai ramené la carte chez moi. C'est une chance que j'habite pas loin de là, car il fallait que je revienne rapidement si je voulais avoir le temps de sortir les deux autres parchemins avant la fermeture de l'Armazém.

« Quand je suis revenu, un des gardes qui surveillent la petite place devant l'Armazém m'a reconnu et m'a interpellé en plaisantant, du genre « Vous avez oublié quelque chose ? Ah, ces cartographes, toujours distraits… » Je me suis écarté en m'efforçant de sourire. Arrivé devant la porte, j'ai raconté au garde que j'avais oublié d'apporter une correction sur un travail important, et que je n'en avais pas pour longtemps. Il m'a regardé bizarrement, m'a rendu la clef et m'a fait signe d'entrer. J'ai retraversé l'Armazém, je suis redescendu à l'atelier. Là, j'ai hésité. Comme tout ça m'avait pris plus de temps que prévu, il ne m'en restait sans doute pas assez pour sortir les deux parchemins restants en deux fois. En plus, un garde de la place m'avait repéré. Si je passais encore trois fois devant lui, ça lui mettrait la puce à l'oreille au cas où il serait interrogé une fois le vol de la carte découvert. Alors j'ai roulé ensemble les Indes et Vera Cruz, le plus serré possible, je les ai fourrées dans mon manteau et je suis remonté. Quand j'ai de nouveau donné la clef de l'atelier au garde, son regard s'est posé sur mon soudain embonpoint. Lentement, il a relevé les yeux et les a plantés dans les miens : il n'était pas dupe. Je peux vous dire que je n'en menais pas large. Finalement, il m'a fait signe de filer. J'espère tout de même qu'il ne me dénoncera pas…

L'inquiétude de Rui me gagna. Évidemment, ça aurait été mieux s'il avait pu emporter la carte sans se faire remarquer. Peut-être qu'il aurait été possible de sortir les trois parchemins un par un, quitte à le faire sur deux jours, ou d'embarquer discrètement la carte entière d'un coup, ou de trouver une autre méthode… Mais je ne pouvais pas lui en vouloir : dans la chaîne de complicités qui allait de Rui à l'Italien, en passant par le garde, Joana, l'Açorien et moi, c'était lui qui avait le rôle le plus périlleux. Je tentai de le rassurer, et de me rassurer aussi.

– S'il te dénonçait, il risquerait lui-même de gros ennuis, argumentai-je. Il t'a laissé passer deux fois sans te fouiller. En plus, on l'a payé pour ça, même si ce serait difficile à prouver. Et comme tu dis, le vol aurait pu avoir lieu un autre jour, quand un autre garde était en faction. Donc il ne sera pas plus accusé qu'un autre. Il sera seulement soupçonné de négligence, comme tous ses collègues.

Maria avait débarrassé la table et nous nous penchâmes de nouveau sur la carte du monde.

– Regarde, dit Rui. Il y a de nouvelles îles, comme celle de l'Ascension, découverte par João da Nova. Ce que je trouve curieux, c'est que la terre de Vera Cruz a été dessinée plus à l'est que sur le Padrão Real. Oui, vraiment curieux... Mais vois l'ensemble de la carte. À part les quelques terres découvertes par l'Espagne, le monde est presque entièrement couvert de drapeaux portugais ! De Vera Cruz jusqu'aux Indes, en passant par l'Afrique ! Sans oublier la terre de Corte-Real, et celle qu'on a marquée « Pointe de l'Asie »*. Et nos drapeaux flotteront bientôt sur les pays encore tenus par les Maures ou les gentils.

– Peut-être, admis-je. Mais regarde la taille du Portugal sur le dessin de l'Europe. Minuscule. Crois-moi, ça ne pourra pas durer longtemps.

Rui se renfrogna.

– C'est ce que disaient certains rabat-joie, à votre retour. Mais tu verras. Le grand Vasco da Gama est reparti, avec vingt navires, pour les Indes. Nul doute qu'il les soumettra définitivement. Et d'autres après lui vont aller encore plus loin : Ceylan, Taprobane**, Malacca !

Pour un converti, je le trouvais particulièrement fier des exploits des chrétiens.

---

* Terre de Corte-Real, Pointe de l'Asie : il s'agit respectivement de Terre-Neuve et du Groenland.

** Taprobane : île assimilée à Sumatra par l'auteur de la carte.

16

L'Açorien m'avait remis tout de suite mon solde de six cruzados, en échange de la carte. Décidément, il devait être un partenaire bien proche de l'espion italien. Une fois de plus, il avait éludé mes questions :

– Tu as ton argent, qu'est-ce que tu veux de plus ? Alors, au fait, tu l'as trouvée belle, cette carte ?

Moi aussi, je m'étais acquitté de mes restants dus : deux cruzados à Rui et un autre à Joana, qu'elle devait reverser au garde. Après avoir reçu la pièce d'or, la belle prostituée n'avait guère montré d'empressement à me revoir. Je m'étais pourtant efforcé de ne pas laisser transparaître d'ambiguïté dans ma suggestion, car j'étais persuadé de vouloir simplement prolonger des rapports affectueux avec une femme que j'estimais. Mais elle connaissait les tourments auxquels les hommes sont soumis et sans doute avait-elle détecté, enfoui dans mes pensées, quelque secret espoir de nature charnelle.

Rui Carvalho me donna des nouvelles de l'Armazém da Índia. Lorsque Pantaleão avait constaté l'absence de la carte, il s'était presque étranglé de stupeur. Le pilote-major Pedro Reinel en avait tout de suite référé au pourvoyeur de l'Armazém Jorge de Vasconcellos.

L'affaire n'avait pas fait grand bruit. D'après Rui, c'était forcément dû à une volonté délibérée de l'étouffer. Le roi avait certainement donné des consignes. Qu'une copie du Padrão Real se promenât dans la nature n'était bon ni pour la réputation du royaume sur sa capacité à garder ses secrets, ni pour son ambition à construire un empire maritime : les informations de la carte pourraient être mises à profit par une puissance étrangère.

Apparemment, les gardes n'avaient même pas été mis au courant du vol. Cependant, il était ressorti de l'enquête que la carte n'avait pas pu être dérobée sans une complicité à l'intérieur de l'atelier de cartographie, en particulier à cause de la clef du coffre et celle de la porte. On ne pouvait donc pas laisser les gens en place sans risquer d'autres fuites.

Pantaleão, Rui et son assistant avaient été démis de leurs fonctions. On s'était assuré de leur discrétion par la menace et par l'argent. Le frère avait même été refroqué.

Rui me dévoilait sans réticence les détails de cet épilogue. Bien sûr, nous étions liés par notre complicité dans cette affaire, mais je sentais qu'il s'épanchait surtout car il m'était reconnaissant de l'y avoir embarqué.

Il me fit part de son soulagement de ne pas avoir été davantage soupçonné, mais aussi celui d'être débarrassé du frère Pantaleão. Décidément, le dominicain avait dû lui mener la vie dure. Par ailleurs, la perte de son travail lui ouvrait de nouvelles perspectives, et il lui semblait qu'on pouvait tout espérer, tout ambitionner dans un pays tel que le Portugal, en pleine expansion maritime. Il songeait même à embarquer sur une nef, malgré mes mises en garde sur la dangerosité d'un tel voyage. Il est vrai que la plupart de ceux qui revenaient vivants de leurs navigations en retiraient un certain profit, sauf quelques-uns comme moi.

Quant à Leonor, elle était fort soulagée par ce dénouement et ne voulut plus entendre parler de carte. Bref, tout allait bien. Et quelle aventure j'avais vécue !

Non, tout n'allait pas si bien.

Comme me l'avait déjà perfidement glissé Leonor, j'avais payé pour qu'une femme couchât avec un homme. Qui plus est, pour qu'une femme admirable couchât avec un salaud. Je m'étais ainsi écarté des valeurs morales transmises par mes parents, voire de mes propres valeurs. Mais mon amertume était probablement causée davantage par le dépit que par la culpabilité. J'avais d'ailleurs payé aussi pour qu'une autre femme ne fût plus forcée de coucher avec ce même salaud.

Ensuite, je n'avais pas eu la moindre reconnaissance de la part de l'Italien. Mes mérites n'étaient récompensés que par quelques cruzados dont j'avais dû redistribuer la plus grande partie. Je ne savais même pas qui était le destinataire de cette carte.

Et surtout, je me sentis subitement désœuvré, insignifiant, vide.

Vers le milieu de l'automne, je fus terrassé par la fièvre, une crise plus aiguë que d'habitude. Entre deux poussées de température, j'apercevais le visage inquiet de ma femme.

Puis je me sentais de nouveau partir…

Elle m'a vu. Elle court dans le sous-bois. S'approche, s'éloigne… Disparaît, réapparaît entre les arbres.

Ses jambes fuselées, sa taille souple, son allure déliée. Je tressaille.

À chaque foulée, tes cheveux s'agitent, virevoltent… Les arbres défilent.

À chaque foulée, tes cuisses tressautent, tes seins bondissent ! Mes mains se tendent, comme pour les saisir. Mon membre s'en émeut. Les arbres défilent, tournent…

Tu viens vers moi, me percutes, ton corps s'écrase doucement sur le mien. Tu m'enlaces, les arbres s'immobilisent, suspendus, dressés… Tu t'écartes…

Tes yeux noirs me toisent… mesurent ton effet sur moi. Tes mains suivent, cherchent confirmation, trouvent ! Les miennes reconnaissent tes collines, dévers, sillons.

Je me laisse glisser, les arbres basculent… Mon corps se couche sur le tien. Camapuã…

Troisième partie
La terre

Sur mer, tant de tourmentes, tant de dommages, et la mort tant de fois préparée ! Sur terre, la guerre, les pièges, et toujours l'affligeante fatalité ! Quel havre peut s'ouvrir aux débiles humains ? Où pourra s'abriter leur brève existence, sans que le Ciel serein s'en indigne et s'arme contre un si chétif ver de terre ?

Luís de Camões, *Les Lusiades*

(Traduit du portugais par Roger Bismut,
Robert Laffont, 1992.)

17

Je me réveillai en tremblant. Ou plutôt, c'était le lit qui tremblait. Le vase sur la table, les murs de la chambre, tout tremblait. Je secouai Leonor, me levai et allai prévenir Beatriz et Catarina. Quand j'ouvris leur porte, je vis qu'il était inutile de les réveiller : elles me fixaient de leurs yeux épouvantés. Je fis sortir tout le monde dans la ruelle, où des voisins habillés de culottes, chemises ou couvertures échangeaient des regards inquiets. Au-dessus, les étoiles brillaient, indifférentes.

La secousse reprit. La terre semblait se dérober sous nos pieds. Je serrai mes filles contre moi, en essayant de ne pas trembler moi-même. En vain : elles préférèrent bientôt les bras de leur mère. Nous perçûmes le fracas lointain d'un effondrement. Je priai pour que notre logis tînt bon.

Certains me dirent qu'en ma qualité de médecin, je devais aller voir d'où venait ce grand bruit, au cas où il y aurait là-bas des blessés à secourir. Comme je tergiversais, leurs regards se firent suffisamment réprobateurs pour me convaincre d'aller faire mon devoir. Je m'éloignai dans la nuit, sans avoir eu le courage de pénétrer chez moi pour récupérer ma besace de premiers soins.

Des ombres s'activaient autour du mur effondré. On dégagea des décombres poussiéreux un corps désarticulé. Je m'en approchai. Il n'y avait plus rien à faire : la pauvre femme ne respirait plus. J'en fus presque soulagé pour elle, vu le triste état de ses membres, et aussi pour moi. Je pus rejoindre ma famille qui était toujours dans la ruelle devant notre maison. Ce ne fut que lorsque sonna prime que nous nous décidâmes à y rentrer. Le soleil s'était levé. Le vase de notre chambre, aux motifs verts et jaunes, s'était fracassé sur le sol.

Cependant, nous étions dans l'angoisse d'une nouvelle secousse. Ma femme et mes filles ressortirent et allèrent discuter avec les gens du quartier. Je décidai de me rendre dans le centre pour mieux prendre le pouls de la cité. Mais je ne pus atteindre la Ribeira : le Tage était sorti de son lit et avait envahi la ville basse.

Les jours suivants, des messagers et des voyageurs en provenance des régions voisines amenèrent à Lisbonne de terribles nouvelles. Le tremblement de terre du 5 avril avait fait de gros dégâts et de nombreux morts en Andalousie, en Algarve, et même en Afrique. En comparaison, Lisbonne avait été plutôt épargnée.

Au Triton Joufflu, on ne parlait plus que de ça. L'inondation avait laissé des traces au bas des murs de la taverne. Des clients racontaient la chute de leur cheminée ou l'effondrement d'un pan de mur. Des marins disaient que le départ de l'armada de cette année 1504, qui était imminent, serait retardé de plusieurs jours ou semaines, avec le risque de rater la mousson dans l'océan Indien. D'autant que le navire-amiral avait entièrement brûlé parce qu'un chaudron de poix, oublié par l'équipage, était resté sur le feu.

Quelques répliques secouèrent encore Lisbonne, mais occasionnèrent plus de désordre dans les esprits que de dégât sur les bâtiments. Les habitants, échaudés, se précipitaient dans les rues à la moindre alerte. Je dormais de plus en plus mal.

La flotte de treize navires appareilla finalement le 22 avril, tard en saison.

Le jour de la Pentecôte, alors que je sortais de la taverne, j'entendis au loin un brouhaha de mauvais augure. Je m'en approchai, et bientôt je compris mieux de quoi il s'agissait en discernant la nature des injures :

– Renégats ! Traîtres ! Porcs !

On s'en prenait à des nouveaux-chrétiens.

Les vexations n'étaient certes pas rares envers les convertis, dont on savait que la plupart continuaient à observer leurs anciens rites en secret. Cependant, cela se limitait habituellement à des joyeusetés comme passer au galop devant leurs commerces, en les arrosant et en clamant que c'était de la bonne eau du Jourdain. Mais cette fois-ci, ça semblait plus sérieux que d'habitude.

En pleine Rua Nova, de jeunes vauriens, plusieurs dizaines, commençaient à bousculer et molester un petit groupe d'hommes. Je tentai de raisonner les deux ou trois garçons les plus proches de moi, mais ces voyous me repoussèrent et je m'affalai sur le sol. Je me relevai rapidement et m'écartai du tumulte avec difficulté. J'observai les visages vociférants de ces gamins, dont les plus âgés ne devaient pas dépasser quinze ans : ils transpiraient la haine. J'en frissonnai. L'un des nouveaux-chrétiens, à bout de patience, brandit son épée devant les agresseurs. Loin d'être impressionnés, ceux-ci redoublèrent leurs menaces. L'épée commença à tournoyer, à frapper, à blesser. Il y eut alors des mouvements, des hurlements, une grande confusion. Je me reculai davantage pour éviter la bousculade.

Sur ces entrefaites apparurent le gouverneur du tribunal civil et ses officiers, qui eurent le plus grand mal à ramener le calme. Ils parvinrent à embarquer une quarantaine de jeunes gens.

Je résolus d'éviter le centre de Lisbonne durant quelque temps, car l'ambiance y était détestable dans l'attente du procès. Le lendemain de l'incident, je franchis la muraille et marchai au hasard dans les vergers. La brise faisait s'agiter les pins maritimes et les pales des moulins. J'atteignis un ruisseau marécageux et m'assis à côté. Le soleil printanier diffusait une agréable chaleur. Les roseaux se courbaient au passage des risées. Je pris une poignée de terre que je fis rouler dans ma main. Si ces gamins montraient tant de haine, c'était parce que leurs parents la leur avaient transmise. Cela ne présageait rien de bon pour les juifs du Portugal. La terre s'égrena peu à peu entre mes doigts. Je repris mon chemin le long du cours d'eau, vers l'amont. En contrebas, le Tage scintillait.

Les quarante vauriens furent condamnés au fouet et au bannissement perpétuel sur l'île de São Tomé, un morceau de terre à la réputation épouvantable, perdu dans la moiteur accablante du golfe de Guinée. Ironie du sort, ils iraient y rejoindre les milliers d'enfants juifs déportés là-bas depuis dix ans, du moins ceux qui avaient survécu à l'insalubrité du climat, à la famine, aux dents des crocodiles et à la violence des convicts.

Les nouveaux-chrétiens de Lisbonne avaient assez d'entregent et de relations dans l'entourage de dom Manuel pour obtenir une sentence aussi exemplaire. Cependant, la reine dona Maria, fille des rois catholiques d'Espagne, usa de sa propre influence pour faire annuler l'exil. Restaient les cicatrices indélébiles sur les dos de ces jeunes gens.

18

Leonor s'inquiétait pour moi. Dans mes cauchemars, les tempêtes avaient fait place à de terribles colères de la terre. Des crevasses s'ouvraient sous mes pieds, révélant de profonds abîmes. Des éboulements dévalaient les collines. La ville entière s'effondrait.

D'autres fois, des traits menaçants se dessinaient dans les replis de rochers anthropomorphes. Des pierres acérées en jaillissaient et se précipitaient sur moi. Je me réveillais en hurlant, dans la terreur d'avoir les membres brisés.

Au retour de mon horrible voyage, j'avais senti sous mes pieds, avec un énorme soulagement, la fermeté du sol. Après les affres de la mer, je m'en étais remis à la protection de la terre. J'allais souvent marcher dans la campagne proche, au-delà des remparts. Là, le vent ne servait qu'à faire tourner les moulins, la pluie à abreuver les vignes et les oliviers. Parfois je me déchaussais, afin de mieux sentir la terre sous la plante de mes pieds.

Mais la terre protectrice se dérobait, trahissait ma confiance, me menaçait même.

Les seuls havres où je trouvais quelque réconfort étaient les bras de ma femme et le comptoir du Triton Joufflu. Le trident menaçant se faisait protecteur, et le vin consolateur.

– Bien le bonjour, mon cher Faras !

Je sursautai. Diogo Dias. La *Bate-Cabelo*. Ça ne me rappelait pas que de bons souvenirs.

– Bonjour capitaine, répondis-je un peu rudement.

– « Capitaine », c'est de la vieille histoire. Et je ne m'en porte pas plus mal. Je me sens bien mieux depuis que je suis redevenu terrien.

Sa barbe avait pris quelques poils gris. Il me dévisageait avec bienveillance.

– Alors, fidèle au poste ? lança-t-il. Je t'avais trouvé ici à la même place, il y a bientôt trois ans ! Tu bois toujours du Madère, à ce que je vois. Je me souviens, à l'époque on avait parlé de notre retour sur le plancher des vaches. Quand je vois partir toutes ces expéditions, je suis bien content de ne plus en être, crois-moi. Et toi, pas de nouvelles navigations ?

– Non. Je ne remettrai plus les pieds sur un bateau. Non seulement je tiens à ma peau, mais je n'ai pas envie de participer à une entreprise aussi prétentieuse.

– Comment ça, prétentieuse ? questionna-t-il en fronçant les sourcils.

– Comment un pays aussi petit peut-il prétendre dominer la moitié du monde ? lançai-je.

– Mais c'est le pape lui-même qui nous a donné tout ça ! Tu te rappelles, les bulles du pape et le traité de Tordesillas, il y a dix ans maintenant.

Bien sûr, je connaissais ces arrangements. Le pape avait d'abord donné à l'Espagne les îles et terres fermes nouvellement découvertes, ou à découvrir, à l'ouest d'un méridien fixé à cent lieues à l'ouest des Açores et des îles du Cap-Vert. Puis le fameux traité avait déplacé cette limite à trois cent soixante-dix lieues à l'ouest des îles du Cap-Vert. À l'est de ce méridien, les terres revenaient au Portugal.

Je trouvais ahurissant qu'un homme, fût-il souverain pontife, pût ainsi couper la terre en deux pour la partager entre deux nations. Ainsi, l'Afrique, les Indes atteintes par les Portugais, et même Vera Cruz tombaient dans l'escarcelle de Lisbonne. Pour sa part, Diogo Dias s'en félicitait :

– Crois-moi, les Espagnols se sont bien fait avoir : ils n'ont que ces terres explorées par Cristóvão Colombo et quelques autres, qu'ils appellent « Indes ». Mais depuis douze ans, ils n'y ont pas trouvé l'ombre d'un souverain qui ressemblerait à ce grand khan dont a parlé Marco Polo !

– Je doute que cette situation soit tenable, tempérai-je. Les autres pays d'Europe, comme la France ou l'Angleterre, ne vont pas nous laisser faire bien longtemps.

– Il faudrait d'abord qu'ils comblent leur retard en science nautique, affirma l'ex-capitaine sur un ton condescendant.

– Les Anglais ne sont-ils pas déjà allés à la terre de Corte-Real ? D'ailleurs, on raconte que des Normands et des Bretons vont y pêcher la morue, malgré les morceaux de glace qui flottent dans ses eaux.

– Notre supériorité n'est plus à prouver, trancha Diogo Dias. Ce ne sont pas quelques pêcheurs qui vont y changer grand-chose. Nous avons les meilleurs bateaux, les meilleurs marins, les meilleures cartes. Et surtout, nous avons la légitimité que nous a conférée le pape.

Je songeai à la carte que j'avais contribué à faire sortir du pays, un peu moins de deux ans plus tôt, et qui était couverte de drapeaux portugais. Je soupirai, finis mon godet et commandai un autre cruchon au petit Riquinho. Diogo Dias restait bien fier des exploits maritimes de son pays. Je haussai le ton pour tenter de le convaincre.

– Est-ce que le Portugal contient assez d'hommes pour conquérir et défendre un empire ? Pendant combien de temps ? La moitié des bateaux ne sont pas revenus de notre voyage. Combien la route des Indes va-t-elle encore engloutir de nos forces vives ?

Le vin me portait à l'emphase.

– Quelle vanité ! m'écriai-je. Des centaines de navires vont faire naufrage ! Des milliers d'hommes vont périr ! Bientôt, il ne restera plus au Portugal que des femmes, des enfants et des vieillards.

Diogo Dias se grattait la barbe. Il semblait avoir du mal à déterminer si mes propos étaient dictés par la folie ou par la lucidité.

En rentrant chez moi, je croisai l'un des rares Maures qui étaient parvenus à rester à Lisbonne malgré l'expulsion de 1497. Son visage basané me rappela celui des habitants de Mogadiscio. Je détournai promptement le regard, mais j'eus soudain la sensation très nette que des flèches empoisonnées se fichaient dans le bois du tillac, qu'un coup de canon faisait trembler la *Bate-Cabelo*, que je me précipitais à l'abri du château arrière. Je revis la scène comme si elle se jouait de nouveau vraiment…

Quand je repris enfin mes esprits, j'étais assis par terre, le corps couvert de sueur et le cœur battant. Je ne comprenais pas ce qui m'était arrivé.

19

Vers la fin de l'automne, plusieurs secousses firent de nouveau trembler la terre. Les gens terrifiés s'échappaient de leur maison devenue un piège mortel et se retrouvaient dans les rues, le jour ou la nuit. Et moi, je tremblais aussi.

Je tremblais en pensant aux périls de la terre et de la mer. En septembre, seuls deux bateaux de l'armada d'Afonso de Albuquerque étaient revenus des Indes, coques poreuses et voiles déchirées, menés par une poignée d'hommes hagards et édentés. Rien qu'à les voir, je devinais sans peine ce qu'ils avaient subi ; j'évitais de les croiser. Cette flotte de neuf navires avait appareillé l'année précédente. On attendait avec inquiétude le retour éventuel des autres bateaux, dont celui du valeureux Nicolau Coelho avec qui j'étais rentré de Bezeguiche trois ans plus tôt.

La mer rendait à Lisbonne des bateaux éreintés, dégueulait sur la terre des hommes à demi morts. La terre tremblait, faisant dégringoler des cheminées, écrouler parfois un mur sur un homme. Restait-il une issue par laquelle s'enfuir ?

Je me réfugiais encore au Triton Joufflu, dans le vin et dans les propos inquiets des clients. Ainsi, je ne m'effrayais pas seul.

Alors que Riquinho m'apportait déjà mon deuxième cruchon, je vis entrer un homme dont le visage me rappelait quelqu'un. Ce nez et ce menton en avant, oui, c'était bien lui : Amerigo Vespucci. Le navigateur florentin avait toujours son air suffisant mais ses traits semblaient tirés et vieillis. Il salua familièrement le patron.

– *Ciao*, l'Açorien. J'espère que ta boutique est aussi robuste que toi ! On peut boire un coup en sécurité ?

Il me reconnut et vint s'asseoir à ma table, sans me demander mon avis. Je n'étais guère enchanté de le revoir.

– Tiens, bonjour monsieur le cosmographe, dit-il d'un ton plus bienveillant que railleur.

Il était rentré en juin de son deuxième voyage à la terre de Vera Cruz. Cette fois-ci, il avait obtenu le commandement d'une des nefs de la flotte, mais avait rencontré des problèmes avec le capitaine-major Gonçalo Coelho. Je demandai un second godet à Riquinho et le remplis de vin.

– Il m'a fallu encore supporter les ordres de cet incompétent, m'expliqua-t-il. Son navire a même réussi à faire naufrage sur une île isolée, au beau milieu de la mer. L'équipage a été sauvé, mais ensuite la flotte des cinq bateaux restants s'est retrouvée dispersée. Malgré tout, nous nous sommes rendus à Vera Cruz, au lieu de rendez-vous prévu en pareil cas. Nous y sommes restés deux mois sans qu'aucune autre nef nous y rejoigne. Alors, nous sommes allés un peu plus au sud, jusqu'à un bon abri où j'ai décidé de construire un fort. J'y ai laissé vingt-quatre chrétiens et douze bombardes pour défendre les intérêts du royaume. Nous avons pacifié les populations alentour, puis nous sommes enfin rentrés, après plus d'un an de voyage, avec un bon chargement de bois-brésil. Un seul autre navire de la flotte en est revenu. Et pour tout ça, je n'ai eu aucune reconnaissance de la part du roi. Le Portugal est bien ingrat avec moi. À cinquante ans, j'ai autre chose à faire que de risquer ma peau sur les rafiots portugais sans en recevoir de récompense. D'ailleurs, je vais sans doute retourner en Espagne, où on s'intéresse davantage à mes compétences.

Nous bûmes en silence. Lui aussi semblait avoir besoin de vin puisqu'il commanda un nouveau cruchon. Son regard se fit plus lointain, rêveur.

– C'est dommage, reprit-il. J'aurais bien aimé y retourner, à Vera Cruz.

Je me surpris à réprimer un acquiescement. Le Florentin argumenta :

– Tu n'y es peut-être pas resté longtemps, mais tu as dû

voir, comme c'était bien... Le climat, si doux... Les plages, les forêts, les oiseaux... Même les étoiles y sont plus belles... Les hommes y vivent sans peine, puisqu'ils ont tout à volonté sous la main : de l'eau pure, des fruits, des poissons. Là-bas, pas de roi injuste, pas d'impôt, pas de servitude, pas besoin de défendre des biens. Et je ne parle pas des femmes... Tu sais, en vérité, si le paradis terrestre existe, il ne doit pas en être loin.

Décidément, il en parlait bien, de la terre de Vera Cruz...

C'était trop beau, il y avait forcément une contrepartie.

– On dit qu'ils se mangent entre eux... fis-je remarquer.

– Oui, malheureusement, il y a toujours une face sombre, répondit-il en s'assombrissant lui-même.

– Personnellement, je n'y ai pas observé de trace de cannibalisme, et je doute qu'ils aient besoin de ça. Pourquoi commettre une telle monstruosité, alors qu'ils ont tout à profusion ?

– Je ne sais pas, admit-il. Mais j'ai vu ça de mes propres yeux. Il semble toutefois qu'ils ne réservent ce triste sort qu'à leurs ennemis.

– Vous aviez raconté ici-même, il y a quelque temps, qu'un Portugais s'était fait manger par des femmes. Mais j'avoue que j'ai bien du mal à y croire, tellement ces gens m'ont paru innocents. Ils étaient si aimables avec nous.

– Tu ne me crois pas ? Si tu l'avais vu, tu ne pourrais l'oublier. Les femmes exhibaient des morceaux de bras, de jambes, comme des trophées... avant de les dévorer à pleines dents.

Amerigo Vespucci paraissait écœuré lui-même par cette évocation. Je bus nerveusement ce qui restait dans mon godet. Je me demandai ce qu'étaient devenus les deux proscrits et les deux mousses. Je chassai de mon esprit la vision fugace d'une femme indigène que j'avais bien connue là-bas. Camapuã... Non, sûrement pas elle !

– Je comprends ton étonnement, reprit-il. Parfois, je peine

à y croire moi-même. Tout là-bas est si étrange, si différent… Je vais te dire, cette terre de Vera Cruz, que vous aviez prise pour une simple île, eh bien non seulement c'est une véritable terre ferme, mais je suis persuadé qu'il s'agit d'un monde jamais reconnu jusqu'alors, un monde qui n'a rien à voir avec ce qu'ont décrit les Anciens ou Marco Polo. Oui, un nouveau monde.

Un nouveau monde. Bigre.

Constatant mon ahurissement, le Florentin argumenta :

– Sache que la terre de Vera Cruz est bien plus grande que ce que vous en aviez vu avec Cabral. Elle est immense. Elle abrite des hommes, des animaux et des plantes jamais décrits, pas même par Pline, Pomponius Mela ou Ptolémée. Je ne suis jamais allé en Asie, mais j'ai recueilli pas mal de témoignages de ceux qui y ont voyagé. À commencer par ce Gaspar des Indes, qui faisait partie de vos équipages. Tu te souviens peut-être de ce converti, un original entièrement paré de blanc, jusqu'à la pointe de sa barbe. Je l'avais longuement interrogé à Bezeguiche, il y a trois ans déjà. Cet homme est sans doute le meilleur connaisseur des Indes qu'on ait sous la main au Portugal. Eh bien, ses descriptions n'ont rien à voir avec ce que j'ai vu à Vera Cruz, ou même sur les terres découvertes par Cristóvão Colombo, que j'ai explorées pour les rois d'Espagne avant de me mettre au service de dom Manuel. Oui, c'est là, dans cette anse de Bezeguiche où nous vous avions croisés par hasard, que cette révélation a commencé à s'insinuer dans mon esprit : c'est un nouveau monde, te dis-je.

– Vous allez bien vite en besogne, tempérai-je. Au Portugal, on est plus prudents que ça sur nos découvertes.

– Plus prudents ? Moins visionnaires, tu veux dire.

Il commençait à m'énerver, avec ses grands airs.

– Peut-être que nous sommes plus discrets aussi, rétorquai-je.

– Tout finit toujours par se savoir, tu le sais bien. Et aujourd'hui, l'imprimerie permet de diffuser une nouvelle bien plus vite et à bien plus grande échelle qu'avant. On n'a plus à attendre qu'un moine copiste ait terminé de recopier son exemplaire.

L'imprimerie. Ce procédé était encore peu répandu au Portugal. Une fois de plus, Vespucci me laissait dubitatif.

– Tu ne vois pas comme le monde change ? me lança-t-il. Mes comptes rendus ont déjà été imprimés un peu partout en Europe. À Venise, à Paris, à Augsbourg, à Anvers, on sait maintenant, grâce à moi, qu'un nouveau monde a été découvert.

– Hem… Je ne sais pas si tout ça est compatible avec le secret imposé par le roi sur les découvertes. Comme vous savez, il a encore interdit récemment la fabrication de cartes marines qui iraient au-delà de la latitude du fleuve Congo. Et les cartes qui ne respectent pas ce critère doivent être remises à Jorge de Vasconcellos, le pourvoyeur de l'Armazém da Índia.

– Bah, je n'ai pas fabriqué ni diffusé ce genre de carte, seulement des récits et des descriptions. Et à ce propos, mon cher, il me semble que tu es mal placé pour en parler…

Je frémis. Il but son godet en me regardant d'un air entendu. Mes traits durent suffisamment se décomposer pour qu'il se décidât à me rassurer. Sa voix se fit plus basse.

– N'oublie pas que je suis italien. Mais ne t'inquiète pas, je ne vais pas aller raconter partout l'histoire de cette carte, ça pourrait embarrasser certains de mes amis. Entre Italiens, c'est parfois un peu compliqué, mais avec Cantino, on se comprend. Ferrare et Florence, ce n'est pas loin.

– Cantino ? Ferrare ? demandai-je, interloqué.

– Ah, tu n'as même pas su où était partie la carte ? s'étonna Vespucci.

Il me fixa en se flattant le menton, puis ajouta :

– Ma foi, je peux bien te le raconter, c'est de la vieille

histoire. De toute façon, nous avons tous les deux intérêt à ce que ça reste entre nous. Et puis, cela fait plus de deux ans, cette carte est déjà complètement périmée.

J'étais abasourdi par un tel verdict. Il nous resservit, but quelques gorgées de vin et reprit à voix encore plus basse, malgré l'absence de clients à proximité :

– Celui qui t'a demandé de dérober la carte s'appelle Alberto Cantino. Je peux te le dire, il ne reviendra sûrement plus au Portugal. Il était au service d'Ercole d'Este, le duc de Ferrare, un grand ami des arts et des sciences.

Que la carte fût partie là-bas n'était pas pour me déplaire. Ce duché était devenu l'un des rares endroits de la chrétienté où les juifs pouvaient encore vivre dans une certaine tranquillité.

– Mais… comment le savez-vous ? questionnai-je.

– Je connais un peu Cantino. D'ailleurs, je l'ai aidé à porter quelques améliorations sur cette carte, avant qu'il ne l'emporte en Italie.

– Ah bon ? La carte n'était pas exacte ?

– Ah, je reconnais bien là la curiosité du cosmographe. D'abord, je lui ai fait ajouter des noms de lieux que nous avions baptisés lors de mon premier voyage à Vera Cruz avec Gonçalo Coelho. Le rio São Francisco, la baie de Todos os Santos… Mais surtout, je lui ai fait déplacer plus à l'ouest une bonne partie de cette côte, afin de rétablir la vérité. On a même dû coller une fine bande de parchemin pour faire la correction. Et encore, je crois qu'on aurait pu décaler davantage ce rivage.

Je me souvins que Rui Carvalho lui-même avait été surpris par ce tracé, qui ne correspondait pas à celui du Padrão Real.

– Comment se fait-il que le dessin de cette côte ait été incorrect ? demandai-je, dubitatif.

– C'est comme si le cartographe avait voulu placer Vera Cruz plus franchement dans la zone portugaise, pour bien montrer les droits du Portugal sur cette terre. Je me suis toujours demandé si dom Manuel n'avait pas destiné cette carte à ses beaux-parents les rois d'Espagne, afin d'éviter qu'ils revendiquent la souveraineté sur Vera Cruz.

– Vous voulez dire que cette carte était truquée ? m'étonnai-je.

– C'est fort possible. D'ailleurs, il semble que la terre de Corte-Real ait aussi été placée trop à l'est. C'est Cantino lui-même qui m'a fait part de ses doutes sur ce point.

– Comment ce Cantino pouvait-il connaître l'emplacement de cette terre ? doutai-je encore.

– Alberto est un bon agent secret et un fin diplomate : il avait su obtenir la confiance de dom Manuel. Il a pu assister à un compte rendu fait au roi par des marins qui revenaient d'un des voyages des Corte-Real.

Riquinho remplissait régulièrement notre cruchon et nous commencions à être un peu ivres. J'étais fort troublé par ces révélations.

– Comment vous l'avez connu, ce Cantino ?

– Là, mon cher, tu m'en demandes beaucoup. Comme je t'ai dit, Ferrare est proche de Florence, même si les Ferrarais sont un peu jaloux de ma bonne ville natale. Il faut bien dire que si l'art italien est en train de conquérir la chrétienté, c'est surtout grâce à Florence. On a chez nous les meilleurs, de vrais génies. Tu as entendu parler de Sandro Botticelli, de Michelangelo, de Leonardo da Vinci ?

Je fis la moue. Il me semblait qu'une fois encore, Amerigo Vespucci lançait le pied plus haut que la main.

Après que le Florentin eut pris congé, je titubai jusqu'au comptoir et m'y appuyai, bien en face de l'Açorien. Je lui chuchotai d'une voix pâteuse et en clignant de l'œil :

– Dis-moi, mon cher, t'as des relations à Ferrare ?

– Ma femme est de Modène, répondit-il sèchement.

Ercole d'Este était aussi duc de Modène. L'Açorien me

fit comprendre qu'il ne souhaitait pas s'étendre davantage sur ce sujet.

Je rentrai chez moi tant bien que mal, en remontant le cours du Tage. Des porteurs faisaient le plein à la grande fontaine du Roi, d'où jaillissaient des eaux captées aux flancs de l'Alfama. Une canalisation courait jusqu'à la rive : c'était là que venaient s'abreuver les bateaux en partance. Pour ma part, je préférais m'abreuver à la taverne, même s'il m'en restait parfois un goût amer. Je me sentais fort éprouvé par cette longue conversation avec Amerigo Vespucci, et pas seulement parce que j'avais bu force cruchons.

Cantino, Ferrare, Florence, Modène… Ces Italiens étaient décidément bien infiltrés à Lisbonne. Et bien organisés. Finalement, je n'avais été qu'un de leurs pions.

Les cannibales… Non, j'éloignai de mon esprit ces images terribles.

L'imprimerie, la carte déjà périmée, les arts, le Nouveau Monde… Je me sentis brutalement, moi, *mestre* João Faras, complètement dépassé.

20

Les gens de mer, qui étaient nombreux à Lisbonne, avaient vu dans la forme des nuages que la tempête allait être d'une ampleur inhabituelle, même pour la mauvaise saison. Quant aux terriens, ils observaient je ne sais quels signes dans le vol des oiseaux, le tissage des toiles d'araignée, le braiement des ânes ou la marche des fourmis.

Et le vent se mit à forcir. Je me terrai chez moi mais je l'entendais qui semblait enserrer la maison de ses bourrasques mugissantes. Lors des plus fortes rafales, je me plaquais les mains sur les oreilles.

C'est alors qu'elle apparut devant mes yeux. La vague, celle de Bonne-Espérance. Elle était là, monstrueuse, écumante, prête à se précipiter sur moi. J'entendis les hommes crier « Miséricorde ! », je vis le mur d'eau sombre se dresser à la poupe, bien au-dessus du château arrière.

Quand Leonor se précipita et me secoua par les épaules, j'étais recroquevillé par terre, en pleine détresse, le souffle coupé.

Que s'était-il passé ? J'étais abasourdi. Ça avait été comme si j'y étais, sur la *Bate-Cabelo*. Je ne comprenais pas. Je dis à ma femme que ça allait déjà mieux, que ce n'était rien, juste une douleur dans la poitrine.

Bien sûr, la tempête finit par passer, comme le font toutes les tempêtes.

En cette fin d'hiver, la flotte de 1505 s'apprêtait à partir sous le commandement de dom Francisco de Almeida, appelé à devenir le premier vice-roi des Indes. Pour mériter ce titre, il devait auparavant établir des forteresses dans l'océan Indien afin d'y consolider la présence portugaise.

Cette fois, c'était encore une vingtaine de navires qui s'en remettaient au bon vouloir de Dieu et de la mer. J'allai assister au chargement des bateaux depuis la Ribeira. Dans un incessant ballet, barques et allèges transbordaient vers les nefs au mouillage une quantité impressionnante de tonneaux, de toiles et de cordages. Des Noirs, esclaves ou affranchis, transportaient des grosses caisses remplies de verroteries, peignes et miroirs destinés à gagner les bonnes grâces des femmes indigènes, et par là l'amitié de leurs frères ou maris.

Je fus bousculé sans ménagement par un soldat qui voulait me dégager du passage : on faisait rouler vers la rive des bombardes flambant neuves tout droit sorties des forges du royaume. Déséquilibré, je dus prendre appui sur ma jambe la plus faible, qui se déroba sous mon poids. Je tombai par terre.

Le soldat tendit la main pour m'aider à me relever. Une fois debout, je le dévisageai avec humeur, de haut car il était plus petit que moi. Son nez charnu dominait un visage rustique et ses traits n'exprimaient pas grand-chose. Après avoir attendu en vain un mot d'excuse, je m'éloignai en maugréant.

J'allai marcher sur la berge, en me faufilant parmi les portefaix, les équipages et les badauds. Je saluai quelques vétérans – ou plutôt survivants – de l'expédition de Cabral, qui reprenaient encore du service cinq ans plus tard, ce qui m'était incompréhensible. Je reconnus de loin une grande silhouette à l'allure exotique : drapé de blanc, le bandeau sur la tête, la barbe cendrée et la tête droite, Gaspar des Indes promenait sa dégaine de prince oriental sur la Ribeira. Je voulus l'éviter mais il me vit et me héla.

Il évoqua notre navigation tranquille sur l'*Anunciada*, quatre années auparavant, de Bezeguiche à Lisbonne. Quand il m'apprit qu'il allait de nouveau embarquer, je lui rappelai que l'armada de Cabral avait subi bien des épreuves. Il se mit à rire en disant que jusqu'alors il avait réchappé à tout, qu'il avait par ailleurs bien profité de ses voyages, qu'il en était pleinement comblé, que s'il mourait demain ce ne serait pas grave car tous ses désirs avaient déjà été satisfaits lors de ses nombreuses aventures, et que ce qu'il vivrait dorénavant viendrait comme en surplus. Je mis ces propos absurdes sur le compte de sa propension bien connue à faire l'intéressant. Je haussai les épaules, lui souhaitai bonne chance et poursuivis mon chemin.

Les nombreuses nefs au mouillage offraient un spectacle saisissant. On disait que plus de deux mille cinq cents marins, soldats et passagers étaient sur le départ. Mon propre voisin de l'Alfama faisait partie de ces insensés. Je me demandais comment autant de gens pouvaient ainsi s'embarquer après le désastre de l'armada de 1503, et alors qu'on n'avait pas encore de nouvelles de celle partie en 1504. Je ne comprenais pas. Quelles chances avaient ces hommes de revoir Lisbonne ?

Comment pouvait-on envoyer ainsi tant de jeunes gens à une mort aussi *envisageable* ? Encore plus envisageable que s'ils partaient à la guerre, car aux batailles qu'il y aurait sans doute à mener s'ajoutaient les périls de la mer, plus imprévisibles, plus insidieux, moins tangibles pour un terrien. Une devise éloquente circulait parmi les gens de mer : *Vivre n'est pas indispensable, naviguer est indispensable.* Je pensai que cet adage héroïque avait sûrement été inventé – ou en tout cas était encouragé – par ceux qui s'enrichissaient sur les risques inouïs encourus par les marins, pour mieux les exalter et les manipuler.

Je tombai de nouveau sur le petit soldat qui m'avait bousculé. Il se tenait immobile, au bord de l'eau, le regard fixé vers l'embouchure du Tage. J'interrompis sa méditation.

– Vous allez partir avec l'armada, n'est-ce pas ?

Il me lança un regard surpris et me dévisagea.

– C'est exact, dit-il.

– Est-ce que vous avez déjà navigué sur les nefs de la route des Indes ?

– Non, pas encore, répondit-il sèchement. Pardonnez-moi pour tout à l'heure, mais il ne faut pas gêner l'avitaillement des bateaux.

Je ressentais à la fois de la compassion et de la colère. Cet homme savait-il ce qui l'attendait ? Pourquoi prendre de tels risques en pleine jeunesse ?

– Si ce n'est pas indiscret, quel âge avez-vous ? lui demandai-je.

– Vingt-cinq ans... Mais pourquoi ces questions ?

Il avait le même âge que moi lorsque j'étais parti sur la *Bate-Cabelo*. Quel gâchis allait-on encore faire là ?

– Savez-vous ce que c'est ? lui lançai-je rudement. Vous rendez-vous compte que vous avez de bonnes chances d'y passer ? Y songez-vous seulement ?

– Dites donc, qu'est-ce qui vous prend ? Ceux qui ont peur de se lancer dans l'aventure n'ont qu'à rester chez eux.

– J'étais aussi jeune que vous l'êtes quand je me suis embarqué avec l'armada de Cabral. Vous savez comment ça s'est passé pour nous ?

– Oui, je le sais. Je laisserai peut-être ma peau en mer, aux Indes ou dans une île perdue, mais au moins j'aurais vécu. Rien ni personne ne m'empêchera de partir où je veux. Et ceux qui restent à terre n'ont qu'à prier pour nous.

Décidément, on ne pouvait pas comprendre les souffrances endurées lors d'un tel voyage sans les avoir subies soi-même. Et pourtant, certains repartaient. Je me sentis troublé, nauséeux même. J'étais curieux de savoir ce que cet homme deviendrait et lui demandai son nom. En prenant congé, je ressentis à la fois de la pitié et de l'envie.

– Bonne chance, lui soufflai-je. Je prierai pour vous, Fernão de Magalhães*.

---

* Fernand de Magellan.

Je fus réveillé par un cri. J'étais en sueur, le cœur palpitant. C'était moi qui avais crié. Le visage de ma femme se substitua à celui de mon cauchemar, ce qui me procura un vif soulagement. Elle me prit dans ses bras.

Ça avait été terrible. Une femme de Vera Cruz dépeçait le cadavre d'un homme blanc, et passait les morceaux à une autre, qui les mettait à rôtir sur un feu. Une troisième mangeait un avant-bras dont on n'avait pas séparé la main. Sur l'annulaire, une bague. C'était ma bague. Horrifié, je portai vivement mon regard sur mon épaule, d'où aucun bras ne sortait. La femme leva les yeux vers moi, je reconnus son visage. Camapuã me souriait tout en mâchant.

L'armada de dom Francisco de Almeida partit pour les Indes, mais l'une de ses nefs s'échoua sur un banc à la sortie du Tage. Elle fut déchargée puis remorquée jusqu'à la Ribeira, où l'on devrait procéder à des réparations. Le reste de la flotte poursuivit sa route sans attendre.

Lors du repas du soir, je racontai à Leonor l'effervescence qui régnait sur le port. Elle écoutait d'une oreille distraite les noms des capitaines et leur destination, mais réagit lorsque je lui parlai du navire qui avait dû rentrer.

– Oui, je sais. J'ai retrouvé notre voisine en pleurs. Elle venait de l'apprendre.

– Pourquoi, son mari était dans ce bateau-là ? demandai-je.

Ma femme acquiesça.

– Elle devait être bien émue, commentai-je.

– Elle ne pleurait pas de joie, mais de dépit.

Je ne comprenais pas. Cette femme m'avait toujours paru fort attachée à son mari.

– Comment ça, de dépit ?

– Elle espérait pouvoir enfin passer de nouveau du bon temps avec son amant, répondit Leonor d'un ton neutre.

Je tombai des nues. Ma femme vit à mes yeux ronds et à ma bouche entrouverte qu'elle devait mieux m'expliquer.

– Eh bien, figure-toi que pendant le dernier voyage du voisin, sa femme avait pris un amant. Et quand ce voyage s'est terminé, ça leur a été bien plus difficile de se voir, forcément. Ils ont même arrêté de se fréquenter après avoir failli se faire surprendre par le mari. Voilà.

On racontait beaucoup d'histoires de marins trompés, dans les bateaux et les tavernes, mais c'était la première fois que j'en avais un exemple aussi tangible.

– Ça lui apprendra, à cette bonne femme, dis-je sur un ton définitif. Ce n'est pas que j'apprécie beaucoup notre voisin, mais en profiter pour lui faire un coup pareil pendant qu'il part risquer sa peau en mer…

Leonor semblait agacée. Ses lèvres se pincèrent, sa fossette se creusa et ses yeux noisette se plissèrent. Elle finit par répondre :

– Si les hommes n'abandonnaient pas leur femme aussi longtemps, elles seraient moins tentées. D'ailleurs, la voisine n'est sans doute pas la seule femme à pleurer ce soir à cause de cette nef qui s'est échouée, et qui n'a pas voulu les débarrasser de leur mari. Il faut dire qu'il y en a qui ne sont pas gâtées.

– Comment peux-tu parler comme ça de femmes adultères ?

Leonor se leva pour débarrasser la table. Elle me dit :

– En tout cas, je suis bien contente que tu ne veuilles plus rembarquer.

Une flottille de six autres navires se préparait à partir aussi en ce printemps. Elle avait pour destination la terre de Vera Cruz, qu'on appelait aussi « terre des Perroquets », « terre du Bois-Brésil » ou encore, de plus en plus souvent, « terre du Brésil ». L'armateur, Fernão de Loronha, y envoyait des bateaux pour la troisième année de suite. Ce nouveau-chrétien était suffisamment bien en cour pour avoir obtenu du roi l'exploitation exclusive de cette terre.

Cependant, il se plaignait qu'on ne fournît à ses bateaux que de médiocres pilotes, le bois-brésil étant considéré plus facile à atteindre – et surtout moins lucratif – que les épices des Indes. C'était un homme au regard profond, rassurant et convaincant. Ses sourcils en forme de tilde rebiquaient vers le milieu de son front, lui donnant un air réfléchi. Fernão de Loronha m'avait approché pour me proposer de reprendre du service à bord d'un de ses navires. Mais les images de mes cauchemars avaient alors resurgi : tempêtes et cannibales me hantaient toujours l'esprit. Et je ne voulais pas laisser seule ma femme.

21

Ma femme faisait de son mieux pour me maintenir en état. Quand le volume de mon embonpoint s'était mis à diminuer, elle s'en était plutôt réjouie, mais elle commençait à s'inquiéter de mon manque d'appétit, même pour la soupe de fèves.

Elle me reprochait mes séjours réguliers à la taverne, de laquelle je rentrais tardivement. Elle se démenait pour me trouver des clients, afin de remplacer ceux qui ne me considéraient plus comme un médecin assez fiable. Mes retards récurrents et mon haleine pas toujours agréable y étaient sûrement pour quelque chose.

Un jour où je revenais du Triton Joufflu, Leonor me prit par les épaules et me regarda droit dans les yeux :

– João, il faut te reprendre. Tu perds des clients, tu ramènes moins d'argent à la maison, et j'en ai assez de devoir compter nos dépenses.

Je m'assis lourdement sur une chaise. Comme je ne savais pas quoi dire, elle reprit :

– Réagis, bon sang ! Se serrer la ceinture, ce n'est pas très agréable, mais ce qui m'agace le plus est de te voir dans cet état. Tu es un homme instruit, intelligent, tu es cosmographe, médecin… et vois ce que tu es devenu. Qu'est-ce qui se passe, à la fin ?

Je rentrai la tête dans les épaules et balbutiai :

– Je… je ne sais pas, Leonor. Depuis mon retour de voyage, et surtout depuis que l'histoire de la carte s'est terminée, je me sens… je ne me sens plus comme avant.

– Parle-moi, João. Je te reconnais de moins en moins. J'ai besoin de savoir. S'il te plaît.

Je ravalai ma salive.

– Tu vois bien, comme je dors mal… Je me sens parfois nerveux, ou plutôt… oui, anxieux.

Ma femme se radoucit un peu. Je vis sur son visage l'inquiétude remplacer la colère.

– Autrefois, tu étais un homme volontaire, plaisant, joyeux même. J'aimerais mieux comprendre, pouvoir t'aider…

J'hésitai. Comment expliquer ce que je ne comprenais pas ? Je lui racontai :

– Tu te rappelles, cet hiver, quand tu m'as retrouvé par terre, pendant la tempête. Eh bien, je n'avais pas eu la respiration bloquée à cause d'une douleur à la poitrine. Non, c'était à cause… à cause de la vague.

– Mais… de quelle vague parles-tu ? demanda Leonor.

– J'avais revu distinctement une vague énorme qui s'était abattue sur nous, au cap de Bonne-Espérance. C'était comme si… comme si elle allait me tomber de nouveau dessus. Et ce n'est pas la première fois que je revois se dérouler, comme ça, des scènes terribles de mon voyage, et que j'ai l'impression que ça recommence… Leonor, je ne sais pas ce qui m'arrive…

Ma gorge se serra. Je ne parvins pas à en dire plus. Ma femme semblait émue, déroutée. Elle s'assit sur mes genoux et m'enlaça. Nous restâmes ainsi sans rien dire jusqu'à ce que Catarina vînt annoncer qu'il était temps de passer à table.

Je décidai de me rendre à la plage de Restelo, à une lieue en aval de Lisbonne, afin d'assister au départ des six bateaux de Fernão de Loronha pour la terre de Vera Cruz. Depuis l'ouverture du chantier du monastère des Hiéronymites, non loin de là, le chemin était davantage fréquenté, et je comptais bien trouver quelque charroi pour m'y emmener.

J'arrivai à temps. Les derniers soldats embarquaient sur les chaloupes, alors qu'à bord des nefs au mouillage, les marins commençaient déjà à établir les voiles utiles à la manœuvre d'appareillage.

Il y avait moins de cérémonial que pour notre départ avec

Cabral, mais des femmes en noir étaient encore là et justifiaient, une fois de plus, le surnom de « plage des larmes » donné au lieu. Je me demandais si, parmi ces femmes, certaines ne produisaient pas des larmes de crocodile.

Je partis me promener vers l'aval pour mieux voir les nefs s'éloigner. Il faisait beau. Tout en marchant, j'observais le fleuve, dont l'entrée était bien gardée. J'apercevais en face, sur l'autre berge, la tour fortifiée de Caparica. Plus loin de ce côté-ci de l'estuaire, après la pointe de São Gião et la barre du Tage, le fort de Cascais surveillait les atterrages de la rive nord. La construction d'une autre tour ici même, vers l'église de Nossa Senhora de Belém, était en projet depuis des années. En attendant, une grande nef complétait le dispositif, mouillée à quelque distance de la plage. J'avisai sa silhouette massive. Elle était farcie de canons et l'on disait que son bordé était si épais qu'aucun boulet ne pourrait le transpercer.

Je tournai le regard vers la flotte qui partait vers le large. Les coques de ces fiers bâtiments abritaient des centaines d'êtres humains qui allaient fouler le sol de Vera Cruz, goûter à ses fruits sucrés, tisser des liens, peut-être, avec ses habitants.

En tout cas ceux qui auraient survécu au voyage. La route était certes moins longue et moins dangereuse que celle des Indes, mais quelques bateaux n'en étaient jamais revenus.

Je n'attendis pas que les nefs eussent disparu à l'horizon, car je voulais rentrer avant la nuit. Je me rendis sur l'énorme chantier du monastère, où je pensais trouver un moyen de revenir à Lisbonne. Las ! Plus personne ne retournait à la ville. Comme j'étais trop fatigué pour parcourir une telle distance à pied, je commençai à chercher un endroit où dormir, en espérant que Leonor ne s'inquiéterait pas trop. Un homme à cheval, voyant ma piètre allure et mes vieux brodequins, me conseilla d'aller tenter ma chance vers les baraquements des ouvriers. En m'approchant de ces taudis, je me demandai si je ne ferais pas mieux de dormir à la belle étoile, mais quelques nuages un peu trop sombres m'en dissuadèrent. Un robuste Noir me rudoya et m'envoya vers la plage, où je pourrais sûrement trouver un bateau, disait-il.

Je tressaillis. Un bateau… Je n'y avais même pas songé. Je restai un moment à regarder l'eau miroitante de l'estuaire. Le dernier bateau sur lequel j'avais mis les pieds était la *Bate-Cabelo*. Je finis par descendre lentement vers le rivage. En passant devant l'église, je ne pus m'empêcher de marmonner une preste prière à Nossa Senhora de Belém afin qu'elle favorisât ma navigation vers Lisbonne, alors que je ne l'avais même pas fait cinq ans plus tôt lors de notre départ pour l'océan Indien. Sur le sable rocailleux, plusieurs hommes s'activaient autour de leurs barques à voile et de leurs filets. J'eus un instant d'hésitation, puis allai négocier mon passage vers le centre de la capitale.

Je grimpai par-dessus la lisse et basculai à l'intérieur de la coque. Je sentis qu'on poussait davantage le bateau, jusqu'à ce qu'il fût à flot. Je vacillai et m'accrochai fébrilement au mât. Mon pêcheur sauta à bord et me fit rudement reculer vers l'arrière, car il avait besoin de la place pour établir la voile. Le vent n'était pas spécialement favorable mais la marée remontait vers la ville : il n'y avait pas de raison que ce mauvais moment à passer ne durât trop longtemps.

Cependant, les nuages sombres étaient toujours là et l'un d'eux s'approchait plus que je ne l'aurais souhaité. L'eau du Tage commençait à s'agiter. Je vis venir à sa surface les rides caractéristiques annonciatrices du vent. Je vérifiai l'expression du visage du timonier : le capitaine de l'embarcation restait impassible. Les rides envahirent l'eau qui nous entourait. Un violent coup de gîte confirma l'arrivée du vent : l'esquif pencha tellement que le haut de la coque frôlait la surface du fleuve côté tribord. Je hurlai au pêcheur d'arrêter tout ça et de me ramener immédiatement à terre.

Il haussa les épaules, manipula un cordage et garda son cap. La barque revint à une position plus conforme à mes critères de bonne utilisation.

Le grain passa. Le Tage se calma plus vite que je le fis moi-même. Je fus enfin déposé sain et sauf sur la Ribeira.

22

Je ne m'occupais guère de Beatriz et Catarina, qui avaient alors onze et dix ans. Pour moi, s'occuper des enfants était une affaire de bonnes femmes, surtout si ces enfants étaient des filles. Leonor semblait d'accord avec moi : lorsque je faisais mine de vouloir m'intéresser aux choses de l'éducation, elle s'irritait, allant jusqu'à me reprocher de marcher sur ses plates-bandes. Elle était encore plus à cheval sur ses prérogatives depuis mon retour de voyage.

L'attitude de Leonor était d'ailleurs assez singulière : en principe, les maris devaient faire preuve d'autorité avec leurs enfants mais pour ma part, j'en étais totalement dépourvu et même de cela, elle ne me blâmait jamais. À vrai dire, cela m'arrangeait plutôt et je me disais toujours que Leonor était une perle.

Je finis cependant par trouver curieux le comportement de ma femme. Une fois où je voulus accompagner Beatriz au marché, elle me dit avec humeur de laisser la petite se débrouiller et que ce n'était pas au chef de famille d'aller faire les courses. Je n'insistai plus après qu'elle eut ajouté d'un ton tranchant que je ferais mieux de chercher à agrandir ma clientèle de patients, sans quoi on n'aurait bientôt plus besoin d'aller au marché car on n'aurait plus les moyens d'y acheter quoi que ce soit.

Un matin, je décidai de suivre discrètement ma fille aînée. C'était une enfant plutôt docile, mais qui savait se défendre lorsqu'elle estimait être victime d'une injustice. On l'envoyait donc aux courses, elle plutôt que sa petite sœur, plus naïve.

Les marchandises exotiques prenaient toujours plus de place sur les marchés de Lisbonne. Chaque année, de nouveaux produits apparaissaient. On avait pris l'habitude de se procurer des denrées venues d'Afrique, mais les routes commerciales plus lointaines et récemment ouvertes apportaient de nouvelles senteurs, de nouveaux goûts.

De nouvelles sonorités aussi. Beatriz fut attirée par les cris dissonants de volatiles multicolores au bec crochu. Je reconnus sans peine les oiseaux de Vera Cruz. Dans une cage, trois petits perroquets verts cohabitaient difficilement avec un grand perroquet rouge, plus fier, plus beau, plus cher aussi. Ma fille s'amusa un instant de leurs prises de bec, puis continua son chemin. Je remarquai au passage des noix de coco rapportées de l'océan Indien. Je n'avais pas goûté leur eau depuis Mogadiscio. Plus loin, une odeur piquante me fit frémir les narines. Quand j'identifiai le contenu des sachets de poivre béants que manipulait le marchand juste sous mon nez, il était trop tard : j'éternuai si fort que j'eus peur de me faire repérer par Beatriz. Le prix du poivre avait beaucoup baissé depuis que le Portugal avait brisé le monopole de Venise sur les épices, mais il restait trop cher pour nous. Je m'écartai vers l'autre côté de l'allée, où je reconnus les fameux bâtonnets de couleur ocre, entaillés sur leur longueur : de la cannelle. Je sentis son odeur entêtante et me souvins de son goût chaud et doux. Cette odeur et ce goût qui attiraient sur les flots des milliers de marins.

Je cherchai ma fille du regard. Je repérai sa silhouette longiligne devant un étal où une dame élégante soupesait des vases en porcelaine, dont le vendeur prétendait qu'ils venaient du lointain Cathay*. Sans doute cette marchandise rare avait-elle transité par quelque port des Indes. Beatriz poursuivit son chemin vers des produits plus conformes à nos moyens.

Dans ce secteur du marché, la clientèle se faisait plus modeste. Les servantes et les esclaves marchandaient âprement le prix du grain ou du poisson. Beatriz acheta des sardines, puis de l'huile d'olive et des fèves sèches pour la

* Cathay : ancien nom donné à la Chine.

soupe. Plus loin, elle prit du pain en bonne quantité, ainsi que de la pâtisserie aux amandes, ce qui m'étonna car on n'en mangeait pas habituellement à la maison.

Ma fille sortit du marché et s'engagea dans une ruelle moins passante, où je dus la suivre avec plus de précautions. Elle s'arrêta devant la porte d'une bâtisse modeste, regarda autour d'elle. Je me reculai juste à temps derrière l'angle d'une maison. Elle toqua, on la fit entrer.

Je n'eus pas à attendre longtemps avant que la porte ne s'ouvrît de nouveau. Posté derrière un muret, je laissai ma fille s'éloigner, puis j'allai examiner la bâtisse. J'entendais des rires et des tambours, on s'amusait bien là-dedans. Alors que je tendais l'oreille devant la porte, celle-ci s'ouvrit de nouveau.

Je me retrouvai nez à nez avec Pascoal. Celui-ci tenait dans ses bras maigres un garçonnet qui devait avoir dans les cinq ans. Le visage de mon esclave pâlit autant que sa peau noire le lui permettait. Quant à celui du garçon, il avait la peau plus claire caractéristique des mulâtres. Ses yeux étaient d'ailleurs eux aussi assez clairs, oui, noisette. Son regard me troubla. Bon sang… Ces yeux, ce petit nez pointu, ces fossettes… Le gamin pointa son index vers moi et demanda gaiement :

– Qui c'est ce monsieur-là, papa ?

J'étais horrifié. Leonor… Non, pas elle !

Je fus incapable de la moindre réaction. Pascoal était aussi pétrifié que moi. Je finis par détourner le regard et m'éloigner d'un bon pas.

La marche ne suffit pas à me calmer. Au contraire, la stupéfaction laissa peu à peu place à la colère. Je rentrai chez moi, furieux. Ma femme portait sa basquine verte. Avant qu'elle n'ait pu dire un mot, je la giflai. Et je la frappai. Les visages apeurés de Beatriz et Catarina apparurent dans l'embrasure de la porte : mon bras s'arrêta juste avant de cogner encore une fois. À ce moment, Pascoal entra et passa discrètement derrière moi pour se réfugier dans le jardin. Je me retournai, le poussai rudement dehors, pris un bâton et commençai à donner des coups. Quand ma femme essaya de protester, je frappai plus fort encore sur le corps sec et tressautant de l'esclave. Seules les implorations de sa sœur Maria finirent par m'arrêter. Je rentrai dans la cuisine, m'assis et m'effondrai sur la table, ma tête dans le creux de mon coude. Je sentis Leonor s'approcher de moi.

– J'aurais dû t'en parler plus tôt…

Lorsqu'elle me mit la main sur l'épaule, j'éclatai en sanglots.

Dans l'après-midi, je sortis pour chercher l'apaisement dans la marche, et pris la direction du fleuve. Mon voisin ouvrit sa porte au moment où je passais devant. Il m'interpella, le regard en dessous, comme à son habitude.

– Bonjour, *senhor* Faras. Beau temps, n'est-ce pas ? Dites, ce matin, j'ai entendu vos esclaves qui geignaient. Vous avez bien fait, y a que ce langage-là qu'ils comprennent ! Je me suis dit, il fait des progrès le voisin ! Si je peux vous donner un conseil, cognez plus souvent : chez moi, je peux vous dire qu'il se tient à carreau, mon négro.

Le voisin me félicitait. Il me félicitait de devenir comme lui : une ordure.

– Allez vous faire foutre ! répondis-je.

Je descendis la ruelle aussi vite que ma claudication me le permettait.

Ainsi, j'étais cocu. Ma femme avait engendré un bâtard avec un esclave. Et j'étais une ordure. J'avais frappé Leonor.

Mais après tout, ce n'était pas moi le coupable ! Qui avait commis l'adultère ? Je chassai à grand-peine l'image des deux amants en train de… Ça méritait bien des coups, non ? D'ailleurs, la plupart des maris trompés auraient réagi bien plus durement que moi. En mon absence, c'était Leonor la maîtresse, c'était elle qui commandait à l'esclave. Il n'aurait jamais osé si elle ne l'y avait pas invité. Quant à Pascoal, c'était de toute façon anormal qu'un esclave fût aussi peu battu.

Je marchai sur la grève. Le visage tuméfié de Leonor m'apparut. Jusqu'alors, je n'avais posé la main sur ma femme que pour la caresser. Je n'avais même jamais frappé personne – à part des esclaves – depuis la cour de l'université de Salamanque. Je tapai rageusement du pied dans un caillou. Je n'arrivais pas à me convaincre qu'elle l'avait bien mérité, qu'elle était la seule coupable. Non, je n'aurais pas dû.

Bien sûr, j'avais moi-même commis quelques écarts durant mon voyage. Mais on jugeait inévitables les turpitudes des navigateurs, fussent-ils mariés. On fermait les yeux, on n'en parlait pas devant les femmes, et c'était tout.

J'avais une épouse sensuelle et je ne m'en plaignais pas. Il n'aurait pas fallu la laisser seule si longtemps. Mais elle n'aurait pas dû, bon sang ! Pendant que je subissais les tempêtes, les maladies, la faim, les attaques des Maures !

Cela n'arriverait plus car je n'embarquerais plus. La route des Indes était, elle aussi, responsable.

23

Au début de l'automne, on envoya en mer deux navires qui avaient pour mission, outre de porter des lettres du roi au vice-roi des Indes, de rechercher les éventuels survivants aux naufrages des bateaux perdus lors des précédentes expéditions, comme celui de Nicolau Coelho. Ils devaient aussi tenter de localiser et cartographier les dangereux bas-fonds qui se cachaient dans les eaux entre Sofala, Mozambique et l'île de São Lourenço. On utilisait enfin, à ma grande satisfaction, le nom donné à cette île par Diogo Dias plus de cinq ans auparavant. Notre découverte était ainsi reconnue.

Je conservais tant bien que mal un noyau de patients suffisant pour que ma famille pût subvenir à ses besoins. La plupart étaient des artisans ou des petits commerçants qui avaient assez d'argent pour ne pas s'en remettre à la confrérie de Nossa Senhora da Misericórdia, et qui ne voulaient pas se mêler à la foule disparate des malades du nouvel hôpital de Todos os Santos. Quelquefois, je soignais des pêcheurs du quartier en échange de poisson.

Un matin, l'un d'eux toqua bruyamment à notre porte. Il ne me laissa pas le temps de lui demander s'il aurait de quoi me payer.

– Venez vite, ma femme, ma femme… dit-il en reprenant son souffle.

– Qu'est-ce qu'elle a, votre femme ? demandai-je.

– Elle est malade. Elle a une grosse fièvre depuis hier. Et très mal à la tête. Je ne l'ai jamais vue comme ça.

Je le suivis à travers le quartier, jusqu'à sa maison.

La pauvre femme gisait dans son lit, les membres écartés. Sa chemise de nuit épaisse et sa couverture ne l'empêchaient pas de frissonner, malgré le feu qui crépitait dans l'âtre. Elle avait le teint pâle, les traits tirés, le souffle court. À côté du lit, un pot gardait des traces de vomi. Son front était brûlant. Elle se mit à geindre des propos incohérents. Je remarquai à son cou un renflement globuleux. Quand je le tâtai, elle émit un gémissement rauque. C'était dur au toucher. Je lui fis une saignée au bras et promis de revenir le lendemain.

Le lendemain, la femme du pêcheur était morte.

Ce brusque décès me gênait car je m'étais trouvé face à un ensemble de symptômes troublant. Le ganglion au cou, rosâtre, avait une apparence douteuse. Je tentai de me raisonner : après tout, ce n'était pas la première fois qu'un malade fiévreux mourait malgré mes saignées. Cependant, je me sentais mal à l'aise, comme si quelque chose me dépassait.

Deux jours plus tard, je fus appelé chez un tonnelier que je connaissais un peu car il avait exercé son métier dans l'armada de Cabral. Sa femme m'introduisit dans la chambre en me lançant des regards effrayés. L'homme se tordait sur son lit en marmonnant et en secouant la tête. Ses vêtements imbibés de sueur lui collaient à la peau. Subitement, il s'écria :

– Alerte ! Alerte !

Puis il se mit à aligner des phrases incompréhensibles, entre lesquelles il peinait à reprendre sa respiration. Je m'approchai et tentai de l'apaiser. J'écartai le col de sa chemise : à son cou, deux ganglions, bien gonflés et suppurants. Je sentis une douleur dans mon ventre et un coup de chaleur dans mes cuisses. Non, pas ça. Je le déshabillai avec des gestes nerveux et lui découvris les aisselles et les aines. Elles étaient couvertes de bubons encore plus gros que ceux du cou. Je me redressai brusquement et me tournai vers la femme. Ma mine ne devait guère être rassurante car elle avait le visage encore plus épouvanté qu'auparavant.

– Votre mari… Ce qu'il lui faut, c'est… du repos.

– Mais… Qu'est-ce qu'il…

– Oui, c'est ça, simplement du repos. Voilà. Excusez-moi mais je dois rentrer chez moi maintenant.

Je sortis précipitamment de la maison en trébuchant sur des douves et des cerceaux qui traînaient par terre.

– Laissez-le bien se reposer, ne l'approchez pas trop ! lançai-je en m'éloignant dans la ruelle, sans demander mon reste.

La fièvre, le délire, les bubons : ça ne laissait guère de part au doute. La peste était à Lisbonne.

Le roi quitta la ville, ainsi qu'une partie de la noblesse. La plupart des marchands et des fabricants restèrent : il fallait continuer à faire tourner les chantiers navals, les forges et les chaufours, les biscuiteries et les abattoirs. On ne pouvait pas abandonner un lieu où l'on faisait de si bonnes affaires. Les plus prudents envoyèrent néanmoins leur famille en province. Quant au menu fretin, il restait aussi. Avec quels moyens aurait pu partir un coupeur de bois, un peintre à la chaux ? Et où aurait pu fuir une domestique, une vendeuse de poisson, une porteuse d'eau ?

Certains disaient que le fléau avait débarqué d'un bateau venu d'Italie. D'autres prétendaient que tout ça était la faute des convertis qui ne respectaient pas leur nouvelle religion.

Leonor était originaire du village de Sagres dans l'Algarve, au sud du pays. Après la mort de ses parents, une tante l'avait élevée comme elle pouvait, malgré de modestes moyens. Celle-ci avait fini par l'envoyer chez une lointaine cousine de Lisbonne, afin que la jeune fille y trouvât quelque gagne-pain. Leonor était devenue lavandière, un métier en plein essor puisqu'il y avait toujours plus de vêtements de marins ou d'ouvriers à nettoyer.

Je l'avais aperçue pour la première fois en passant devant les grands bassins. Je dois dire que j'avais repéré son déhanché alors qu'elle frottait les hardes des marins pour en enlever la crasse, ce qui demandait une certaine énergie.

La parentèle de Leonor avait été fort partagée sur notre

projet de mariage. Certains ne voulaient pas d'un nouveau-chrétien dans la famille, mais ils avaient finalement été convaincus par ceux que mon titre de bachelier obtenu à l'université de Salamanque impressionnait.

Ma femme avait encore quelques parents à Sagres. Nous discutâmes longuement de savoir s'il était opportun de nous y réfugier pour nous protéger de la peste.

J'y étais moi-même très favorable. Je ressortis à Leonor un vieux précepte que j'avais appris à l'école, et qu'on appelait « l'électuaire des trois adverbes ». Il préconisait le remède suivant contre la peste : *Pars vite, va loin, reviens tard.* Ça avait fait rigoler les étudiants, mais depuis l'arrivée du fléau ça ne faisait plus rire personne. Il semblait d'ailleurs que le roi lui-même avait décidé de suivre ce traitement.

D'autre part, en tant que médecin, je me retrouvais dans une situation fort délicate. Soit je m'exposais à la maladie, soit je refusais de la soigner, ce qui était contraire à mon devoir. J'avais déjà choisi : je ne répondais plus aux sollicitations de mes clients fiévreux. Je n'étais pas le seul : certains anciens patients, délaissés par leur nouveau médecin, me refirent mander. C'était mon tour de les éconduire.

Mais Leonor se montra réticente à partir. Sa famille était pauvre et nous n'étions nous-mêmes guère mieux lotis. Comment subviendrait-on à nos besoins ? En outre, ne prendrait-on pas le risque de propager la maladie en Algarve ? Par ailleurs, l'épidémie ne se répandait pas aussi vite qu'on aurait pu le craindre, même si de nouveaux cas rappelaient régulièrement aux Lisboètes que le fléau rôdait, prêt à frapper.

Comme d'habitude, Leonor eut gain de cause.

À Lisbonne, la vie suivait son cours tant bien que mal, mais à chaque nouveau décès l'inquiétude creusait davantage les traits des gens. Pour ma part, je tentais de m'accoutumer à la menace. Non sans peine. Après les tremblements de terre, la peste. Je me sentais de moins en moins en sécurité et restais parfois longtemps prostré, assis par terre et la tête sur les genoux.

Leonor tentait de nous rassurer – et surtout de me rassurer – en appliquant les conseils qui circulaient parmi les braves gens. Nous ingurgitions ses préparations à base de vinaigre, où elle mettait à infuser toutes sortes de plantes. Je me rendis plus fréquemment à l'église avec elle. Nous y invoquions São Sebastião ou São Roque, réputés protéger de la peste. Cela ne me coûtait pas grand-chose, et peut-être que ça pouvait marcher.

Certains prônaient l'abstinence sexuelle. À vrai dire, une baisse notable de mes performances avait déjà bien réduit la fréquence de nos rapports.

On disait aussi que le vin était bon contre la maladie, ce qui m'arrangeait, à défaut d'arranger nos finances. Je m'enivrais sans retenue au Triton Joufflu, qui restait ouvert malgré tout mais dont la clientèle s'était raréfiée. L'Açorien ne tentait plus de me raisonner, ce qui m'apportait une inquiétude supplémentaire : était-ce peine perdue ? Étais-je une cause perdue ?

Un jour où je commençais à boire le contenu de mon deuxième cruchon, un client me salua timidement ; je reconnus un ancien camarade de l'université de Lisbonne. Habituellement, je ne recherchais pas la compagnie de mes collègues médecins, dont je n'aimais pas le penchant à faire étalage de leurs connaissances. Cependant, je gardais plutôt un bon souvenir de celui-là, qui avait été un étudiant brillant mais dénué de pédanterie.

Il semblait presque gêné d'être vu dans une taverne telle que celle-ci.

– Oui, je viens me détendre un peu. Cette épidémie nous met les nerfs à vif.

Mais je n'avais pas envie de parler de la peste.

– Assieds-toi, Duarte. Où est-ce que tu exerces maintenant ?

– Au nouvel hôpital. Et toi ?

– Moi ? Eh bien, j'ai des clients dans mon quartier.

Je me rembrunis en pensant à ma modeste clientèle. Je vidai mon godet, m'excusai et me rendis aux latrines. Quand je fus revenu sur ma chaise, Duarte me demanda :

– Tu t'es blessé à la jambe ?

– Bah, ce n'est rien, grommelai-je.

– Dis donc, João, ça n'a pas l'air d'aller bien fort.

Non, ça n'allait pas bien fort. Je ressentis alors le besoin de me confier à cet homme, qui était versé dans la connaissance des humeurs.

– Tu sais, Duarte, j'ai des réactions bizarres depuis un certain temps.

Je lui racontai : les cauchemars, les insomnies, les images accablantes qui surgissaient d'un passé auquel j'essayais pourtant d'éviter de penser. Tout en parlant, j'étais parcouru d'un léger tremblement. Mon interlocuteur semblait écouter avec une attention grandissante.

– Hmm… On pourrait parler de bile noire mais ce serait un diagnostic un peu paresseux… Tu dis que tu as revu ces événements, presque revécus tels qu'ils s'étaient déroulés ?

– Oui, c'est ça. J'ai perçu ces moments comme s'ils se reproduisaient vraiment.

– Intéressant, ton affaire… C'est curieux, au moins deux de mes patients m'ont raconté des histoires semblables. À vrai dire, je n'y avais pas trop prêté attention, il faut bien avouer que les marins tiennent parfois des propos un peu exagérés.

– C'étaient des marins ? demandai-je, intrigué.

Duarte se gratta la tête. Il précisa :

– Le plus troublant est qu'ils sont tous deux vétérans de la route des Indes, et ont subi un voyage difficile qui les a bien secoués.

La route des Indes. Décidément, les découvertes provoquaient bien des bouleversements chez les Portugais. Je tentai de protester :

– Tu sais, je suis cosmographe et médecin, et je ne crois pas aux malédictions.

– C'est comme si vous en gardiez quelque chose au fond de vous-mêmes, comme une angoisse qui ressortirait de temps en temps...

– Et tes deux clients, là, ça a duré longtemps leurs problèmes ?

Il me regarda avec un air de compassion qui ne me rassura pas du tout. Il me posa même la main sur l'épaule.

– Ça dure encore.

Je dilapidais ainsi en cruchons l'argent récupéré grâce à la revente de Pascoal. Évidemment, je n'avais pas pu garder l'esclave à la maison, mais je m'étais arrangé pour ne pas trop l'éloigner : je l'avais revendu à Rui Carvalho, qui s'était finalement recasé dans l'administration, à la Casa da Índia. Le prix fixé était équivalent à ce que je lui avais donné trois ans plus tôt pour le vol de la carte, ce qui m'était apparu comme un juste retour des choses : par cette transaction, je devenais en définitive celui qui avait gagné le plus d'argent avec cette affaire, en remplaçant au bout du compte Pascoal par sa sœur Maria. Et fort heureusement, celle-ci avait appris de son frère la recette de la soupe de fèves.

Dans le fond, je l'aimais bien, ce Noir. J'avais peu à peu digéré, me semblait-il, son histoire avec ma femme, et finalement c'était peu de chose par rapport aux menaces qui planaient sur nous. J'avais fermé les yeux quand une gaffe de Catarina m'avait appris que sa sœur Beatriz continuait ses livraisons de pâtisserie aux amandes à son demi-frère. Je savais même qu'on appelait ce gamin Chico.

24

Vers la fin de l'hiver 1506, la peste lança sa première véritable offensive sur la ville. Les habitants ne sortaient plus guère de chez eux que pour aller à l'église ou se joindre aux processions. Pour ne rien arranger, on manquait de nourriture à cause de la sécheresse. La famine menaçait les plus pauvres. Quant aux gens des classes aisées, la plupart évacuèrent la capitale.

Un jour où je me promenais dans le bas du quartier, je vis venir la charrette. Un cheval gris aux flancs décharnés traînait le chargement avec peine. Un Noir au regard éteint agitait mécaniquement les traits à intervalles réguliers. À son approche, je distinguai peu à peu un avant-bras inerte qui dépassait de la ridelle. Je me reculai précipitamment, trébuchai et chutai sur la terre battue. La roue de bois passa sous mon nez en grinçant. Lorsqu'enfin elle s'éloigna, je vis les corps entassés sur le plateau. Seuls le martèlement sourd des sabots et le claquement sec des traits accompagnaient les défunts vers leur dernière demeure. La funeste mélopée s'estompa à mesure que la charrette se dirigeait vers le rempart.

J'étais toujours assis par terre lorsqu'elle disparut à l'angle de la ruelle.

La peste fauchait indifféremment hommes, femmes et enfants, vieux et nouveaux-chrétiens, riches et pauvres. Seul variait le sort des corps. Les cadavres les plus chanceux et les plus fortunés étaient enterrés au cimetière, les autres dans des fosses. Bientôt le roi, toujours réfugié dans le Ribatejo, ordonna d'ouvrir deux nouveaux cimetières en dehors de la ville. La municipalité recruta des fossoyeurs parmi de pauvres hères pour qui c'était ça ou mourir de faim. Si malgré tout on manquait de volontaires, on réquisitionnait des esclaves. Quand ceux-ci mouraient, on jetait leur corps sur des tas d'ordures ou dans des trous à fumier, comme c'était l'habitude, mais on tâchait de le faire désormais au-delà des remparts. Le fleuve recevait aussi sa part de chair pestiférée.

Quant à moi, j'évitai dorénavant la rue où passait la charrette des morts. Le fléau qui rôdait me renvoyait ma lâcheté en pleine figure. J'étais un médecin qui avait abandonné ses patients.

Non seulement la peste pouvait prendre n'importe qui, mais elle pouvait le faire n'importe où et à n'importe quel moment, sans qu'on sût pourquoi. C'était une maladie insaisissable et, pire que tout, *insidieuse*. Elle planait sur la ville, rôdait par les ruelles et frappait brutalement, aveuglément. Un tremblement de terre ou même une tempête en mer avaient un caractère plus franc : quand la colère de la nature ou de Dieu était passée, on comptait les morts, on réparait et on pouvait se tourner tant bien que mal vers l'avenir. Une vague écumante était visible, tangible, évaluable. La peste était dans l'air, impalpable, diffuse.

Effrayé par l'épidémie, je fréquentai de plus en plus assidûment la taverne, mais aussi les églises. En ce dimanche de Quasimodo, la foule se pressait dans celle du couvent de São Domingos. Je dus me frayer un chemin pour y entrer, un peu avant vêpres. Les gens venaient voir le crucifix miraculeux : sur le bois de la statue était serti un morceau de verre représentant la plaie sur le flanc du Christ, et de ce verre, une lumière se dégageait. Pour ma part, je n'y décelai pas la moindre lueur, mais les personnes autour de moi semblaient toutes bien la voir. Je trouvai néanmoins curieux qu'un cierge eût été placé à proximité. J'entendis une voix commenter :

– Ça aurait tout de même été préférable qu'un miracle nous envoie de l'eau plutôt que du feu, en ces temps de sécheresse !

Je me retournai et vis le sourire goguenard de l'homme qui

avait prononcé ces paroles. Mais sa boutade ne faisait rire personne. Il fut reconnu comme étant un nouveau-chrétien et des frères dominicains l'accusèrent de blasphème. Un groupe de femmes se rua vers l'imprudent :

– Il se moque de nous ! Il n'y croit pas !

Je parvins à m'extirper du mouvement et à m'échapper sur le parvis. Je vis alors les femmes, ou plutôt les furies, sortir de l'église en traînant le malheureux au-dehors. Elles le rouèrent de coups, aidées par de jeunes vauriens. Bientôt, le pauvre n'essaya plus de se protéger : je me rendis compte, avec horreur, qu'il était mort.

D'autres étaient moins horrifiés que moi : des hommes transportèrent le corps jusqu'au milieu de la place où ils s'acharnèrent encore à coups de couteau.

Un autre homme hurla :

– Qu'est-ce qui vous prend ? Pourquoi vous l'avez tué ? Mon frère, c'est mon frère !

Alors les couteaux encore sanguinolents se levèrent sur lui. Des garnements avaient déjà allumé un feu.

Pétrifié, j'observais depuis le parvis les deux cadavres s'y consumer sous les hurlements frénétiques de la foule :

– Puisque le roi ne punit pas les juifs, Dieu et le peuple vont s'en charger !

Le peuple en question faisait allusion à seize nouveaux-chrétiens pris en flagrant délit de célébration juive deux jours auparavant, et qu'on venait de relâcher.

Des dominicains commençaient à me regarder de travers, mais ils furent distraits par l'arrivée d'un juge accompagné d'hommes en armes qui tentèrent d'arrêter les gens. Je profitai de la confusion pour m'éclipser. La foule s'en prit au magistrat qui dut s'enfuir en courant, protégé tant bien que mal par quelques gardes. Avant de quitter la place, je me retournai et vis deux dominicains sur le parvis qui brandissaient un crucifix et excitaient la populace :

– Hérésie ! Hérésie ! Détruisez ce peuple abominable !

Je m'éloignai le plus vite possible en direction de chez moi. Alors que je reprenais mon souffle, j'entendis des cris dans une ruelle adjacente.

– Tuons et brûlons tous ces chiens de juifs !

Je me réfugiai dans le renfoncement d'une porte. La foule déchaînée passa devant moi. Comme certains me regardaient avec suspicion, je me joignis à elle, priant pour que personne ne me reconnût. Je m'efforçai de crier moi aussi. Nous arrivâmes dans une rue réputée être habitée par des nouveaux-chrétiens. Et là, ce fut épouvantable. On enfonçait les portes, on déculottait les hommes. S'ils étaient circoncis, c'en était fini d'eux et de leur famille. Je détournai le regard quand on s'en prenait aux enfants, pour ne pas voir la façon dont on les traitait. Les cadavres et les moribonds étaient jetés par les fenêtres, traînés avec des cordes par des voyous qui les descendaient vers la place de São Domingos.

Un homme sortit de la maison juste à côté de moi. Je le connaissais : mon voisin de l'Alfama tirait par les jambes le cadavre ensanglanté et dépoitraillé d'une femme. Je tressaillis. Il lâcha sa victime et se tourna vers moi. Ses yeux injectés de sang me fixèrent avec une jubilation effrayante. Je sentis un filet chaud et humide couler contre ma cuisse. Il me désigna de la main :

– C'en est un ! À mort les hérétiques !

Il se rua sur moi en aboyant :

– Ta pétasse y a échappé, mais toi tu vas y passer !

Il fut bientôt aidé par quelques autres qui me mirent à terre. J'allais mourir, mais au moins Leonor semblait sauvée. Alors que je tentais de me protéger des coups, j'entendis une voix forte :

– Laissez-le ! Je connais ce sale chien, je m'en occupe.

– Mais, je le connais aussi, et…

– J'ai dit que c'était moi qui allais lui régler son compte.

Vous autres, allez plutôt voir dans la grande maison, là-bas. Et allez-y tous, il y a du monde, là-dedans.

Je reconnus sa silhouette trapue. Gonçalo Sanches poussa fermement de la main mon voisin qui s'en allait à regret, puis ordonna aux jeunes qui s'occupaient des cordes d'emmener le corps de la femme. Enfin, il s'approcha de moi. Abruti par les coups, je ne savais plus si c'était mieux d'être traité par lui ou par le voisin.

– Je me souviens bien de toi, Patte-Folle.

Le Galicien m'observa bizarrement. J'avais mal à la tête, aux côtes, et à la jambe qui n'était pas abîmée jusqu'alors. Il ajouta :

– T'as fait dans tes chausses ? Allez, t'as de la veine d'être tombé sur moi. J'ai pas oublié, la *Bate-Cabelo*... On avait réussi à s'en sortir.

Il m'empoigna et me remit sur pied. Voyant que je ne tenais pas bien debout, il me bascula sur son épaule, s'éloigna du tumulte et me déposa dans une ruelle plus calme, derrière un muret.

– Disparais, foutu barbier juif !

Il cracha par terre et retourna vers les lieux du carnage. Je vomis tout ce que mon pauvre corps pouvait rendre. J'avais été sauvé par un monstre.

Je finis par me relever. Je ne savais pas combien de temps j'étais resté ainsi hébété, la tête sur les genoux, appuyé contre ces pierres froides. Il faisait nuit. Je cherchai à identifier le lieu où je me trouvais. Je distinguai bientôt la ruelle en pente qui menait au marché fréquenté par ma femme et mes filles. J'entendais au loin des clameurs et des plaintes : il y avait encore du tumulte dans le quartier. J'apercevais en direction de la place de São Domingos une lueur orange et vacillante, et l'épaisse fumée qui s'en dégageait.

Je tentai de marcher, mais chaque pas était douloureux. Un étourdissement m'obligea à m'appuyer contre un mur.

Je reconnus soudain la porte d'une bâtisse : c'était là que Beatriz avait apporté des pâtisseries au petit Chico. Je rassemblai mes forces et me traînai jusque-là. Je frappai du poing. La porte s'ouvrit.

– Maître, je vous ai cherché partout !

Dans la pénombre apparut le visage surpris de Pascoal et je m'effondrai sur lui.

Je tentai de soulever mes lourdes paupières. J'avais reconnu la douceur de la main qui me caressait le front. Mais que faisait Leonor dans cette maison ? J'essayai de lui rendre son sourire. Puis je parcourus la pièce du regard. Il y avait là Beatriz et Catarina, et des Noirs qui dormaient. Une femme blanche que je ne connaissais pas s'approcha. J'eus un mouvement de recul mais son regard doux me rassura.

– Bienvenue chez moi, *senhor* Faras. Reposez-vous le temps qu'il faudra.

Je refermai les yeux.

Je fus réveillé par des exhortations qui venaient du dehors. Il faisait jour.

– Que ceux qui veulent protéger la foi chrétienne me suivent, car nous allons tuer tous les juifs !

– Ne t'inquiète pas, chuchota Leonor. Nous sommes dans une maison de vieux-chrétiens. Ils ne la fouilleront pas.

Le brouhaha s'éloigna. Pascoal rentra en disant qu'un frère dominicain brandissait une croix à la tête d'une troupe de gens déterminés, composée d'hommes, de femmes et d'enfants. Il rejoignit un petit groupe de Noirs au fond de la pièce. Je reconnus sa sœur Maria et son bâtard de fils, Chico. Une femme noire s'en occupait. Leonor m'expliqua doucement.

Peu après la naissance de Chico, Pascoal lui avait trouvé une nourrice, l'une de ses cousines, qui était aussi l'esclave de notre hôte. La maîtresse des lieux était une femme généreuse qui laissait des Noirs fréquenter sa maison, quand ils avaient besoin de trouver refuge ou de se retrouver. Ainsi, des familles séparées de force pouvaient s'y réunir si leurs maîtres leur en laissaient le temps. Je tournai la tête vers cette dame aux cheveux gris cendré qui accueillait les opprimés. Je constatai que j'en faisais partie, et me sentis irrité d'être ainsi rabaissé au même rang que les esclaves, moi, *mestre* João Faras.

Comme Pascoal passait près de moi, je m'inquiétai pour son nouveau propriétaire et lui demandai rudement :

– Où est Rui ? Tu l'as laissé ?

L'esclave baissa les yeux. Ma femme répondit à sa place :

– Rui a été tué, sans doute parmi les premiers. Tu penses bien que Pascoal n'a rien pu faire. Il a couru jusque chez nous pour nous prévenir de ce qui se passait dans la ville. Grâce à lui, nous avons pu nous réfugier ici à temps.

Je revis le visage inhumain de notre voisin de l'Alfama. Je revis ce à quoi elles avaient échappé.

– Comme vous avez bien fait, dis-je en ravalant ma salive.

– Tu sais, j'étais morte d'inquiétude pour toi. Quel soulagement quand tu es entré ici !

Je songeais au pauvre Rui, lui qui était pourtant un converti sincère. Peut-être était-ce le frère Pantaleão qui l'avait désigné à la vindicte populaire. Quelle injustice ! Quelle barbarie aveugle ! Oui, Pascoal avait fait ce qu'il pouvait. Je pensais que c'était lui, et non moi, qui avait sauvé ma famille. Comme je m'agitais à cause de nouveaux bruits inquiétants en provenance de la rue, Leonor m'annonça :

– Tu avais raison. Nous allons partir dans le Sud.

Ce soir-là, Pascoal raconta ce dont il avait été témoin sur la Rua Nova. Des jeunes y avaient amené le corps sans vie de João Rodrigues Mascarenhas. C'était l'un des nouveaux-chrétiens les plus influents du pays, un riche percepteur honni par une population qui supportait mal des impôts toujours plus accablants. Il se disait qu'une fillette l'avait reconnu malgré le large fichu dont il s'était attifé, alors qu'il tentait de fuir. La plèbe exultait. Les gens se bousculaient pour larder son cadavre de coups de couteau, en pensant que s'ils ne le faisaient pas ils ne seraient pas sauvés. Ainsi, le massacre continuait. Des marins étrangers s'étaient joints à la racaille de la ville. Devant l'église de São Domingos, on jetait des corps par dizaines, morts ou vifs, hommes, femmes ou enfants, dans deux grands bûchers entretenus par des gamins et des esclaves.

Deux jours plus tard, les troubles diminuèrent, mais la situation restait tendue et confuse. Pascoal rapporta que dans les villages alentour, des paysans s'en étaient pris à des fuyards. Le gouverneur du tribunal civil, qui jusqu'alors avait choisi comme traitement contre la peste, à l'instar du roi, le remède dit de « l'électuaire des trois adverbes », était revenu aux abords de Lisbonne. Accompagné d'une troupe d'hommes en armes, il s'était posté au bord du Tage en amont de la ville, juste au-delà du rempart de l'Alfama. Il peinait cependant à raisonner les représentants de la populace et les dominicains.

Leonor me dit :

– Ce serait bien d'emmener Pascoal en Algarve, il pourrait nous être utile.

Je tournai mon regard vers lui alors qu'il prenait son enfant dans ses bras. Son enfant mulâtre, au nez pointu et aux yeux noisette, qui me rappelait trop les traits de ma femme. Je rétorquai avec humeur :

– Dans ce pays, on est plus en sécurité à fréquenter des Noirs que des juifs. Je comprendrais que tu préfères rester avec eux.

Une immense tristesse envahit le visage de Leonor. J'eus peur d'avoir brisé quelque chose.

25

La famille de Leonor nous accueillit sans enthousiasme. Un cousin de ma femme mit à notre disposition un baraquement situé derrière des fours où l'on cuisait des briques et des tuiles. Les gens du village de Sagres avaient eu des nouvelles de la capitale, et beaucoup me regardaient de travers. Je vis dans certains yeux des éclairs qui me glaçaient.

Le voyage avait été fort éprouvant. Nous étions d'abord partis à pied, en grimpant quelquefois dans une charrette de passage. La campagne était sèche, les herbes jaunies. Sur la route, nous avions été arrêtés par de pauvres hères, mi-bandits mi-mendiants, qui nous demandaient de l'argent ou de la nourriture avant de nous laisser passer. Ils semblaient gênés de brandir leurs fourches vers nous.

Enfin parvenus à Setúbal, nous avions embarqué sur un caboteur à destination de l'Algarve. Pendant les deux jours de navigation, j'avais été victime du mal de mer. Pourtant, celle-ci n'était guère agitée. Leonor et Maria tâchaient de s'adapter à la vie à bord. À l'heure des repas, elles nous distribuaient du pain noir et quelques châtaignes sèches ramollies dans l'eau. Mes filles s'amusaient sur le pont, tout excitées par le voyage. Elles observaient les vagues bleues et avaient eu la chance de voir des dauphins. Je les enviais. Quand je n'étais pas penché au-dessus du bastingage, je me recroquevillais dans le recoin de l'entrepont qu'on nous avait attribué.

À terre aussi, je restais longuement prostré dans notre masure. Je sursautais lorsque quelqu'un y entrait. Mon corps s'était remis peu à peu des coups reçus à Lisbonne. Mais pas mon esprit. Je réduisais au minimum les contacts avec ma belle-famille. Avec ma famille aussi.

J'évitais de me promener dans le village, depuis qu'un pêcheur avait brandi son poing vers moi. Je préférais marcher seul au bord des falaises. J'entendais la mer battre la roche en contrebas. J'observais la fortification censée défendre la côte contre les attaques des pirates maures, turcs ou français.

C'était ici même, à Sagres, que s'était installé l'infant Henrique, celui qui avait lancé le Portugal sur la mer ténébreuse et envoyé ses caravelles franchir le cap Bojador, doubler le cap Vert, basculer vers le golfe de Guinée. Il avait aussi ouvert, à quelques lieues seulement à l'est d'ici, à Lagos, le premier marché aux esclaves du pays.

Après sa mort, les caravelles avaient dépassé l'équateur, atteint le Congo et le cap de Bonne-Espérance. Il avait fallu plus d'un demi-siècle pour explorer la côte ouest de l'Afrique, jusqu'à confirmer l'hypothèse que ce continent avait une fin vers le sud. Puis il avait suffi d'un seul voyage, celui de Vasco da Gama, pour en reconnaître la côte orientale et prolonger son contournement jusqu'aux Indes. Quelques années plus tard, le Portugal construisait déjà ses premières forteresses dans l'océan Indien. Le temps s'accélérait prodigieusement et je me demandais si ceux qui nous gouvernaient tenaient bien le timon et savaient où menait le cap qu'ils suivaient.

Un jour, je décidai de pousser la balade jusqu'au cap de São Vicente, à une lieue vers le couchant. Je trouvai un bâton sur lequel m'appuyer, afin de mieux tenir la distance. Sur ma gauche, le bleu de la mer luisait au soleil. Une brise vigoureuse et irrégulière me fouettait le visage et contrariait ma progression claudicante. Je fus bientôt attiré par une pierre fichée en terre qui apparut au détour du chemin. Je mis la main sur le roc et me demandai qui, comment, et surtout pourquoi on avait bien pu l'élever. Plus loin, j'en observai d'autres. Je me souvins qu'un marin breton enrôlé dans l'armada de Cabral avait prétendu que dans son pays, ces pierres levées pouvaient atteindre plus de dix vares* de haut. D'après lui, on les avait érigées dans les temps d'avant le Christ, et elles avaient sûrement un caractère sacré.

En tout cas, l'endroit l'était selon l'avis des Romains, à l'instar de Pomponius Mela : ne l'appelaient-ils pas le « promontoire Sacré » ? J'aperçus les murs du couvent qui veillait sur la lande et entretenait la vocation du lieu. Le vent porta jusqu'à moi le bruit des cloches qui sonnaient. Son sifflement se mêlait à leur tintement, composant une musique lancinante qui se faisait, au gré des rafales, fuyante ou accaparante, rumeur ou vacarme.

Le vent d'ouest forcit encore. La mer apparut aussi à ma droite, plus agitée, plus bruyante : je m'approchais de l'ultime pointe. La pointe la plus au sud-ouest du Portugal, et même de l'Europe entière. L'extrémité d'un monde. Elle ressemblait à un énorme doigt de pierre fendant les flots et montrant la direction du grand large. Par là allaient les caravelles et les nefs. Par là étaient les tempêtes furieuses et les îles peuplées d'hommes étranges. Par là, des mers encore jamais parcourues, des nouveaux mondes peut-être.

J'avançai le plus loin que je pus sans risquer de tomber dans l'écume. Enfin, je m'assis sur la roche et regardai vers le large. Le fracas des vagues et les mugissements du vent m'étourdissaient. J'étais comme juché sur la proue de l'Europe. Derrière moi, les tremblements de terre, la peste, la haine contre les juifs. Devant moi, la mer immense, houleuse et incertaine, meurtrière parfois. Au-delà, des terres où régnaient la violence et la fièvre. Et aussi des terres généreuses, salubres.

L'explosion des plus grosses vagues semblait ébranler le socle rocheux et me criblait le visage d'embruns mordants et salés. J'étais l'homme le plus au sud-ouest du continent. Nul autre que moi n'y était aussi proche des îles Canaries,

* Une vare (*vara*) = 1,10 mètre.

des îles du Cap-Vert, de la terre de Vera Cruz. Pour s'en approcher davantage, pas d'autre solution que d'emprunter les grandes routes océanes, pas d'autre choix que de suivre les voltes et les rhumbs indiqués sur les cartes marines. Ici, la terre s'arrêtait et la mer commençait.

Je fis de nouveaux cauchemars, où se déroulaient des scènes atroces du massacre des juifs. Même quand j'étais éveillé, des images terribles me traversaient l'esprit. Je tentais de chasser mes sombres pensées, sans grand succès. Comment les hommes pouvaient-ils être aussi abominables ? Et cela, où qu'ils vécussent. En Europe, en Afrique, à Vera Cruz, aux Indes. Y avait-il, quelque part dans le monde, des terres, des îles épargnées ? Tout compte fait, la mer n'était peut-être pas pire que la terre.

Je songeais aux indigènes de Vera Cruz, qui dévoraient leurs ennemis. J'étais révulsé par l'idée de manger de la chair humaine. Mais je l'étais davantage encore par ce dont j'avais été témoin à Lisbonne – peut-être parce que j'en avais été témoin –, où l'on fracassait la tête des nourrissons contre les murs au motif que leur père était circoncis. À tout moment, je pouvais être assassiné à cause de mon absence de prépuce.

Cette absence qui avait tant étonné et tant charmé Camapuã, jadis.

Je me réfugiai dans la fièvre, dont les délires faisaient ressurgir des images troublantes, plus agréables que celles de mes cauchemars.

Le hamac, alourdi par un corps. Un léger roulis. La courbure de la toile, tendue… l'arrondi de ses fesses.

J'écarte les pans du tissu. Tes formes l'emplissent. Ton regard brillant, lourd. Tes bras, tes seins tendus. Je vacille… Tes lèvres m'invitent, ta cuisse m'appelle.

Je plonge ! Je bascule sous toi, je me noie dans ta chair houleuse… J'ai chaud. Où suis-je ?

Je respire. Tes cheveux noirs balaient ma poitrine. Le tangage régulier du hamac, le crissement de la corde sur le bois des pieux…

Tu te redresses. Une perle moite coule de ton front, caresse ta joue. Tombe sur ta gorge, flic. Elle glisse, dessine un sillage luisant, tourne et contourne… se pose sur mon ventre, floc. D'autres gouttes suivent, flic… floc. Ta peau se moire de sentes humides.

Tes cheveux noirs balaient ma poitrine. Mon regard s'embue. La sueur ? Les larmes ? Je chancelle… je m'agrippe à tes seins. Le crissement de la corde… Je gémis… je chavire !

Je sombre. Camapuã…

Leonor tâchait d'apaiser mes tourments, mais je sentais qu'elle n'y mettait pas la même conviction qu'auparavant. Une fois ma fièvre retombée, elle me demanda froidement ce qu'était un « hamac ». Puis elle décida que nous devions rentrer chez nous. Des nouvelles rassurantes étaient parvenues de la capitale : l'ordre semblait y être revenu, même si la peste sévissait encore. Ma femme disait en avoir assez de vivre aux crochets de sa famille. Je pensais qu'elle en avait assez aussi de montrer à sa famille un mari qui donnait une si piètre image de lui-même. À Lisbonne, elle pourrait au moins toucher un peu d'argent en lavant du linge avec Maria et, s'il le fallait, avec Beatriz et Catarina. Quant à moi, je ne voyais pas bien comment je pourrais encore en gagner. J'eus honte en pensant à ma famille, l'épouse et les filles de *mestre* João Faras qui seraient peut-être obligées de se livrer à des tâches aussi ingrates.

La navigation dura trois jours et se déroula pour moi pratiquement comme à l'aller : temps calme et repli dans l'entrepont. Cependant, le mal de mer se fit moins prégnant. Cette fois, le bateau nous ramena directement sur la Ribeira. Je rentrais à Lisbonne encore davantage amaigri.

Je ne remis pas les pieds au Triton Joufflu. Nous eûmes néanmoins des nouvelles de la ville par Pascoal, un jour où il venait voir si nous étions revenus.

Le modeste héritage de Rui Carvalho, esclave inclus, avait été récupéré par un neveu. Pascoal se plaignit à demi-mot de son nouveau maître. Probablement ce dernier n'aimait-il pas la soupe de fèves.

Le roi avait pris des sanctions contre les émeutiers : une quarantaine de meneurs avaient été pendus, dont des femmes qui étaient à l'origine des événements. Je trouvais cela bien peu au regard des centaines, peut-être des milliers de juifs assassinés. Notre voisin n'avait même pas été arrêté. Je regardai vers le mur mitoyen ; il était là, juste de l'autre côté. Je tressaillais à chaque fois que j'entendais du bruit par là. Je revoyais son visage déformé par la haine.

Quant à Gonçalo Sanches, qui m'avait paru être l'un des chefs, je ne doutais pas qu'il s'en fût encore sorti.

Par ailleurs, dom Manuel venait de faire expulser de Lisbonne les religieux du couvent de São Domingos. Je songeai que Rui aurait été content de savoir la ville débarrassée du frère Pantaleão. Les deux dominicains qui avaient le plus encouragé l'insurrection étaient aux arrêts à Évora. Il ne faisait guère de doute qu'un sort funeste les attendait.

Enfin, j'entendis Pascoal murmurer à l'oreille de Leonor que le petit Chico allait bien.

Malgré tout, les nefs allaient et venaient encore en ce triste printemps. Une armada de seize navires était partie pour les Indes. Les premiers bateaux de la précédente rentraient déjà, porteurs de bonnes nouvelles de l'océan Indien : le Portugal y avait bâti des forteresses et renforcé ses positions. On avait cependant perdu espoir de retrouver des naufragés des flottes précédentes : Nicolau Coelho et les autres étaient désormais considérés comme morts.

De son côté, Fernão de Loronha, l'armateur nouveau-chrétien aux sourcils onduleux, préparait le départ de sa flottille annuelle pour Vera Cruz. Ayant appris mon retour à Lisbonne, il m'avait recontacté.

26

Nous longions de loin une fine bande de terre boisée, apparue quelques jours auparavant sur un horizon limpide. Des signes nous avaient alertés sur la proximité de la côte : de longues algues flottantes que les gens de mer appelaient « queue-d'âne », des oiseaux qu'ils nommaient « perce-ventre ». Un vent caressant gonflait nos voiles, atténuant la chaleur du soleil. Les équipages étaient en pleine forme. Depuis le départ, je n'avais guère eu besoin d'utiliser mes compétences médicales, sauf pour quelques bobos anodins. Je m'étais moi-même rapidement amariné et mon mal de mer m'avait quitté définitivement au bout de deux ou trois jours de navigation. Les hommes, détendus et souriants, le torse nu, s'appuyaient au bastingage tribord et faisaient des commentaires sur le rivage au loin. Les habitués des lieux disaient reconnaître tel ou tel accident de la côte.

Le soleil se coucha sur la terre et la nuit tomba brutalement, comme elle le fait sous ces latitudes. Je lançai un regard complice à la Croix du Sud, qui nous accompagnait depuis quelque temps déjà. La carte et mon dernier relevé à l'astrolabe montraient que nous avions dépassé la baie de Todos os Santos. Nous approchions.

J'étais le pilote de cette nef *Bretoa*, appelée ainsi car elle avait été construite en Bretagne. C'était son deuxième voyage en ces contrées. À vrai dire, je ne m'intéressais guère à la navigation et faisais juste le nécessaire pour satisfaire à ma fonction. Nous suivions le bateau-amiral commandé par Gonçalo Coelho, excellent connaisseur de la côte puisqu'il la fréquentait depuis cinq ans. L'objectif était de rejoindre le comptoir du cap Frio, où l'on employait les indigènes à la coupe du bois-brésil. J'avais du mal à mettre de l'ordre dans mes pensées divagantes, mais je ne fus assailli d'aucune image accablante durant la traversée.

Bientôt, notre vigie cria depuis la hune qu'elle reconnaissait le mont Pascoal. Un peu plus tard, je discernai moi aussi ce relief isolé. Ses pentes, escarpées au sommet, allaient en s'arrondissant vers sa base. Il ressemblait à un fier téton au mamelon dressé. Un téton historique : c'était la première terre aperçue lors de notre voyage de découverte avec Cabral.

J'avais insisté auprès de Fernão de Loronha pour que l'on fît escale à Porto Seguro, où nous avions relâché six ans plus tôt. C'était même une condition que j'avais posée à mon embarquement, prétextant l'intérêt de mieux cartographier ce bon abri et avouant une certaine nostalgie du lieu. Gonçalo Coelho avait accepté à contrecœur mais refusé de retarder le reste de la flottille. La *Bretoa* devrait rejoindre les autres bateaux au cap Frio, plus au sud.

Notre nef se sépara donc de l'escadre et remonta un peu vers le nord pour atteindre le mouillage. On contourna le banc de corail qui débordait l'îlot où le père Henrique de Coimbra avait donné la toute première messe en cette terre de Vera Cruz. On jeta l'ancre par six brasses de fond. Déjà, des indigènes se regroupaient sur la grande plage de sable blanc bordée de palmiers, près de l'embouchure de la rivière où l'on avait fait aiguade et où, un peu plus en amont, aimait se baigner Camapuã.

On mit la chaloupe à l'eau, mais comme la nuit tombait nous reportâmes au lendemain notre visite à terre.

Je ne dormais pas, et je n'en avais pas l'intention. Des images enfouies, ayant cette plage et cette forêt pour décor, ressurgissaient dans mon esprit et s'entrechoquaient avec d'autres, plus récentes, de Lisbonne. Pauvre Leonor ! Je me levai, pris ma bourse et sortis de ma cabine.

Je marchai discrètement dans la coursive et débouchai sur le pont. Il n'y avait pas de lune. Je m'approchai des deux mousses dont c'était le tour de garde. Quand je leur dis que j'avais besoin d'aller tout de suite à terre, ils me dévisagèrent comme si j'étais fou. Mais lorsque je leur montrai le contenu de ma bourse, ça leur devint égal que je fusse insensé ou non. Ils me dirent qu'ils acceptaient mais qu'il nous faudrait vite revenir pour que personne ne s'aperçût de notre absence. Je leur donnai la moitié de mon argent et nous descendîmes dans la chaloupe. On entendait le bruit paisible des vagues qui venaient mourir sur la plage.

Les deux gaillards ramaient avec énergie. Les étoiles du Sud éclairaient faiblement la terre, dont on ne voyait que la ligne noire des arbres. Du plancton scintillait dans les éclaboussures provoquées par les rames. On aperçut l'écume blanche et éphémère des vagues qui ourlait le rivage. Bientôt, le bois de la coque crissa sur le sable de la grande plage. Les deux mousses sautèrent et halèrent la chaloupe. Je descendis à mon tour et déposai le reste de ma bourse dans leurs mains. Je m'éloignai rapidement vers l'intérieur en clopinant dans le sable, sans leur donner le temps de se préoccuper d'autre chose que de faire rouler les pièces entre leurs doigts avec étonnement et avidité. Je pénétrai dans les premiers bosquets. Les cris étranges des animaux de ces contrées résonnaient dans la nuit. Je levai la tête vers les feuillages sombres et tentai, sans conviction, de distinguer les oiseaux qui émettaient des sons claquants. Mon épaule cogna contre un tronc, dont l'écorce rugueuse déchira ma chemise et entailla ma chair.

Je ne regrettais pas d'avoir laissé mes dernières affaires au bateau. Je n'aurais pas besoin de grand-chose et l'on trouvait tout à volonté dans le Nouveau Monde.

Une nef de la flotte de Pedro Álvares Cabral selon le *Livro das Armadas* (XVIe siècle)

Ce voilier était une nef classique de son époque, à trois mâts : à l'avant (à gauche sur le dessin) le **mât de misaine**, au centre le **grand mât**, à l'arrière le **mât d'artimon**. Le **beaupré** complétait le dispositif, sorte de mât oblique tout à l'avant du bateau.

Les voiles étaient au nombre de six : la **civadière** sous le beaupré, les deux **papefigues** ou basses voiles – les plus grandes – au bas du mât de misaine et du grand mât, surmontées par les **huniers** – les deux voiles les plus hautes –, et enfin la **voile d'artimon**, triangulaire.

Chaque voile était soutenue par une **vergue**, longue pièce de bois horizontale placée en travers du mât, sauf la voile d'artimon, établie sous une antenne oblique. Les vergues sont peu visibles sur le dessin.

En revanche, on voit bien les structures surélevées à l'avant et à l'arrière du pont supérieur, appelées « **châteaux** » ou « **gaillards** ». Le gaillard d'avant abritait les quartiers de l'équipage, le château arrière les cabines des officiers.

La longueur totale de la coque d'une petite nef était d'environ 25 à 28 mètres pour une largeur de 7 à 8 mètres et une jauge brute de 65 à 80 tonneaux actuels.

Petit précis historique

Le traité de Tordesillas

En 1494 a été signé le traité de Tordesillas, qui donnait à l'Espagne et au Portugal les îles et terres fermes découvertes, ou à découvrir, situées de part et d'autre d'un méridien de démarcation.

Ce méridien avait été d'abord placé, par des bulles pontificales de 1493 émises par le pape Alexandre VI Borgia, à cent lieues à l'ouest des îles du Cap-Vert et de l'archipel des Açores. À l'ouest du méridien, l'Espagne récupérait ainsi les terres nouvellement découvertes par Christophe Colomb pour les rois catholiques.

L'année suivante, dans le cadre du traité de Tordesillas, le Portugal a demandé et obtenu le déplacement de cette limite à trois cent soixante-dix lieues à l'ouest des îles du Cap-Vert. À l'est du méridien, les Portugais recevaient l'Afrique dont ils avaient contourné la pointe australe, les Indes restant à atteindre, ainsi que le Brésil non encore découvert : la démarcation passait *grosso modo* entre les villes brésiliennes actuelles de Belém et de Rio de Janeiro, selon les incertitudes sur la longueur de la lieue utilisée et l'île du Cap-Vert de référence.

En 1541, François Ier ferait savoir à Charles Quint : « Le soleil luit pour moi comme pour les autres ; je voudrais bien voir la clause du testament d'Adam qui m'exclut du partage du monde. » Il défendait ainsi les voyages du Malouin Jacques Cartier au Canada.

Du côté de la zone portugaise, les Hollandais, protestants, allaient peu à peu mettre à mal le traité à partir de la fin du XVIe siècle.

Lointaine conséquence du traité de Tordesillas, on parle aujourd'hui espagnol dans toute l'Amérique latine, sauf au Brésil.

L'armada de Pedro Álvares Cabral et le voyage de Diogo Dias

Après des décennies au cours desquelles les Portugais envoyaient des bateaux de plus en plus loin vers le sud de l'Afrique, ce continent a été enfin contourné, jusqu'à atteindre l'Inde, lors du voyage des trois navires de Vasco de Gama en 1498.

À la suite de ce succès historique, une armada de treize nefs et caravelles, commandée par Pedro Álvares Cabral, a quitté Lisbonne le 9 mars 1500 pour s'engager sur la même route.

Les caravelles, bateaux légers emblématiques des grandes découvertes, étaient parfaitement adaptées à l'exploration de l'Afrique, par leur capacité à remonter au vent grâce à leurs voiles triangulaires. Sur la route des Indes, on leur a préféré les lourdes nefs dont les coques plus ventrues permettaient d'embarquer davantage d'épices, et dont les voiles carrées étaient plus efficaces quand il s'agissait de naviguer vent arrière. On connaissait alors suffisamment le climat de l'océan Atlantique et la mousson de l'océan Indien pour profiter au mieux des routes et des saisons où les vents portaient. Nefs et caravelles pouvaient servir lors de plusieurs expéditions océaniques.

Les bateaux de Cabral qui ne se sont pas perdus ont été les premiers de l'histoire à toucher, sans le savoir, quatre continents différents : la recherche de vents favorables sur la grande volte de l'Atlantique Sud – c'est-à-dire le contournement de l'anticyclone de Sainte-Hélène dans le sens du vent – avait fait buter les navires sur Vera Cruz : on découvrait ainsi le Brésil.

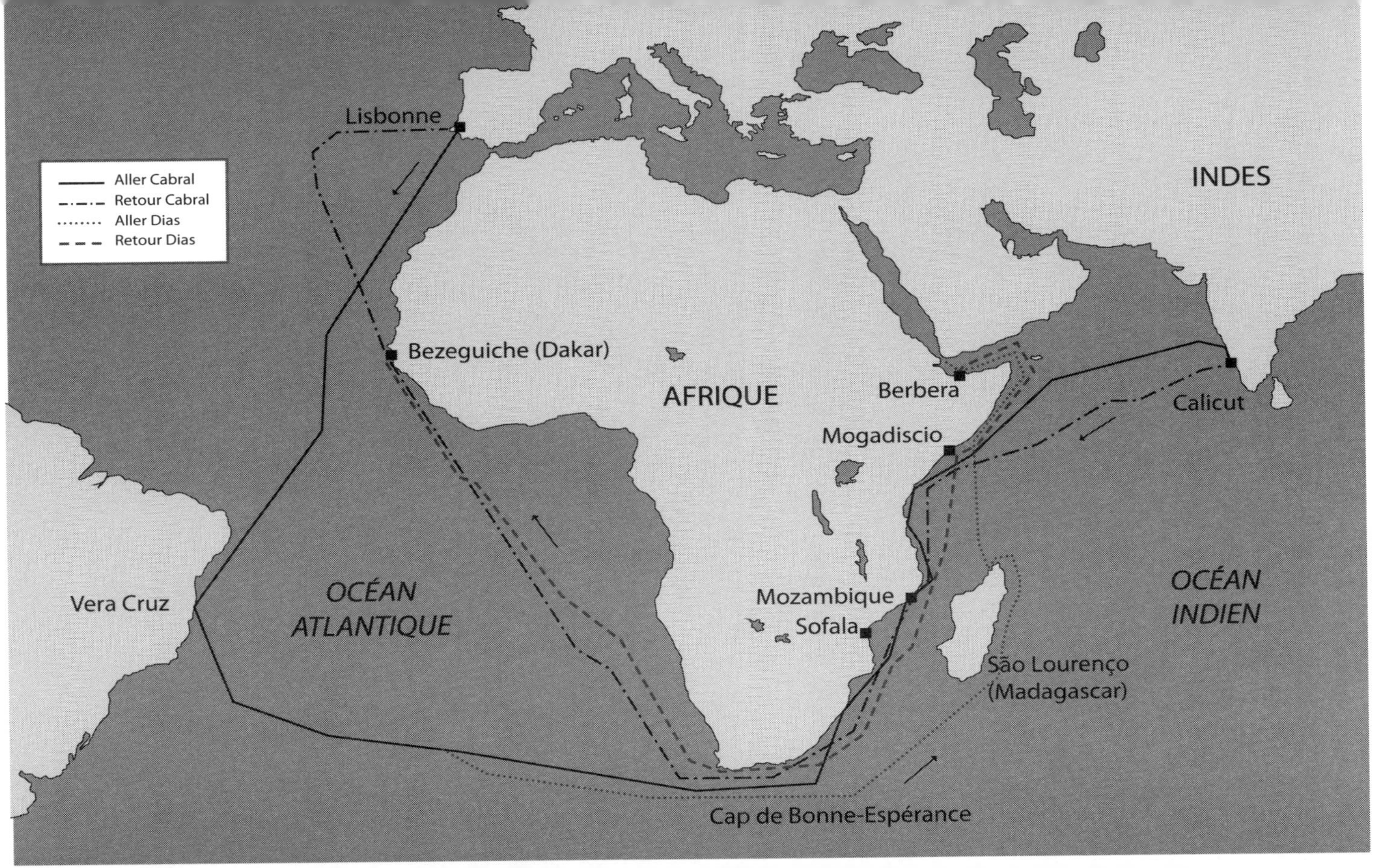
Aller Cabral
Retour Cabral
Aller Dias
Retour Dias
Lisbonne
INDES
Bezeguiche (Dakar)
AFRIQUE
Berbera
Calicut
Mogadiscio
Vera Cruz
OCÉAN
ATLANTIQUE
Mozambique
Sofala
OCÉAN
INDIEN
São Lourenço
(Madagascar)
Cap de Bonne-Espérance

Parmi les capitaines de l'armada se trouvait Diogo Dias. C'était un homme de nature joyeuse : ses entrechats devant les Amérindiens du Brésil sont attestés par les sources. On ignore le nom de son bateau. Selon un usage courant à l'époque, je lui ai donné un surnom, en l'occurrence « *Bate-Cabelo* » – qui était celui d'un navire de la deuxième expédition de Vasco de Gama en 1502.

La nef de Diogo Dias a été séparée du reste de l'armada de Cabral pendant la terrible tempête du 24 mai 1500, qui a vu sombrer quatre navires dans l'Atlantique Sud, dont celui de l'illustre Bartolomeu Dias, le découvreur du cap de Bonne-Espérance en 1488.

Dès lors, l'errance interminable de son frère Diogo et de ses hommes leur a fait découvrir fortuitement Madagascar, puis se prendre au piège de vents contraires dans le golfe d'Aden – jamais encore fréquenté par les bateaux européens –, jusque vers l'entrée de la mer Rouge.

Ils ont enfin pu relâcher dans un port qui était, selon les sources, soit Mogadiscio, soit Berbera au nord-ouest de la Somalie, non loin de Djibouti. Mais après quelques jours d'escale, une grande partie de l'équipage a été pris dans une embuscade. Une poignée de survivants éreintés sont parvenus à ramener le bateau jusqu'à Bezeguiche (l'actuelle Dakar), fin mai ou début juin 1501.

La carte de Cantino

La carte dite de Cantino, reproduite en début d'ouvrage, est une magnifique mappemonde réalisée en 1502 au Portugal et actuellement conservée à la Biblioteca Estense Universitaria de Modène en Émilie-Romagne (Italie). Elle mesure 1,05 mètre sur 2,20 mètres et est constituée de plusieurs feuilles de parchemin. Elle est de type portulan, avec son ensemble caractéristique de roses des vents et de lignes de rhumb (ou loxodromies).

Avec la carte espagnole de Juan de la Cosa, c'est la plus ancienne représentation connue du monde où figurent les terres nouvellement découvertes depuis l'Amérique – sans qu'elle soit encore appelée ainsi – jusqu'aux Indes.

Grâce aux voyages des Portugais vers l'océan Indien et aux sources arabes qu'ils ont glanées là-bas, les côtes sont tracées avec une précision excellente en Afrique, puis correcte en Inde et passable jusqu'à Malacca, enfin médiocre du côté de la Chine. Par ailleurs, on remarque la présence du Brésil et de Terre-Neuve récemment explorés. Les terres découvertes par Christophe Colomb ne sont pas appelées « Indes », mais plus prudemment « Antilles ».

On trouve aussi tracés l'équateur, les tropiques, le cercle polaire arctique, ainsi que le méridien du traité de Tordesillas dessiné en bleu et qui traverse l'Amérique du Sud. De nombreux pavillons indiquent le pays dominant le rivage où ils sont placés.

La carte est enluminée de plusieurs dessins colorés. On remarque par exemple les jolis perroquets multicolores à dominante rouge dessinés sur Vera Cruz, sur fond de bosquets verts et bleus.

Au verso, elle porte la mention suivante en italien : « *Carte marine des îles nouvellement trouvées dans la région de l'Inde : donnée par Alberto Cantino à S. duc Ercole.* »

Elle peut être datée avec une bonne précision. Elle contient des découvertes faites par la flotte de João da Nova – rentrée à Lisbonne le 11 septembre 1502 –, comme l'île de l'Ascension. Par ailleurs, Alberto Cantino a envoyé une lettre de Rome le 19 novembre 1502, informant son « seigneur » Ercole d'Este, duc de Ferrare, qu'il avait remis la carte à un intermédiaire à Gênes.

La carte de Cantino a une histoire peu banale. Elle a très probablement été sortie illégalement du Portugal. En effet, il était interdit à l'époque de sortir du pays des cartes sensibles sous peine de graves sanctions comme la confiscation des biens, voire la peine de mort.

Le 19 novembre 1502, Alberto Cantino a donc envoyé sa fameuse lettre où il nous apprend que la carte a quitté le Portugal pour l'Italie. On considère généralement que cet homme mystérieux était un espion travaillant pour Ercole d'Este.

On ne sait pas sous quelle couverture il fréquentait Lisbonne. Certains auteurs pensent qu'il y venait au prétexte de vendre des chevaux et des mules. Il paraît toutefois probable qu'il se soit présenté comme diplomate du duc de Ferrare plutôt que comme maquignon ; l'homme était en tout cas assez habile pour avoir assisté en personne à un compte rendu fait au roi par un capitaine de retour du second voyage de Gaspar Corte-Real vers Terre-Neuve.

La carte a probablement été réalisée par un cartographe portugais, qui l'aurait recopiée du Padrão Real, la carte étalon secrète qui rassemblait toutes les connaissances acquises par le Portugal, en particulier sur les côtes de l'Afrique, de l'océan Indien et du Brésil. Il l'aurait ensuite fournie à Cantino, peut-être sur commande. Selon sa lettre, l'Italien a déboursé, « par contrat », douze ducats d'or pour son acquisition.

Certains toponymes, en particulier sur la côte du Brésil, ne sont pas écrits de la même main que les autres. En outre, une bande de parchemin a été collée sur cette côte, suggérant une correction importante et un décalage vers l'ouest de ce rivage. Des mises à jour ont donc été apportées par une main – peut-être italienne – différente de celle qui a dessiné l'ensemble de la carte.

Par ailleurs, on constate que l'auteur de la mappemonde a positionné certaines côtes de manière favorable au Portugal.

En particulier, le Brésil et Terre-Neuve ont été dessinés plus à l'est qu'ils ne le sont en réalité, et ainsi déplacés nettement dans la zone portugaise du traité de Tordesillas. Selon certains, la carte aurait été truquée et destinée à l'Espagne afin de tromper le puissant voisin. Cette copie falsifiée du Padrão Real aurait pu avoir été volée dans l'atelier de cartographie avant son achèvement, à moins qu'Alberto Cantino ait été un agent double au service de dom Manuel, ayant pour mission de la sortir du Portugal afin qu'elle fût connue à l'étranger.

En tout état de cause, la carte a donc rejoint la bibliothèque du duc Ercole à Ferrare. Mais les aventures de la célèbre mappemonde étaient loin d'être terminées.

En 1598, la capitale ducale et la carte ont été transférées à Modène, car les Este avaient alors perdu leur souveraineté sur Ferrare au profit du pape.

En 1859, le duché a été pris par le Piémont-Sardaigne, dans le contexte du Risorgimento qui aboutirait à l'unité italienne. Le palais et sa bibliothèque ont alors été mis à sac et la carte a disparu.

Quelques années plus tard, elle est retrouvée par hasard dans une charcuterie de Modène, où elle servait de paravent décoratif séparant l'arrière-salle de la pièce où l'on tranchait la viande.

La mappemonde au parcours turbulent devrait encore se réfugier temporairement en 1944 au château de Torrechiara, près de Parme, afin d'échapper aux bombardements.

Les événements survenus à Lisbonne

Les séismes qui ont tant fait trembler João Faras ont réellement eu lieu. La capitale est située sur une zone sismique. Elle serait plus tard presque entièrement détruite par le terrible tremblement de terre de 1755, et par le raz de marée et les incendies qu'il a provoqués.

La peste qui a frappé Lisbonne à partir d'octobre 1505 a duré jusque fin avril 1507. Elle a contribué, avec la sécheresse, à faire monter la rancœur du peuple contre les puissants et la haine contre les juifs.

En 1492, les rois catholiques d'Espagne ont expulsé les juifs de leur pays. Beaucoup d'entre eux ont trouvé refuge au Portugal.

Cependant, fin 1496, le roi dom Manuel a décidé de les expulser à son tour, sous la pression de ses beaux-parents les rois d'Espagne. Mais il s'est vite rendu compte qu'il allait ainsi désorganiser son royaume et se passer de beaucoup de talents. Dès début 1497, il a fait volte-face en les empêchant de sortir du pays et en les convertissant de force.

Néanmoins, la situation restait tendue entre « vieux-chrétiens » et juifs nouvellement convertis, qu'on accusait de pratiquer en secret leur ancienne religion (« marranisme »). Ainsi, le 24 mai 1504, une altercation a éclaté dans la Rua Nova. Le 19 avril 1506 s'est déclenché le pogrom.

Quelques personnages historiques

En 1507, le mot « AMERICA » apparaissait pour la première fois sur une carte. Il s'agit d'une mappemonde dessinée à Saint-Dié (Vosges) par un certain Martin Waldseemüller, un Allemand faisant partie d'un groupe de religieux géographes réunis au sein du cercle culturel et scientifique appelé « Gymnase Vosgien », sous la protection du duc de Lorraine René II. **Amerigo Vespucci** venait de donner son nom à l'Amérique. Depuis, il est régulièrement accusé, à tort ou à raison, d'avoir usurpé cet honneur à Christophe Colomb qui accosta aux Bahamas et aux Antilles dès 1492.

Marchand, navigateur, cosmographe, le mérite de Vespucci – ou de son éditeur – est d'avoir été le premier à répandre l'idée que les terres découvertes par-delà l'Atlantique ne faisaient pas partie de l'Asie, mais formaient un « Nouveau Monde », en tout cas leur partie méridionale : le Brésil.

On lui attribue généralement trois ou quatre voyages vers l'Amérique, pour le compte de l'Espagne puis du Portugal, entre 1497 ou 1498 et 1504. Lors de ces expéditions, il n'a jamais eu le commandement de la flotte mais a été, semble-t-il, capitaine d'un navire à l'occasion de son dernier périple.

Son voyage précédent, au départ de Lisbonne, lui a fait rencontrer à l'aller deux bateaux de Cabral de retour vers le Portugal : ceux de Diogo Dias et de Nicolau Coelho. C'était à l'escale de Bezeguiche, début juin 1501. Amerigo Vespucci a alors recueilli le témoignage de Gaspar des Indes, fin connaisseur de ce pays, dont les descriptions lui auraient fait prendre conscience que l'Asie n'avait rien à voir avec les terres découvertes à l'ouest et explorées par lui-même. Il aurait donc peut-être eu, à ce moment et en ce lieu, l'intuition de l'existence du Nouveau Monde.

Déçu par le peu de reconnaissance du Portugal à son égard, il a rejoint l'Espagne vers fin 1504. En 1508, il a été nommé à la fonction nouvellement créée de pilote-major à Séville par le roi Ferdinand d'Aragon. À ce titre, il était responsable de l'accréditation des pilotes et de la confection des cartes marines, en particulier de l'établissement d'un Padrón Real – équivalent espagnol du Padrão Real lusitanien – dont il devait superviser le traçage.

Tous les commandants de flotte ou de navire apparaissant dans le livre ont réellement existé, comme Gonçalo Coelho ou Nicolau Coelho.

Gaspar des Indes (appelé aussi « Gaspar da Gama ») était probablement dans le bateau de ce dernier, à Bezeguiche, quand il a rencontré Amerigo Vespucci. C'était un personnage haut en couleurs, très affirmatif et volontiers hâbleur. Il travaillait pour un sultan indien lorsqu'il a été embarqué comme prisonnier par Vasco de Gama : il avait avoué sous la torture préparer une attaque contre les Portugais.

Étant juif, il a été baptisé à son entrée au Portugal, sans doute à l'escale de Terceira aux Açores. Il s'est mis au service du roi dom Manuel, qui lui a confié plusieurs missions d'interprète et de conseiller sur les bateaux des Indes. Il est ainsi reparti en 1500 avec Cabral, en 1502 lors du deuxième voyage de Vasco de Gama, et en 1505 avec Francisco de Almeida, le premier vice-roi des Indes, qui allait le garder sur place à son service.

Dans cette dernière expédition allait aussi embarquer un certain Magellan, futur initateur du premier tour du monde.

Pedro Reinel est le plus ancien cartographe portugais dont on connaisse le nom, grâce à une carte signée par lui datant de 1485 et montrant l'Afrique jusqu'au Congo, qui venait d'être reconnu par les navigateurs. Une autre de ses cartes célèbres, datée de 1504 et montrant l'Atlantique Nord jusqu'à Terre-Neuve, est la première carte connue comportant un méridien gradué. Une autre échelle de latitude, oblique, montre que le cartographe tenait compte de la déclinaison magnétique – là aussi une première.

On ne connaît pas le cartographe qui dessinait le Padrão Real à l'époque de João Faras, mais Pedro Reinel pourrait être un bon candidat. On ignore s'il a été pilote-major à l'Armazém da Índia, mais il avait pour le moins le titre de « maître des cartes marines ».

Le pilote-major de l'Armazém da Índia était placé sous la direction du pourvoyeur de ce magasin. Cette charge essentielle, initialement appelée « superintendant », a été officiellement attribuée à **Jorge de Vasconcellos** le 27 novembre 1501. Certaines sources le donnent cependant déjà titulaire d'une fonction équivalente avant le départ de l'armada de Pedro Álvares Cabral. Il aurait fixé les salaires des membres de cette expédition avec le roi, Vasco de Gama et Cabral lui-même.

Il allait rester pourvoyeur de l'Armazém da Índia au moins jusqu'en 1516.

Fernão de Loronha était un riche marchand et armateur qui a financé et armé la flotte du dernier voyage d'Amerigo Vespucci en 1503-1504. Il a donné son nom à l'île de Fernando de Noronha – à 350 kilomètres au large du Brésil –, probablement découverte lors de cette expédition.

Il avait reçu auparavant du roi dom Manuel une concession pour exploiter les richesses de la terre de Vera Cruz, en particulier le fameux « bois-brésil » ; il devait y envoyer annuellement une flotte de six navires, explorer les côtes et y bâtir des forteresses. Cette concession donnée en 1503 lui a été renouvelée jusqu'en 1512.

L'une des nefs armées par lui s'appelait la *Bretoa*, sur laquelle j'ai fait embarquer João Faras en 1506. Cette nef a effectué de fait au moins un voyage en 1511.

La terre de Vera Cruz

Le Brésil a été découvert en 1500 par l'expédition de Pedro Álvares Cabral. Il a été nommé successivement « île de Vera Cruz », « terre de Vera Cruz », « terre de Santa Cruz », « terre des Perroquets », « terre du Bois-Brésil », « Brésil ». Cependant, certains indices laissent penser qu'il aurait pu avoir été reconnu auparavant et discrètement par les Portugais.

Tout d'abord, le déplacement vers l'ouest du méridien

de démarcation lors du fameux traité de Tordesillas en 1494 faisait basculer le Brésil non encore officiellement découvert dans l'escarcelle du Portugal. On sait que le roi dom João II, prédécesseur de dom Manuel, avait âprement négocié ce déplacement.

Ensuite, on peut s'étonner que l'expédition de Vasco de Gama, en 1498, ait eu déjà une telle connaissance des vents de la mer océane au-delà de l'équateur. En effet, ses bateaux ont utilisé les vents portants de la grande volte de l'Atlantique Sud, contrairement à l'expédition portugaise précédente, celle de Bartolomeu Dias en 1488, qui semble avoir navigué dans les zones de vents contraires ou instables au large de la côte ouest-africaine. Cette intuition du climat régissant l'Atlantique Sud est surprenante, tout comme la pause inhabituelle de dix ans entre ces deux expéditions officielles. Peut-être ce laps de temps a-t-il été utilisé pour reconnaître cette partie de l'océan, ses vents... et ses terres.

Enfin, le navigateur, militaire et cosmographe portugais Duarte Pacheco Pereira a prétendu dans son ouvrage *Esmeraldo de Situ Orbis* (rédigé à partir de 1505) qu'il avait découvert en 1498, au-delà de la mer océane, une grande terre ferme où le bois-brésil était abondant.

Cet homme a par ailleurs peut-être fait partie de l'armada de Cabral. Il est curieux de constater que l'une des principales sources de son ouvrage est la traduction en castillan de l'œuvre de Pomponius Mela par un certain... João Faras.

Les descriptions des Amérindiens du Brésil sont inspirées des témoignages de l'époque, à l'instar de ceux d'Amerigo Vespucci ou de Pero Vaz de Caminha, écrivain de l'expédition Cabral qui allait mourir aux Indes lors de ce voyage.

Les Portugais découvraient le Brésil, ses mœurs et ses usages, comme l'utilisation du hamac, qu'ils ont appelé « *rede* », c'est-à-dire « filet », et qui serait peu à peu adopté sur les bateaux européens. Il est décrit par Vespucci comme un « filet de coton tressé, suspendu en l'air ». Précisons que le terme « hamac » vient des langues amérindiennes des Antilles et qu'il a donc plutôt été repris par les Espagnols. En revanche, la belle – et fictive – Camapuã, qui aimait accueillir son amant dans ce filet, portait bien un nom tupi du Brésil, signifiant « sein arrondi et dressé » ou « colline en forme de sein ».

João Faras

Notre héros João Faras a réellement existé.

On sait peu de choses sur lui et l'on ne connaît que deux documents écrits de sa main. D'abord, sa traduction du latin en castillan de l'œuvre du géographe romain Pomponius Mela, une description de la terre intitulée *De Situ Orbis.* Ensuite, la fameuse lettre datée du 1er mai 1500 qu'il a envoyée au roi dom Manuel depuis l'île de Vera Cruz nouvellement découverte, et qui commence par : « *Le bachelier maître João, médecin et chirurgien de Votre Altesse, vous baise les mains.* » Elle est intéressante à plus d'un titre.

Il s'agit du premier document connu faisant une description correcte de la constellation de la Croix du Sud. Son auteur y fournit au roi, non sans humour, des indications sur les difficultés à faire un point astronomique avec des instruments tels que l'astrolabe ou le *kamal*, comme évoqué dans ce livre.

Notre cosmographe et médecin nous y apprend aussi qu'il s'est blessé à la jambe. Il se plaint que la nef sur laquelle il navigue est « très petite et si chargée qu'il n'y a de l'espace pour rien. » S'il n'évoque pas de pratique du cannibalisme, il a « presque compris » des indigènes que des gens viennent quelquefois d'une autre île pour les attaquer.

Enfin, *mestre* João signale au roi que cette terre de Vera

Cruz qu'il pense être une île figure sur une mappemonde portugaise que possède un certain Pero Vaz Bizagudo. Cette indication alimente l'hypothèse selon laquelle l'existence du Brésil était déjà connue des Portugais avant sa découverte officielle par Cabral. Cependant, il s'agissait sans doute d'une de ces îles plus ou moins mythiques qui fleurissaient au Moyen Âge sur les cartes de l'Atlantique et suggéraient l'existence de terres vers le couchant ; l'une d'entre elles s'appelait « Brasil », toponyme dont on retrouve la trace dans des légendes celtes sous différentes graphies comme « Hy Breasail ». On la situait souvent au sud-ouest de l'Irlande ou du côté des Açores (il y a un « mont Brasil » à Terceira), voire plus loin : l'auteur de la carte de Cantino a placé une île de ce nom au large du Venezuela.

Des historiens ont recherché la trace de João Faras dans les archives et l'un d'eux l'a identifié de manière assez convaincante à Juan Faraz, né à Séville de parents nouveaux-chrétiens.

Avec sa femme Leonor Fernandes – probablement portugaise –, ce personnage a eu deux filles : Beatriz et Catarina. Elles se sont mariées du côté de Séville, après la disparition de leur père, respectivement en 1508 et 1514.

J'ai repris des événements attestés de la vie de Juan Faraz, comme son habilitation en 1496 auprès de l'Inquisition de Séville par un de ses proches – alors qu'il était sans doute à Lisbonne. Sa famille avait des liens avec des familles portugaises et avec Antonio de Nebrija, célèbre humaniste, grammairien et cosmographe qui aurait pu avoir influencé la vocation du jeune Juan Faraz. On peut supposer que ce dernier a obtenu son titre de bachelier à l'université de Salamanque.

Je me suis appliqué à ne rien inventer qui pût être en contradiction avec ce que l'on sait de João Faras/Juan Faraz.

Le dernier document que l'on connaisse concernant João Faras est cette lettre qu'il a envoyée de Vera Cruz en 1500. On sait aussi que Juan Faraz a disparu avant 1508, par un document lié à sa fille aînée Beatriz.

On ignore sur quel navire de l'armada de Cabral s'est embarqué João Faras. Peut-être est-il mort au cours de ce voyage ? D'un naufrage, du scorbut, de la faim ? D'une attaque des Maures, ou de la blessure qu'il évoque dans sa lettre ? J'ai décidé de le placer à bord du bateau de Diogo Dias, ce qui n'était pas pour lui le choix le plus confortable, mais pas le pire non plus.

J'ai inventé son rôle dans l'affaire de la carte de Cantino, ainsi que tous les événements postérieurs de sa vie, lors desquels je l'ai quelque peu malmené – jusqu'à lui infliger des symptômes de ce qu'on appellerait aujourd'hui le « stress post-traumatique ». Cependant, il m'a semblé que *mestre* João Faras, qui s'est intéressé à la fois aux savoirs antiques et aux techniques modernes de navigation, avait le bon profil pour tenir le rôle d'un personnage égaré entre le Moyen Âge et la Renaissance, le judaïsme et le christianisme, la terre et la mer, l'Ancien et le Nouveau Monde.

Remerciements

Merci à mes fidèles relecteurs qui ont contribué à améliorer la qualité de ce livre : Mathilde Bodusseau, André Daleux, Brigitte d'Halluin, Gaëlle d'Halluin, Sandrine Thibaudeau.

Merci au Centre culturel Calouste Gulbenkian, à la Bibliothèque nationale de France, aux éditions Chandeigne et à la Librairie Portugaise et Brésilienne, qui m'ont fourni la plupart de mes sources d'information.

Enfin, merci à Lisbonne, la « reine de l'océan » !

Jón l'Islandais
de Bruno d'Halluin

Roman
mars 2010
EAN 9782847201611 • 448 pages

Au XVe siècle, des vaisseaux triomphants sillonnent les mers et se disputent la découverte de nouveaux continents. Une époque vertigineuse où un océan peut encore être découvert au détour d'une forêt. Mais à l'heure où des hommes tentent de repousser les limites du monde, un peuple brillant sombre dans l'oubli.

Jón Thorsteinsson est le dernier héritier des Vikings du Groenland. Enlevé à l'âge de sept ans par les Anglais, il doit quitter l'Islande et devient domestique à Bristol. L'océan qu'il traverse pour la première fois le fascine. Et c'est bientôt un jeune marin exceptionnellement doué qui reprend le large, mû par le désir de retrouver sa mère et d'arpenter à nouveau les fjords sauvages et les glaciers de son enfance.

La vie, à l'image de la mer, est imprévisible et réserve bien des surprises au jeune garçon qui file à vive allure dans le sillage des grands explorateurs de son temps.

Achevé d'imprimer en janvier 2014
sur les presses de France Quercy à Mercuès (France)

Imprimé sur Munken Premium Cream 100 g
Papier certifié FSC, issu de forêts gérées durablement.

Dépôt légal : première édition, février 2014
Numéro d'impression : 31784/